弁護士日記

タンポポ
――幸せな時代を生きて

四宮章夫 著

発行 民事法研究会

推薦の辞——喜びも悲しみも幾歳月

東京大学名誉教授
伊 藤 　 眞

1．はじめに

　第一作『弁護士日記秋桜』（2012年）、第二作『弁護士日記すみれ――人に寄り添う』（2015年）、そして第三作『弁護士日記タンポポ――幸せな時代を生きて』（2017年）に接するとき、名画「喜びも悲しみも幾歳月」[1]に描かれた有沢四郎（佐田啓二）・きよ子（高峰秀子）と四宮さん・惠子令夫人の姿が重なり合う。孤島の灯台守　有沢と商都・大阪を本拠として活躍する弁護士　四宮さんの職務は異なり、時代背景や日々の生活環境にも共通するところはない。にもかかわらず、なぜか二重写しの映像が私の脳裏から消えず、それが、推薦の辞をお引き受けした理由でもある。

　第一作については、著者の恩師である奥田昌道先生（京都大学名誉教授、元最高裁判事）、第二作については、実務上の恩師というべき柳瀬隆次先生（元東京高裁判事）が推薦の辞を誌していらっしゃる。両先生と比較すれば、著者より3歳年長であるというのみで、実務の活動がないに等しく、実社会における経験も乏しい、民事手続法の一研究者が大任を果たせるのかどうか、迷いを捨てきれないままに、筆を執ることを決意した。それは、三連作を通じて流れる著者の生き方と思考、ともに歩む令夫人の姿にうたれ、実務法曹のみならず、より広い範囲の方々にそれを共有していただきたいと希ったからに他ならない。

　冒頭のフィルムに即していえば、航路の導きとなり、行き交う船の乗客と乗員の安全を確保するために、孜々として日夜の活動を続ける灯台守、傍らでそれを支え、家庭生活の柱となっている伴侶の像と、市民や事業者の悩みに耳を傾け、その解決に腐心し、奔走する四宮弁護士、傍らでそれを支

1　1957年、木下恵介監督。

え、季節の花々で疲れを癒やそうとする令夫人の日常が重なり合う。

2．日記三連作の内容 (Tagebuch)

　日記は、それぞれの生活や想いを誌した記録であるが、公刊され、愛読されるのは、その内容に普遍性があり、広く読者自身の琴線に触れるからであろう。私の座右に備えているものをみても、文人　永井荷風[2]や評論家　清沢洌[3]の日記があるが、そこには、平常(ふだん)の出来事の記述を通して、人々の生き方、社会や政治の動向についての観察や分析が示され、時の経過とともに、第1級の歴史資料となる[4]。また、同時代人にとっても、著者の体験や思考に接し、読者自らの生き方を探る上で、示唆を与えるものであるところに、公刊される日記の役割がある。

　三連作の弁護士日記では、民事、刑事、家事、倒産、事業再生などの法律実務に通暁する著者が、日々に出会う依頼者や事件に取り組む姿が描かれている。練達の弁護士が最善の解決を求めて苦闘する姿は、後進の弁護士はもちろん、裁判官や検察官などの実務法曹にとって、また、苦悩する市民や事業家にとって、進むべき途を照らす灯台の役割を果たすに違いない。

　しかし、本書の内容は、それにとどまらない。世界各地で頻発するテロについては、その底流となっている国際政治や背景とされるイスラム世界の思想など、著者の知的関心対象は、驚くほど広く、その思索は、決して庸俗(ようぞく)にとどまるところがない。また、弁護士業務に関する記述についてみても、その内容は、成功物語(Erfolgsgeschichte)を連ねたものではない。ときには、経営者の自死や苦悩の果ての病死などの悲しみに終わることもあり、自省の言葉が綴られている。

　弁護士日記は、平成23年7月7日、突然の脳梗塞発作に見舞われたときより始まっているが[5]、それから6年、三連作に誌されている著者の目覚まし

2　永井荷風『断腸亭日乗一〜七』（岩波書店1980年）。
3　清沢洌『暗黒日記』（岩波文庫1990年）。
4　古くは、菅原孝標女による更級日記などが代表例である。
5　『弁護士日記秋桜』2頁。

い回復と、華々しいというよりは堅忍不抜の弁護士活動は、同様の病に倒れた方にとって、またとない励ましと確信するとともに、それを支える伴侶の大切さを改めて感じさせる。

〈閑話休題——緑陰のお付き合い〉

　四宮さんとの邂逅(かいこう)は、東西倒産実務研究会[6]であり、30年を遡る。裁判官を退官され、弁護士登録をされたのは昭和56年であるが、同研究会が組織された昭和61年には、すでに新進気鋭の弁護士として活躍されていらしたのであろう。それ以来、折りに触れての御教示に加え、平成13年より開始された法制審議会倒産法部会において見識に触れ、一連の倒産法改正立案作業が終了した後も、現在に至るまで厚誼を賜っている。

　四宮さんは、文化・芸術の多方面に跨がる教養人であり、そのことが随所に示されているが、趣味の一つとして、ゴルフがあり、本書の中でも、様々な方々とのプレーが登場する。私も、盛夏の2日間、蓼科にて御一緒する催しがあり[7]、書斎の机上には、ティーオフ前、四宮さん、伊藤尚弁護士（阿部・井窪・片山法律事務所）、加藤哲夫教授（早稲田大学）と私が並んだ一葉がある。もっとも、技量に関していえば、精進の結果、百獣（110）の王を脱し、90台でラウンドされる四宮さんと、猛獣（110プラスもう10）の王と化している私との間には、超えがたい壁ができてしまっている。

3．通奏低音としての人間愛と弱者への眼差し

　平成27年（2015年）4月1日から始まる毎日の記録の中には、弁護士業務はもちろん、多様な事柄についての洞察が綴られており、前2作を含め、それらを通読するとき、貫くものがあることに気づかされる。柳瀬隆次先生は、それを通奏低音と表現されていらっしゃるが[8]、ここでもそれをお借りする。

6　高木新二郎『事業再生と民事司法にかけた熱き思い——高木新二郎の軌跡』24頁（商事法務2016年）参照。
7　本書230頁。
8　『弁護士日記すみれ』推薦の辞1頁。

夫婦、親子、兄弟間の対立と葛藤、刑事被疑者、被告人、受刑者の生育と環境、公害・薬害被害者の痛み、中小企業経営者の窮境など、家事、刑事、民事、倒産、いずれの分野をとっても、四宮さんの依頼者への想い、また時には相手方当事者への配慮すら感じさせられる。このような人間愛は、弁護士業務にとどまらず、戦争の犠牲者や被差別者など、虐げられた者に寄り添う想いとなって誌され[9]、さらに、それは、侵略や差別の事実を隠蔽し、果ては正当化しようとする権力に対する批判となって現れる[10]。また、与野党を問わず、そうした視点を欠いた政治勢力に対する視線も厳しい。

　さらに、京都産業大学法科大学院（法務研究科）の教授を務められた経験を基礎とし、現在の法曹養成制度に欠けているもの、法科大学院制度の「失敗」によって喪われたものは何かなどの指摘（「法の支配と法曹の責任」（本書34頁）、「藤岡一郎先生」（本書190頁））に接するとき、長年の間、教育に携わってきた私として、予備試験の盛行などにみられる受験秀才礼賛の風潮と、かつてわが国を破滅の淵に追いやった軍事指導者たちの経歴[11]を重ね合わせてみると、四宮さんの指摘に共感するところが大きい[12]。

4．おわりに

　冒頭に記したように、四宮さんと私はほぼ同世代に属する。徳島と上田とは気候も風土も異なるが、戦後70年の変化を肌で感じてきた点では、共通し

9　四宮さんは、愛犬家であるが、三連作に登場する２頭とも、いわゆる捨て犬であり、血統書付きで譲渡される犬種ではない。また、日記を飾る植物も、秋桜、すみれ、タンポポ、月見草など、野の花であり、お人柄が表れている。

10　「ワイツゼッカー大統領の演説」（本書63頁）、「朝鮮出身の特攻隊員たち」（本書194頁）など参照。前者は、いわゆる家永教科書検定第三次訴訟上告審判決（最高裁平成９年８月29日第三小法廷判決最高裁判所民事判例集51巻７号2921頁）における大野正男裁判官の反対意見でも引用されている。日独の間にこのような差異が生じたのは、戦前・戦中の支配体制に対する評価や戦争責任の解明を東京裁判などに委ね、国民自身の手によって明らかにすることを避けた結果ではないだろうか。

11　高橋正衛『昭和の軍閥』52頁（講談社学術文庫1969年）参照。

12　これと比較し、逆境と試練を克服し、法科大学院の中で育った法律家の姿に接するとき、たとえ多数ではないにせよ、法科大学院制度がその役割を果たしえたように思う。沼田美穂「女性弁護士のキャリア形成体験談──どんな経歴も自分の個性」第一東京弁護士会会報533号35頁（2017年）参照。同談の末尾に「人の気持ちに寄り添う弁護士に」と誌されており、四宮さんの姿勢が若手法曹に受け継がれていることを確信する。

ていよう。1950年頃と比べれば、現代は、清潔な生活環境の中、豊かな消費財や溢(あふ)れる情報に囲まれた、夢のごとき世界かもしれない。しかし、不幸な家庭環境に苦しむ児童、隠れた貧困層、保証債務の負担にあえぐ経営者、更生の機会を見いだせない受刑者など、多くの問題が伏在していることも本書で指摘されているとおりであり、法律家が取り組むべき課題は多い。四宮さんを識(し)る者の一人として、多くの法曹、そして法曹たらんとする方々が本書を繙(ひもと)くことを願ってやまない。

　平成29年葉月

目　次

目　次

① コスモス法律事務所開設1周年〈2015年4月1日（水）〉 ………… 2
② イスラム国（IS）爆撃の下に〈2015年4月2日（木）〉 ………… 4
③ 後藤健二氏の死亡〈2015年4月3日（金）〉 ………………… 6
④ ルワンダ虐殺の悲劇〈2015年4月4日（土）〉 ……………… 8
⑤ 市民だけのための欧米の民主主義〈2015年4月6日（月）〉 … 12
⑥ 中国経済の若い担い手〈2015年4月7日（火）〉 …………… 14
⑦ 南京大虐殺記念館〈2015年4月8日（水）〉 ………………… 17
⑧ 民主的選挙がイスラム社会にもたらすもの〈2015年4月9日（木）〉
　 ………………………………………………………………… 20
⑨ 戦前の斉藤隆夫議員の特別予防演説〈2015年4月10日（金）〉 … 23
⑩ 私の高校時代〈2015年4月11日（土）〉 …………………… 25
⑪ アラブ連合によるイエメンの空爆〈2015年4月12日（日）〉 … 27
⑫ 熊本のHさん〈2015年4月13日（月）〉 …………………… 29
⑬ 杓子定規な家裁の調停委員〈2015年4月14日（火）〉 ……… 31
⑭ 法の支配と法曹の責任〈2015年4月16日（木）〉 …………… 33
⑮ 観心寺の御開帳〈2015年4月18日（土）〉 ………………… 35
⑯ 10万円での保証債務免責の事例〈2015年4月21日（火）〉 … 37
⑰ 消費者被害の依頼者からの形見〈2015年4月22日（水）〉 … 39
⑱ 弁護士法72条研究会〈2015年4月23日（木）〉 …………… 41
⑲ サウード家によるサウジアラビア支配〈2015年4月26日（日）〉 … 43
⑳ サウジアラビアの世俗的政権と宗教的権威〈2015年4月27日（月）〉
　 ………………………………………………………………… 45
㉑ サウジアラビアの国際的な地位〈2015年4月29日（水）〉 … 47
㉒ ネッドコフ夫妻のバカンスと養育費の調停〈2015年4月30日（木）〉
　 ………………………………………………………………… 49
㉓ N病院の事務長とのゴルフ〈2015年5月1日（金）〉 ……… 51

㉔	佐藤幸治教授と立憲主義〈2015年5月3日（日）〉	53
㉕	簡裁の調停委員20年〈2015年5月4日（月）〉	55
㉖	イスラム国のバグダーディーの死亡〈2015年5月5日（火）〉	57
㉗	ボコハラムからの人質の解放〈2015年5月6日（水）〉	59
㉘	箱根山の噴火警戒レベルの引上げ〈2015年5月7日（木）〉	61
㉙	ワイツゼッカー大統領の演説〈2015年5月8日（金）〉	63
㉚	医療刑務所での死亡〈2015年5月11日（月）〉	65
㉛	言論の自由の侵害の旗振り役の大新聞〈2015年5月13日（水）〉	67
㉜	句集『悠久』〈2015年5月14日（木）〉	69
㉝	シャロンのレストラン事業の更生〈2015年5月15日（金）〉	71
㉞	鹿児島県議らの公職選挙法違反の無罪判決〈2015年5月16日（土）〉	73
㉟	オスプレイの墜落事故〈2015年5月20日（水）〉	75
㊱	オスプレイの普天間空港配備〈2015年5月21日（木）〉	77
㊲	家事事件と調停委員の役割〈2015年5月23日（土）〉	79
㊳	楠公祭〈2015年5月24日（日）〉	81
㊴	民事再生の運用の変遷〈2015年5月25日（月）〉	83
㊵	那須ゴルフ会コンペと見川病院〈2015年5月28日（木）〉	85
㊶	那須ゴルフ倶楽部〈2015年5月29日（金）〉	87
㊷	口永良部島の噴火〈2015年6月1日（月）〉	89
㊸	タカタのリコール問題〈2015年6月3日（水）〉	91
㊹	捺悠の誕生日〈2015年6月4日（木）〉	93
㊺	不愉快な調停委員〈2015年6月5日（金）〉	95
㊻	スカイマークの再生計画〈2015年6月6日（土）〉	97
㊼	安全保障法制の違憲性〈2015年6月7日（日）〉	99
㊽	韓国のMERSウイルスの流行〈2015年6月8日（月）〉	101
㊾	病院とコンプライアンス〈2015年6月9日（火）〉	103
㊿	奈良ロイヤルホテル〈2015年6月13日（土）〉	106

目 次

㊽ 日独の戦後補償の違い〈2015年6月14日（日）〉 ……………… 108
㊾ 飲食店繁盛の秘訣〈2015年6月15日（月）〉 …………………… 110
㊿ X開発協同組合〈2015年6月16日（火）〉 ……………………… 112
54 マネーロンダリング防止法を考える〈2015年6月18日（木）〉 … 114
55 チャールストンの黒人教会の銃撃事件〈2015年6月21日（日）〉 … 116
56 詐欺的取引を助長する弁護士〈2015年6月22日（月）〉
 …………………………………………………………………………… 118
57 F社の会社更生と中村雅哉氏〈2015年6月23日（火）〉 ……… 120
58 私的整理によるN社の再建〈2015年6月24日（水）〉 ………… 122
59 米国の黒人差別〈2015年6月25日（木）〉 ……………………… 124
60 マタタビ酒〈2015年6月26日（金）〉 …………………………… 127
61 ロータリークラブの次期理事役員会議〈2015年6月27日（土）〉 … 129
62 升田幸三著『勝負』〈2015年6月28日（日）〉 ………………… 131
63 個別労働紛争のあっせん手続〈2015年6月29日（月）〉 ……… 133
64 生き返ったアル・シャバブ〈2015年6月30日（火）〉 ………… 135
65 谷口安平先生とシンガポール国際商事裁判所〈2015年7月1日（水）〉
 …………………………………………………………………………… 137
66 新谷一郎作「ひとやすみ」〈2015年7月2日（木）〉 …………… 139
67 ホンルーサンテンでのグルメ会〈2015年7月3日（金）〉 …… 141
68 マスコミの怠慢〈2015年7月4日（土）〉 ……………………… 143
69 踏み出しますか〈2015年7月5日（日）〉 ……………………… 145
70 ギリシャ問題とチプラス首相〈2015年7月6日（月）〉 ……… 147
71 明治日本の産業革命遺産の世界文化遺産登録〈2015年7月7日（火）〉
 …………………………………………………………………………… 149
72 医師の法律と倫理〈2015年7月8日（水）〉 …………………… 151
73 ボスニア・ヘルツェゴビナ紛争〈2015年7月9日（木）〉 …… 154
74 最高裁長官による裁判官の独立の侵害〈2015年7月10日（金）〉 … 157
75 原子力規制委員会の前委員長代理の法廷証言〈2015年7月11日（土）〉

		…………159
⑦⑥	米国とキューバの国交回復〈2015年7月12日（日）〉	…………161
⑦⑦	寂しい熟年離婚〈2015年7月13日（月）〉	…………163
⑦⑧	共産主義の退潮がもたらしたもの〈2015年7月14日（火）〉	…………165
⑦⑨	不当利得返還請求訴訟〈2015年7月15日（水）〉	…………167
⑧⓪	立憲主義の危機〈2015年7月16日（木）〉	…………169
⑧①	上場会社の経営不振に翻弄される下請企業〈2015年7月17日（金）〉 …………171	
⑧②	急速に貧困化する日本〈2015年7月18日（土）〉	…………173
⑧③	日本の貧困化を意欲した人々〈2015年7月19日（日）〉	…………175
⑧④	天皇の戦争責任〈2015年7月20日（月）〉	…………177
⑧⑤	不思議な国キューバ〈2015年7月21日（火）〉	…………179
⑧⑥	東芝の不正会計問題〈2015年7月22日（水）〉	…………181
⑧⑦	家裁に後見事件処理の能力があるのか〈2015年7月23日（木）〉 …………184	
⑧⑧	観心寺七郷〈2015年7月24日（金）〉	…………186
⑧⑨	成年後見制度における家裁の限界〈2015年7月25日（土）〉	…………188
⑨⓪	藤岡一郎先生〈2015年7月26日（日）〉	…………190
⑨①	遺言書作成の依頼者〈2015年7月27日（月）〉	…………192
⑨②	朝鮮出身の特攻隊員たち〈2015年7月28日（火）〉	…………194
⑨③	宇宙探査機ニュー・ホライズンズと冥王星〈2015年7月29日（水・朝）〉 …………196	
⑨④	ランプ亭からぎやまん亭に〈2015年7月29日（水・夜）〉	…………198
⑨⑤	厚木基地騒音被害の高裁判決〈2015年7月31日（金）〉	…………200
⑨⑥	共産主義の退潮に便乗する新自由主義〈2015年8月1日（土）〉	…………202
⑨⑦	ｒ＞ｇがもたらすもの〈2015年8月2日（日）〉	…………204
⑨⑧	政権を担える野党がなぜ生まれないのか〈2015年8月3日（月）〉 …………206	
⑨⑨	我国の民主党の限界〈2015年8月4日（火）〉	…………208

目 次

- ⑩ 原爆症に立ち向かった蜂谷道彦医師〈2015年8月6日（木）〉……… 210
- ⑩ 日本の労働運動の限界〈2015年8月7日（金）〉……………………… 212
- ⑩ 環境問題を無視してきた政治〈2015年8月8日（土）〉………………… 214
- ⑩ 戦争犯罪である広島・長崎の原爆投下〈2015年8月9日（日）〉……… 216
- ⑩ 金融緩和を避けた民主党の罪〈2015年8月10日（月）〉……………… 218
- ⑩ 天吉の創作天ぷら〈2015年8月11日（火）〉……………………………… 220
- ⑩ 経済弱者のための政党とは〈2015年8月12日（水）〉………………… 222
- ⑩ 荒畑寒村が望んだ政党とは〈2015年8月13日（木）〉………………… 224
- ⑩ 安倍首相の戦後70年談話〈2015年8月14日（金）〉…………………… 226
- ⑩ 満蒙開拓青少年義勇軍〈2015年8月15日（土）〉……………………… 228
- ⑩ 茅野の縄文遺跡〈2015年8月16日（日）〉……………………………… 230
- ⑪ 学徒出陣〈2015年8月17日（月）〉……………………………………… 232
- ⑪ 経営士小林靖和先生〈2015年8月18日（火）〉………………………… 234
- ⑪ ハッピーの思い出〈2015年8月19日（水）〉…………………………… 236
- ⑪ レモンに噛まれた〈2015年8月28日（金）〉…………………………… 238
- ⑪ レモンの死〈2015年8月29日（土）〉…………………………………… 240
- ・あとがき …………………………………………………………………… 242
- ・著者略歴 …………………………………………………………………… 244

弁護士日記

タンポポ

① コスモス法律事務所開設1周年

　今年のエイプリルフールは桜が美しい。緋寒桜はほんの少し前に盛りを過ぎたが、陽光桜は満開、続いて里桜、染井吉野、山桜も咲き始め、7分、8分咲きの樹も見られる。

　昨年の4月1日は、コスモス法律事務所の開設日である。満一年が経過したことになる。それ以前、私が所属していた弁護士法人では社員の定年が70歳と定められていたが、5年間に限り遡って定年を選択することを認めていた。このルールの適用第一号として退社した。

　この弁護士法人は、米田法律事務所が順次改称し、ついに法人成りしたもので、我国の弁護士法人の第一号である。この数字を獲得するために、事務局担当者や提携司法書士との間で、周到な検討と準備を進めたこと等々、懐かしい思い出がたくさん残っている。還暦を過ぎた頃から、私は早期退社を願うようになったが、格別の動機やきっかけがあったわけではない。

　退社の理由を上手く説明する自信はなかったが、最近、日野原重明著『人生の四季に生きる』（岩波書店1987年）の中で紹介されていた英国の心理学者ウィリアム・ジェームズの言葉にふれた瞬間、自分の気持を理解できたような気がした。

　「人生には四つの誕生がある。最初は個体の誕生、次に自我の誕生、さらに社会的誕生、最後に自由人としての自我の誕生である。」

　何ごとにも煩わされずに、誰に気兼ねすることもなく、残りの弁護士人生を、頼ってくれる依頼者とともに、好きなように送りたいという願いが、私の行動の背景にあったことに気づき、目から鱗が落ちる思いがした。狭心症を患って24年、脳梗塞を患って4年、すでに65歳に達した私が、悔いが残らないように人生を幕引きするためには、他人を慮る時間は残されていない。

1 コスモス法律事務所開設1周年

　古くからの友人、知人とともに、齢を重ね、自由な晩年を送りたいと願っていたことに気づいた。

　コスモス法律事務所は、弁護士法人が倉庫代わりに使用していた52坪を借受け、正職員2名、契約職員2名と私との5名と、人数は少ないが、私がかつて理想とした職場を実現しようと、工夫を凝らしている。一日の勤務時間が7時間20分の週休2日制、午前10時から午後3時までのフレックスタイム制、原則として残業は御遠慮いただき、サービス残業は厳禁、有給休暇については、連続2週間以上の休暇の取得が奨励される。執務室は、フリーアドレスで、出勤してきた人から、任意の机を選び、自分の移動式小型ロッカーと椅子とモバイルパソコンとを持ってきて執務するようになっている。部屋中に、事務所開設祝いとしていただいた観葉植物の鉢が置いてあり、自由に移動させ、目隠しとして使用できる。

　本年の3月には、事務所開設後最初の確定申告も無事済ませることができた。

　そして、経営を継続することができることを事務局の皆さんと一緒に喜ぶことができた。

[追記]　2016年4月1日、コスモス法律事務所は、また1年を加えた。開設初年度は、事業計画を達成できて事務所継続の展望が得られるであろうかと、年度末が待ち遠しくもあり心配でもあったが、2年目は肩の力を抜いた事務所運営を行うことができた。優秀な事務局職員が権限と責任とを分担してくれて、私自身は、持ち込まれる事件とひたすら向き合う1年であった。もちろん、事務局の皆さんは私のミスを見逃さない。

　感謝の気持を込めて全員に福利厚生の目的でアップル・ウォッチを配布することにした。健康管理に利用してもらうためである。

　「送る月日に関守なし」と言うが、2017年4月1日、コスモス法律事務所は所員全員元気で4年目を迎えることになった。

2015年4月2日（木）

② イスラム国（IS）爆撃の下に

　本日は、修習同期の弁護士仲間のゴルフコンペに参加した。病気等で5年間ほど欠席していたので、久しぶりにお会いする方もおられた。各自相応に年齢を重ねられてはいるが、皆さんお元気そうで、懐かしく、今後は私も可能な限り真面目に参加しようと思っている。

　さて、今年は、ISをめぐるニュースが絶える時がなさそうであるが、私は、今年の年賀状に、「私の住所地でもイスラム教徒を地域のコミュニティから排除しようとする動きがあります。イスラム教は、多くの人々が砂漠等の過酷な自然環境の中で生き残るために、部族社会を基本単位として、異部族・異民族が共存するための教えです。西欧の民主主義は市民として認められる者のみを対象としており、非市民や異民族をも包摂し、共存するための体制としては、完全なものではありません。私たちは、本来（筆者注・西欧の民主主義者以上に）寛容なイスラム教徒達を、狂信的指導者・扇動者の下に追いやっていないでしょうか。」と書いた。

　昨年は、シリア、イラクの内戦の中で力を蓄え、支配地を広げてきたISが建国を宣言した。これに対して、それらの内戦の激化に対して、これまでなす術のなかった欧米社会が、湾岸のイスラム各国と協調して、激しい爆撃を加え、欧米のみならず、日本も含めた世界中の人々が、これに対して喝采を送っている。

　しかし、過激派のイスラム教徒であるにせよ、建国を宣言したということは、爆撃の下には、女性も子どもも住んでいるということである。私たちは、戦場においてのみ爆撃が加えられていると誤解してはいけない。各狂信的指導者に狙いを定めた爆撃は都市部でも行われている。

　イスラム教徒たちが、非戦場においても夥しい血を流していることを忘れ

てはならない。

　ところで、欧米は、「民主主義」のために戦っていると謳っているが、彼らが共に戦っている湾岸諸国の政権は、本当に国民の信を得ているのであろうか。

　また、現在の中近東諸国家の国境は、欧米の列強が、古くからのイスラムの各部族の社会を恣に分断して設けたに過ぎず、ISに結集する部族が複数の国にまたがっていることに違和感を感ずる必要はない。

　それら部族を次々と殲滅していく戦いが、民主主義のための戦いであり得ようか。

[追記]　2016年4月現在、ISの包囲網は、さらに狭まっている。

　ISの支配地はイラクやシリアにまたがり、両国と激しい戦闘を繰り広げている。

　湾岸戦争によりイラクの無秩序状態を引き起こした責任者たる米英を中心とする西側諸国は、これまでもイラクの対ISの戦いを支援してきたが、ISが非イスラム圏の各国の市民を誘拐、惨殺していることへの復讐のために、最近はISへの空爆に参加している。シリアを支援するロシアもウクライナ問題で西側諸国から経済制裁を受けるに至ったことがきっかけで、国際的な地位を誇示するために、支援を強化し、ISを含む反体制派に対し、激しい空爆を加えている。

　ISと同様スンニ派に属するサウジアラビア等の湾岸諸国や、クルド族と戦闘するISを密かに支援していたと言われるトルコも、一時のISの占領地域の拡大に脅威を感じたこと等からIS包囲網に参加するに至った。

　イスラム社会が部族集団を単位としていることに照らせば、IS国の支配下の市民は、部族社会の選択に従うよりほか生きる術はないことを忘れてはならない。太平洋戦争中の空襲下で逃げ惑った我が国の国民の姿を思い起こす時、彼等の苦難にいたたまれない心地がする。

　2017年3月30日、国連難民高等弁務官事務所（UNHCR）は、シリアから国外に逃れ難民として登録された者が502万470人に達すると発表している。

2015年4月3日（金）

③ 後藤健二氏の死亡

　ちっぽけな事務所での一日を紹介してみたい。午前10時30分私の依頼者と賃貸マンションの共有者との話合いに立ち会い、午前11時離婚調停の依頼者と財産分与請求権を被保全権利とする仮差押えのための打合せ、午後０時30分自己株取得に関する相談案件につき提携弁護士との打合せ、午後１時離婚届出の有効性についての調査案件について依頼者に報告、午後２時Ｎ動物病院からの獣医療過誤事件を受任、午後３時Ｙ動物病院の院長と賃貸借契約締結交渉に関する相談、午後４時民事第一審事件の受任弁護士からの相談、それらの合間に、電話で、複数の売掛金請求事件の相手方代理人との示談交渉、遺言書無効確認調停についての和解交渉、刑事被疑事件についての捜査担当刑事への和解報告、さらには依頼者からの電話やメールでの相談や事件進行についての照会に対する返事等々である。午後７時、よく冷えた缶ビールを１本飲干し、誰もいない事務所に施錠をして帰宅する。

　ところで、後藤健二氏は、2014年10月頃ISに拘束され、本年１月31日に殺害されたとみられている。1967年宮城県仙台市生まれ、法政大学を卒業し、1996年に映像通信会社インデペンデント・プレスを設立、アフリカや中東などの紛争地帯等の取材に携わってこられた。1997年日本基督教団田園調布教会で受洗した敬虔なクリスチャンでもある。

　後藤氏が、生命の危険を冒して、今回シリア経由でISの支配地域に入ろうとした直接の動機は不明であるが、彼が執筆した書籍からも報道に対する使命感を理解することができる。ジャーナリストとして生き、倒れた彼の心情を知りたくて、①シオラレオネでの取材に基づく『ダイヤモンドより平和がほしい』（2005年）、②エストニアでの取材に基づく『エイズの村に生まれて』（2007年）、③アフガニスタンでの取材に基づく『もしも学校に行けたら』

(2009年)と、④『ルワンダの祈り』(2008年)を購入した。発行したのは㈱汐文社である。

　西アフリカのシエラレオネ共和国では、1991年から2002年までの間、反政府勢力革命統一戦線と政府軍とのダイヤモンド鉱山をめぐる内戦において、7万5000人以上の死者を出したが、多数の子ども兵士が殺戮に参加している。①は子ども兵士の立場に寄り添った記録である。

　ソ連から1991年に独立したエストニアには、HIV感染率90％のエルヴァという町がある。麻薬の原料がアルコールより安く、注射針の使い回しのためだという。②はエイズに感染した16歳の母親と胎内感染をしたその子どもの立場に寄り添って、記録を残したものである。

　1978年人民民主党政権が成立したアフガニスタンに軍事介入したソ連は1989年撤退し、その後国土の9割を支配するに至ったタリバン政権も、2001年の英米の攻撃により崩壊したが、内戦は続いている。③は、10歳の少女の立場から、女性の教育問題を記録したものである（ターリバーン運動に抗して女性への教育の必要性などを訴えていたマララ・ユスフザイが銃撃を受けたが、一命を取留め、2014年ノーベル平和賞を受賞したことを思い起こしていただきたい）。④は、ルワンダ虐殺（4 参照）の被害者たちの生々しい証言を採取するとともに、夫と長男その他親戚のほとんどを殺された女性で、事件後国会議員として国の再建に関わっているアルフォンシンさんを中心に、国の再出発と国民的和解への歩みとについて報告したものである。

　彼の今後が楽しみであったが、今はそれもかなわない。

[追記]　2015年1月中旬、安倍首相が中東を歴訪し、「IS国と戦う諸国」に2億ドルの資金援助を行ったことが、後藤健二氏殺害のきっかけと考えられている。

　2016年2月1日、後藤健二氏の兄純一氏は、産経新聞の取材に応じて、「最前線の舞台裏で何が起こっているのかを伝えようとした健二の遺志を生かしてほしい。」と述べるとともに、政府の検証報告書には報道を守る姿勢が欠けていると指摘している。

4 ルワンダ虐殺の悲劇

　昨夜の天気予報では雨とのことであり、花散らしの雨となることを懸念したが、朝には上がっており、自宅から見る町内の桜の木々は、なお咲き誇っている。

　後藤健二氏が取材したルワンダについて言及したい。同国は、ドイツの植民地支配を受け、第一次世界大戦後の1924年からは国際連盟の委任統治領として、ベルギーが植民地支配を受け継ぎ、第二次世界大戦後も国際連合の信託統治国として植民地経営が継続された。

　虐殺開始時、ルワンダの人口770万人のうち、フツは8割強、ツチは9〜12％であったと報告されているが、フツとツチとは元々は同じ言語を使い、農耕民族であるか遊牧民族であるかという文化の違いと、それに伴う貧富の差があるだけで、同一民族であると考えられている。

　しかし、ベルギーは、植民地支配のために、ツチとフツとは民族的に異なり、前者が優秀であるとする人種概念を流布させて、少数派であるツチを支配層とする間接支配体制を築き、この体制が、第二次大戦後も継続されていた。ところが、ツチの指導者らは、1957年頃からベルギーからの独立を求めて政治活動を展開するようになり、1960年のベルギー領コンゴの独立後、その運動を急進化させていった。

　一方、ベルギーは、同じ植民地としていたコンゴの独立後、ルワンダだけの植民地支配の継続は困難であると判断し、独立後のルワンダにおける影響力を保持するため、ツチの支配に不満を持つフツによる体制転覆を支援して、フツによる社会革命を成功させた上で、独立を認めたのである。

　その結果、多くのツチが報復を恐れてウガンダ等に亡命したが、その後、ウガンダの内戦に参加し、反政府軍の勝利に貢献した経験をもとに、ルワン

4 ルワンダ虐殺の悲劇

ダ愛国戦線（RPF）を組織して、フツの政権に対する反政府運動を活発化させ、1990年以降、ルワンダ帰還を目指したRPFとルワンダ政府との間で内戦が始まった。

1993年8月4日、タンザニアの仲介で和平協定のアルーシャ協定が調印され、その遵守を支援するために、同年11月より、約2500名の軍事要員と60名の文民警察官からなる国際連合ルワンダ支援団（UNAMIR）が展開したが、1994年4月6日に、フランスから軍事支援を受けていたフツ出身のハビャリマナ大統領等を乗せた飛行機が撃墜されたことに端を発して、フツによるツチの大量虐殺が始まり、アルーシャ協定は破棄された。

UNAMIRがルワンダ国内に展開していた際にも、資源に乏しいアフリカの小国の揉めごとに巻き込まれることに消極的であった国連安全保障理事会のメンバーにより、UNAMIRの活動は妨害され続け、ジェノサイドが開始された4月半ばの時点での事態収拾のための人員要求はすべて拒否された。ベルギーも、大統領の警護を行っていた自国の兵士10人が殺害されると、平和維持任務から撤退した。

さらに、国連本部は、UNAMIRの活動をルワンダにいる外国人の避難保護に限定するよう指示し、多数のツチが避難していたキガリの公立技術学校の警護からUNAMIRが撤収したことにより、学校を取り囲んでいた武装勢力が学校内へ突入し、数百人の児童を含むおよそ2000人が虐殺されることもあった。しかも、この事件から4日後には、安全保障理事会はUNAMIRを280人にまで減らすと決議している。

そして、1994年7月にツチのパストゥール・ビジムングを大統領、ポール・カガメを副大統領（のち大統領）とする新政権が発足するまでの4カ月間に、80万人以上のツチが虐殺されたのである。

なお、フランスは、その後カガメ政権関係者がハビャリマナ大統領の暗殺に関わったとして訴追し、カガメ政権側は、フランスがルワンダ虐殺を支援したと批判し、両国は一時国交を断絶していた。

ところで、私たちがルワンダ虐殺を野蛮なアフリカ人の犯行だと考えると

すれば、それは、黒人に対する差別意識による誤解であり、彼らと私たち日本人の間の人格的能力の間には全く差異はない。平和なアフリカ社会に分裂と憎しみを持ち込んだのは、欧米の巧妙な植民地支配であり、虐殺の裏側に、ルワンダ独立後の権益に目が眩んだベルギーやフランス等の欧米の国々が存在していた。だからこそ、国際社会は、ツチを見殺しにしたのである。

　ツチや穏健派フツの虐殺を行った中心人物は、その後ルワンダ国際戦犯法廷において裁かれ、ジェノサイドの煽動、人道に対する罪につき有罪とされているが、国民の全員が加害者または被害者であるという状況の下では、国民の再統合は決して容易ではない。現に、1995年4月22日には、ツチが5000人のフツを殺害するというキベホの虐殺があった。

　後藤健二氏は、1996年の春にルワンダを訪れたものの、子ども兵士に拉致されながらかろうじて解放され、出国できるという苦い経験の後、2008年に再び入国して行った取材活動をもとに、『ルワンダの祈り』（汐文社2008年）を出版している。虐殺を生き延びた被害者から聞き取った凄惨な事件の模様と、被害者たちが、深刻な心的外傷性ストレス障害に悩みながら、自らの生活とルワンダの再建のために歩み始めている姿とを描き出すことに成功している。

　なお、ルワンダはフランスとの国交を回復した2009年11月29日に、フランスを始めとする外国からの干渉や国内の反対派を牽制するために、英連邦に加盟している。

　後藤健二氏の本の帯には、「憎しみと悲しみに満たされた心だけでは、きっと生きてはいけない。」と書かれている。ツチの被害者が、フツの加害者を許すことによって、両者間に国民的和解が成立することを、後藤健二氏が祈るような気持で期待していたことが明らかである。

［追記］　2014年4月17日にJICAは、「この20年間にルワンダは『アフリカの奇跡』と呼ばれる成長を遂げ、投資先として注目を集めている。」とインターネット上に報告し、WEDGE編集部の伊藤悟氏も、ルワンダでは、大臣、知事クラスにも成果主義が徹底し、汚職行為を厳しく取り締まった結

果、2013年10月に世界銀行が発表した「ビジネス環境の整った国」ランキングでは、アフリカ地域1位のモーリシャスに続き、2位となったと、同様に報告している。

　一度、国を離れたものの、政情や経済が安定したことから、ルワンダへ戻ってきた「ディアスポラ（離散した者）」と呼ばれる人々の存在も大きく、大臣の約半数はディアスポラであり、経営者の多くもディアスポラだそうである。ルワンダのITレベルは高く、国民も勤勉で人材のレベルが高いと言われており、治安が良く、マウンテンゴリラを確実に見ることができるため、旅行先としても人気上昇中であるとも報告されている。

　もっとも、外務省のMOFA海外安全ホームページによると、2016年4月10日現在の危険度は1（十分注意してください）であり、隣国・コンゴ民主共和国の武装勢力「M23」とルワンダとのつながりが疑われたり、隣国のブルンジで、ヌクルンジザ大統領が3期目となる大統領選に出馬したことを契機にクーデターが発生し、ブルンジから避難民が押し寄せ、ルワンダでも緊張感が走る等、アフリカ地域特有のリスクが存在しないわけではない。

　それにしても、ルワンダ国民の国を再生させる努力には目を見張らされる思いがする。後藤健二氏も、この現状を喜んでおられることであろう。

　世界経済フォーラム（WEF）が発表した2016年版「ジェンダー・ギャップ指数」で、ルワンダは144カ国中5位（日本は111位）に入っており、また下院議員に占める女性比率は56.3％で、世界1位となっている。

　2017年8月4日に行われた大統領選挙の投票率は96.4％で、ポール・カガメ大統領が、その98.6％の得票を得て再選された。この結果は、虐殺を終息させた功績と奇跡的な経済発展を導いた実績にもよると言われている。

⑤ 市民だけのための欧米の民主主義

　本日から3泊4日の中国出張の予定である。監査役に就任しているH株式会社の子会社のN社の業況が大きく拡大し、中国ビジネスに大きな資金を投下するようになっている関係で、大口の取引相手の会社見学をすることと、中国ビジネスの現状を現地で確認することが目的である。

　さて、私たちは民主主義社会に住んでいると思っているが、「日本は、民主主義社会であるのに、貧しい者が何代にもわたって貧しいのはなぜか。」、「民主主義を最も標榜している米国で最も格差が拡大しているのはなぜか。」ということが、長年の私の疑問であった。

　そこで、イスラムの文化を学んでいて気づいたのは、民主主義と言われる欧米の社会の担い手は市民だけに限られているということである。黒人奴隷制度の下では、白人だけが市民であったことになる。

　日本でも、明治維新の直後は納税している男性だけが市民であった。第二次世界大戦後の1945年に完全普通選挙が実施されたとされるが、戦争中日本に併合されていた韓国、台湾から強制連行される等して日本に残った在日の人々には、故国における生活基盤を喪失しているにもかかわらず、いまだに日本の選挙権が与えられていない。彼らが、過去に受けた仕打ちを忘れたくないがために日本国籍を新たに取得しないとしても、過去に日本人として扱われた者とその子孫である以上、完全な市民権が与えられるべきだと、私は考えるのであるが。

　また、日本国籍を有していても、行政との接点が住民票上の住所であることから、かかる住所を持たない者は、生活保護を受給することもできず、生存の危機にすらさらされていた時代がある（最近は、生活保護法19条1項2号の適正な運用や、平成24年6月27日法律第46号「ホームレスの自立の支援等に関

する特別措置法」によって、保護されている。)。

　近時、我国でも、アベノミクスによる経済活性化策の名の下に、一層の福祉切り捨てが進んできている。その結果として、職業柄私が日々接している経済的弱者の生活は、年々困窮の度を加え、一度最貧状態に陥った家族は、何世代にもわたって、浮上できそうにない。先に親の負債を処理し、後日、別の原因で膨れ上がった子らの負債を処理するようなことは日常茶飯事である。経済力に欠ける親の子には、経済的困難に突きあたったときのセーフティーネットは存在しない。東大、京大に進学する学生が、親の経済力競争の勝利の恩恵を受けていると言われているのと正反対である。

　民主主義の輸出国として自負する米国では、貧困層の犯罪や麻薬の浸透等による社会の不安が耐え難いほどになっているとの報道がある。

　人は、「貧乏人にも選挙権があるではないか。」と言う。しかし、政治家や政党は、現在の社会経済体制を維持する目的のために存在し、もとより、営利企業が利潤をあげるために行う報道が所詮は反体制的ではあり得ないことは古今東西の報道に見るとおりである。

　その結果、米国を中心とする欧米の先進国、そして日本は、民主主義を標榜しながら、実は、平等な社会の建設を目指すのではなく、自由競争の中での優勝劣敗のもたらす階層分化の弊害を肯定し、敗者を切捨てながら、勝ち組のために経済的諸活動の自由が保障される経済秩序の一層の拡大と一元化とを追求している。極論すれば貧乏人が投票すべき候補者は存在しない。

　その背後に控えるのは資本の論理である。経済的弱者を始めとする各種弱者が、民主主義の担い手となることは不可能である。

[追記]　2017年1月20日に第45代米国大統領に就任したドナルド・トランプの政治手法は、ポピュリズム（大衆迎合主義）と言われるが、その熱狂的支持者には貧困層に多く、オバマケアの廃止に見られるとおり、自らの生活をさらに困窮化させる政治家を選んでいることになる。

　しかし、それは選ぶべき大統領候補が見えないためでもある。

2015年4月7日（火）

⑥ 中国経済の若い担い手

　昨日、関西国際空港から中国上海浦東空港に飛び、次いで新幹線のファーストクラスの席におさまって蚌埠（ぼうふ）に向かう。列車の最前部付近の10席ほどがファーストクラスであるが、航空機の席のように、ゆったりとしていてリクライニングもできることと、ささやかな菓子の差入れを受けられるほかは、特別のサービスもなく、また、運転席との壁もあって視野が格別広いわけでもない。

　なお、中国の新幹線の速度や乗り心地は、日本のそれとあまり変わりがない。軌道の広さも日本と同様であるが、揺れはむしろ少ないように思われた。

　本日は、A有限公司を訪問し、タッチパネル工場を見学した。

　比較的最近に設立された会社であり、董事長（とうじちょう）も若手であるが、彼を信頼して巨額の投資資金を調達して起業させる勢いが中国の社会にあることが、興味深く思われた。政治と経済とが密接に関連している国とはいえ、政治から独立しているものの古い経営陣が立ちはだかっている日本の上場会社と比べると、国際経済の激しい動きへの素早い対応能力という意味では、中国の方が遥かに勝っているようである。

　見学終了後、新幹線で南京に向かい、ホテルにチェックインの後、明日訪問する有限公司やその関連会社の役員らとともに、中華料理に舌鼓をうった。

　食卓の各自の席の前には、パイチュー（白酒）を入れた水指形をした小ぶりなガラス製の徳利と、それを注ぐ小型のガラス製の御猪口が置かれている。中国側の誰かが、日本側の誰かを指しながら、パイチューを自分の徳利から自分の御猪口に注ぎ、指された人も同様に自分の御猪口にパイチューを

満たすと、二人で「乾杯（カンペイ）」と唱えながら、一気に飲み干す。興に乗ってくると、徳利の残量を等しくした上で、御猪口ではなく徳利で「乾杯」をすることもある。

　パイチューは、日本の焼酎の度数を上げた50度くらいの酒であり、中華料理には合っているが、自分一人で己のペースに応じて勝手気儘に飲むことは嫌われ、誰かと「乾杯」をしながら飲むことが好まれる。

　あまりいい気になって、「乾杯」を繰り返していると、すっかり出来上ってダウンする懸念があり、おちおち「乾杯」に興じているわけにもいかない。もっとも、中国側にも日本側にも、徳利4杯ほどのパイチューを「乾杯」し、なお、平静を保っていた人がいたが、その二人が横綱であった。それにしても、中国の若い経済人の活き活きとした姿はどうだ。日本の企業も、どんどん経営者を若返らせることが必要なのかも知れない。

　私の年齢は日本側企業の社長の次であり、中国側の若手経営者とは随分離れていたことから、中国側も配慮してくれたとみえて、「乾杯」を挑まれることはほとんどなかったが、本音を言えば、もう少しパイチューを楽しみたかった。

　明日訪れるのは、N有限公司である。こちらは、本日訪問した企業と比較すると、規模も私どもとの取引もより大きい。

　シャープの亀山工場のラインを買い取った企業であり、現在建設中の工場は、さらにラインを増設しようとしているようである。多くのシャープからの出向者が働いており、優秀な技術者は転籍して、新世代の液晶技術の開発に参加しているとのことである。

[追記]　2016年2月に開催された臨時株主総会の決議により、台湾に本拠を置く鴻海精密工業がシャープの株式の3分の2弱を取得することになったが、2017年4月28日に発表された同年3月期決算は営業利益が624億円というものであった。

　ともかく、中国や台湾は、経営の速さが日本と違う。

　なお、ここにシャープの盛衰を簡単に紹介しておきたい。

2015年4月7日（火）

　シャープは、徳尾錠というベルトのバックルを発明した早川徳次が、1912年に東京で創業した会社である。1915年シャープペンシルを発明。米国で爆発的にヒット。現社名はこれに由来する。
　1923年に関東大震災に被災するが、大阪市に移って再起を図り、1925年に鉱石ラジオをシャープの名前で発売。戦前の主力商品となる。
　第二次世界大戦後、一時低迷の時代があったが、1962年に日本で初の電子レンジを発売、1966年には世界初のターンテーブル方式の電子レンジを開発、1963年には太陽電池の量産を開始、1964年にはオールトランジスタダイオードによる電子式卓上計算機（世界初）を開発。液晶技術の開発に成功し、1973年液晶を表示装置に使ったCMOS化電卓（世界初）を開発する等ユニークな製品を作り続けてきた。
　しかし、その後、液晶事業の舵取りに失敗し、経営は低迷、2013年3月期に5453億円という巨額の最終赤字を計上し、2015年3月期にも2223億円の最終赤字を計上したが、2016年3月期にもなお、1700億円の営業赤字が見込まれた。日本国内の過剰設備を中国に輸出し、優秀な技術陣が退職する等していく中で、シャープの独自技術も急速に陳腐化しつつあり、ついに、同年4月2日、台湾の電子機器受託製造大手、鴻海（ホンハイ）精密工業に買収されるに至った。
　鴻海の戴正呉副総裁が、早川徳次の記念館の建設を発表したのは、シャープの無能な最近の経営陣より、彼らの方が創業者の偉大さを理解していることを物語るといえよう。
　日本経済新聞社編『シャープ崩壊』（日本経済新聞出版社2016年）が経営破たんの経過について詳しく、液晶の亀山工場の建設で慢心した町田元社長と、堺工場建設で失敗した片山元社長との激しい人事抗争が、凋落の原因であるとする。

2015年4月8日（水）

⑦ 南京大虐殺記念館

　本日見学した液晶製造工場は、広大な敷地に建てられていて、なお、ほかに第2工場の建設が予定され、また、隣接地には第3工場の敷地が確保されている。工場建設の規模の広大さには目を見張るものがある。中国では工場の敷地に苦労する必要はなく（ここでは、そのことの是非はおく）、共産党のエリートでもある経営者が希望すれば、直ちに必要な工場敷地を確保することができる。

　工場見学後、南京での見学希望地を尋ねられ、私は、躊躇せず、「南京大虐殺記念館」に行くことを提案した。幸いにも、一行の中に反対者はなく、中国での名称「侵華日軍南京大屠殺遇難同胞紀念館」に向かった。

　この施設は、1937年に南京を占領した旧日本軍による、南京大虐殺の犠牲者を追悼するために建てられた施設である。内部には人骨が展示されており、線香や花束を備える場所もある。資料館には、南京大虐殺や抗日戦争に関するパネル展示や資料展示がある。

　記念館は、鄧小平の提唱によって建設され、抗日戦争終結40周年にあたる1985年8月15日にオープンした。その後、華南理工大学建築設計研究院の何鏡堂が設計責任者として、総工費4.78億元で、2006年6月26日から拡張工事が行われ、総建築面積23万平方メートルに拡張されて、2007年12月13日に再開館した。展示施設への入口までの通路に沿って、多様な被害者のすべての不幸や苦悩を象徴している超大型の銅像群が配置されている。

　説明文には、虐殺を働いた人を「Devil」と表記している部分があり、また、やはり大型の記念碑には犠牲者数が30万人と書かれている。この犠牲者数の表記について、日本政府は「事実関係に疑義がある展示がある」として、南京市幹部らに見直しを求めている。

2015年4月8日（水）

　施設内の展示の説明文には、「歴史は鏡であり、歴史の教訓を忘れてはならない。侵華日軍南京大虐殺という歴史的事実は、戦争は人類文化にとって大災禍であること、戦争は蛮行を生み出し、人間性を絶滅させる野蛮な行為であること、侵略と虐殺は必ず被害民族に災難をもたらすということを証明した。われわれは、（中略）祖国の統一を実現し、世界の平和を守るために努力しなければならない。」と書かれていた。記念館の展示を閲覧することは、日本人にとっては辛いものがあるが、中国側は、日本人をDevilとして排斥しているのではなく、南京を占領した日本軍に蛮行を働かせたものが戦争にほかならないとして、平和主義を唱えているのである。

　犠牲者数も報告によってまちまちであることに言及されていて、日本政府の見直しの申入れには首をかしげざるを得ない。犠牲者の死体は、焼燬されたり、河に流されたりして、速やかに現場の証拠隠滅が図られており、虐殺現場で生き残った中国人が稀であったことから、数字の正確な検証は不可能なのである。

　日本では、南京大虐殺はなかったとする荒唐無稽な歴史観が存在するが、南京入城時に「中国人の百人切り」の競争を我国に報道して戦意を煽ったのは大新聞であり、今日では中国人でも日本人でもない第三国の人々が事件当時に作成した目撃記録が多数出版されている。

　中でも、日本の同盟国であるドイツの国民でありながら、中国人の救済に奔走したジョン・ハインリヒ・デトレフ・ラーベ（執筆当時ナチス党員）著、エルヴィン・ヴィッケルト編・平野卿子訳『南京の真実』（講談社1997年）は極めて詳細である。

　私は、広島と長崎の原爆による大虐殺、日本各地の空襲による民間人大虐殺も世界に類を見ない戦争犯罪であると考えている（**103** 参照）。米国に遠慮して、それらの被害者の鎮魂と平和を世界に訴えるための一大国家的施設が我国に存在しないことの方が、不思議である。

［追記］　2016年4月11日、核軍縮および不拡散に関する、次のようなG7外相広島宣言が採択された。

7　南京大虐殺記念館

「我々は、世界にかつてない恐怖をもたらした第二次世界大戦から71年を経て、我々が広島で会合することの重要性を強調する。広島及び長崎の人々は、原子爆弾投下による極めて甚大な壊滅と非人間的な苦難という結末を経験し、そして自らの街をこれほどまでに目覚ましく復興させた。この歴史的会合において、我々は、国際社会の安定を推進する形で、全ての人にとりより安全な世界を追求し、核兵器のない世界に向けた環境を醸成するとのコミットメントを再確認する。」

そして、米国のケリー国務長官は、ドイツのシュタインマイヤー外相、日本の岸田文雄外相、英国のハモンド外相、フランスのエロー外相、カナダのディオン外相らG7外相とともに、広島市の広島平和記念資料館を参観し、平和記念公園の原爆死没者慰霊碑に献花した。資料館での記帳に際しては、それぞれ深い感銘を受けたことを率直な筆遣いで記録されたようである。

米国の原爆投下は、戦争を早期解決させるための正義に基づく行為であり、真珠湾を奇襲攻撃した日本とは異なり、謝罪する必要はないとするのが米国世論であり、そのため、これまで、米政府の要人が我が国の原爆慰霊碑等を訪問することはタブーとされてきた。

しかし、やはり非軍人である多数の市民の上に原爆を投下することは、人道に対する戦争犯罪以外の何ものでもなく、今回のG7外相会議の機会に、欧米主要国の外相に広島を訪問させて、戦争犯罪の残酷さを理解させられたのは、我が国外交の稀に見る成功例であろう。

なお、1988年にロナルド・レーガン大統領が日系人強制収容問題を謝罪し損害賠償を行ったことを『弁護士日記すみれ』第60話に記載したが、それに至る地道な政治活動を指導したダニエル・K・イノウエ上院議員のさまざまな功績を讃え、ホノルル国際空港は、2017年4月27日名称を「ダニエル・K・イノウエ国際空港」に変更したことにも触れておきたい。

8 民主的選挙がイスラム社会にもたらすもの

　本日、午後5時頃にほぼ定刻どおり、関西国際空港に到着し、空港バスで河内長野に帰る。

　久しぶりに、妻やレモン、母と対面。やはり家は落ち着くものである。

　今日もイスラムの社会と民主主義について考えてみたい。

　「イスラムの社会にも民主主義がある。神の民主主義である。」と主張する人々がいる。イスラムでは、神の前では人々は平等であり、社会の中では、イジュティハード（コーランやイスラムの慣行等の法源の解釈によって合法的な決定をすること）やイジュマー（合意）等の、社会や人々のコンセンサスが大切にされるから、神の民主主義とも言うべき体制であると考えるのである。

　しかし、イスラム教は、神の唯一性と人間の存在との関わりについては、「神に絶対的に服従すること」の原義に立ち帰って厳密に考える立場である。したがって、影響力のある宗教的指導者が政治の中心に座る場合や、有力部族が宗教的指導者を取込むことによって、政治的な複数意見や宗教上の異論を排斥する場合には、言論や結社の自由を奪って、独裁政治の体制を築く恐れがある。前者の例としては、シーア派のイランのホメイニ代表がいるが、後者の例としては、スンニ派バース党のイラクのフセイン、シーア派に属すると言われるアラウィー派のシリアのアサドをあげることができ、さらには、スンニ派のサウード家が支配するサウジアラビアや、同じスンニ派であるがサバーハ家が支配するクウェート等をあげることもできる。

　多くのイスラム諸国においては、植民地時代の欧米の支配に代わって、一部の支配者によって政治権力が簒奪される形で新たな支配体制が確立した。独立の過程での旧宗主国への抵抗運動に遠因を求めることができる場合もあ

るが、クウェート等では、米国の石油資本と癒着することで社会的、経済的基盤を確立している。

　そうした独裁体制に対し、中近東の各国で不満が高まっており、それが2010年から2012年にかけてアラブ世界において発生した、アラブの春と呼ばれる大規模反政府デモや抗議活動を主とした騒乱の原因となっている。

　しかし、この動きがイスラム世界を欧米先進国が唱えるような民主化の原動力となるかということになると、懐疑的にならざるを得ない。イスラム諸国においては、仮に、民主主義的手続が一時採られても、多数派を占めるイスラム主義者がひとたび権力を掌握したときは、アラーの名の下に反対意見を封殺し、不寛容な秩序を社会に強制し、欧米先進国が期待するような民主主義の実現はもたらされないことがある。

　たとえば、エジプトにおける民主的な選挙で選出されたムスリム同胞団のモルシ大統領は、就任時すでに、イスラム教と一体化した政治を進めようとしがちな彼を牽制する軍との間で軋轢が生じ、その後、非民主主義的な歩みを見せたとして、2013年7月3日、国防大臣のアブドルファッターフ・アッ＝シーシーを初めとする軍部によるクーデターにより解任されて、拘束され、シーシーは、2014年6月8日に後任の大統領に就任している。

　パレスティナを実効支配しているハマスは、ムスリム同胞団パレスティナ支部の武装闘争部門であり、ヨルダンにおいても、ムスリム同胞団は社会慈善活動を軸として強固なネットワークを形成し、その政治部門が政権入りしたこともある。

　われわれは、モルシ大統領とクーデターを敢行した軍のどちらが善か悪かを判断するのではなく、イスラム各国の政治はその国に委ねられるべきものとして、静観するしかないであろう。

［追記］　2016年4月22日、エジプトの刑事裁判所は、モルシ被告に対し、殺人煽動罪では無罪としたものの、拷問罪で禁錮20年の一審判決を言い渡しており、国際社会の批判をかわすために死刑を回避したと見られ、2016年10月22日破棄院も、これを支持した。

2015年4月9日（木）

　また、大統領時代にパレスティナの「ハマス」などと共謀したスパイ罪と、民主的選挙で大統領に就任する前に、反体制デモに関連して逮捕され、その後に刑務所から支持者とともに脱獄した罪について、2015年5月の暫定判決に続いて、6月16日に死刑の第一審判決が言い渡されたが、2016年11月15日破棄院は死刑判決を無効とし再審を命じている。
　モルシ被告は、ほかにもカタールに国家機密を漏らした罪や公判で裁判官を侮辱した罪で起訴されているとされ、いずれの裁判にも上訴ができるため、刑の確定には時間がかかりそうだとされており、これまで死刑の執行に至っていないのは、エジプトの強権体制に懸念を示す欧米の姿勢や、国際世論の力によるものではないかと考える。
　とはいえ、欧米諸国は、ISとの戦いを継続するためには、エジプトの協力も不可欠であり、モルシ被告解放に向けて強い態度を示そうとしないのはそのためでもあろう。
　私は、モルシ被告の解放を願うが、万が一彼が政権を掌握した暁には、今度は、イスラム教と一体化した政治体制により、国民の人権が圧殺される危険もある。
　同じように、私が、最近のインドの政治において、ヒンドゥー至上主義的姿勢を示すモディ首相の登場により、ヒンドゥー教徒以外の人権の侵害例が増加していることを懸念していることにも言及しておきたい。
　2017年5月26日、モディ首相は、「牛の幸福を守るため」として、食肉処理を目的として家畜市場で牛の売買をすることを禁止する法令を出した。牛はヒンドゥー教徒に神聖視されている動物であり、これまでにも牛肉を食べたとしてイスラム教徒が殺害される事件が後を絶たないが、モディ首相は、終始一貫して介入に消極的態度を採っている。

⑨ 戦前の斉藤隆夫議員の特別予防演説

2015年4月10日（金）

　今年いただいた年賀状の中で、自然と自らの気持が引き締まるのを感じたのは、現在神戸大学法科大学院の教授であられる内田博文先生が引用された言葉に接した時である。
　「刑罰ノ目的ハ犯罪者ヲ苦シメルニアラズシテ、犯罪者ノ身体ヲ保護シ、犯罪者ノ精神ヲ教養シ、犯罪者ノ人格ヲ向上セシメテ、以テ一般ノ国民ト共同ノ生活ガデキルヤウニスル、是ガ刑罰ノ目的デアル（1929年3月2日の衆議院本会議での斉藤隆夫の発言から）」
　内田教授は1946年生まれで、刑事法学を専門とされ、1971年愛媛大学法文学部、1975年神戸学院大学法学部、1988年九州大学法学部を経て、2010年から現職にあられる。
　刑罰の意義については、応報刑論と目的刑論とがあるが、目的刑論の中には、さらに、一般予防論と特別予防論とがある。
　一般予防論は、刑罰とは、将来行われる可能性を犯そうとする者を牽制することによって、犯罪を予防することが刑罰の存在理由であり、刑罰は正当化されるという考え方である。
　これに対し、特別予防論は、犯罪を行った者による再犯を防ぐことに、刑罰の存在理由を認めるものである。特別予防論には、その中でさらに、消極的特別予防論と積極的特別予防論が存在すると言われるが、消極的特別予防論は、犯罪者を刑罰の持つ苦痛などの痛みで威嚇したり、隔離したりするという考え方であり、人間の尊厳を認めていない前近代的な考え方である。
　積極的特別予防論とは、犯罪者の改善や更生のために積極的な処遇を行い、犯罪者を矯正していくことで社会に復帰させることが刑罰の目的であるという考え方である。

2015年4月10日（金）

　積極的特別予防論は、犯罪者も市民の一人として尊重し、犯罪者の改善、更生、社会復帰させることが大切であるという考えである。この考え方に立つと、犯罪が重大なものであっても、犯罪予防ができる程度の軽い刑罰を科すことができれば十分であるという結論を導くこともできる（もっとも、軽微な犯罪でも重い罰を科される可能性が生じる結果、犯罪と刑罰の不均衡が生じるということや、犯罪予防効果を客観的に測定するのが困難なことから必要以上に重い処罰を科す危険性があるので、応報や一般予防の限度を超えては処罰できないと考えるべきである）。

　そして、積極的予防論に基づく行刑は、犯罪者に反省を促すに留まらず、貧困、病気その他彼を犯罪に追い込んだ背景を探ることを通じて、職業教育や環境改善、社会復帰への指導等、親身な関与が不可欠であるとされる。

　内田教授の年頭の挨拶で引用されたのは、第二次世界大戦前の斉藤隆夫の国会発言であるが、彼は、1870年兵庫県豊岡市出石町に生まれ、1912年に立憲国民党より総選挙に出馬、初当選を果たした。戦前は立憲国民党・立憲同志会・憲政会・立憲民政党と非政友会系政党に属した。普通選挙法導入前の「普通選挙賛成演説」や、1936年5月7日の「粛軍演説」、1938年2月24日の「国家総動員法案に関する質問演説」、1940年2月2日の「反軍演説」（支那事変処理を中心とした質問演説）で有名である。

　浜口雄幸内閣では内務政務次官、第2次若槻礼次郎内閣では法制局長官を歴任していただけに、犯罪被害者を見る目は温かく、戦後の法務省にこの姿勢が承継されていれば、現在の行刑の効果も、現状と随分異なる結果になっているのではないかとも、思われるのである。

　我国の行刑の現状については、本書⑫と㉚を参照されたい。

⑩ 私の高校時代

2015年4月11日（土）

　早春には黄色い花が多い。河内長野で最初に咲いたのはマンサク、少し遅れてサンシュユ、そしてミツマタ、ニセアカシア、そのうちレンギョウが咲き始め、山吹や、黄水仙、フリージアも咲いた。野原ではタンポポが例年になく密集して、キツネノボタンと共に咲いている。

　庭ではモッコウバラも咲き始めた。

　ところで、1967年に徳島県立城南高校を卒業した、近畿界隈に縁のある同窓生が「城南67会」を結成し、同窓会を開催したり、ゴルフコンペを企画するほか、折に触れて、文集「Fire Storm」を発行している。私もその一員として、次の原稿募集に備えて、高校時代の資料を整理し、次のような文章にまとめてみた。

　「私の高校時代──団塊の世代の私たちは、学校卒業と同時に校舎や体育館等が改築されることが多かったが、城南高校では、2年生時には逸早く新体育館が竣工している。しかし、生徒総会等が開催され、その周辺が野外弁当の場であった記憶の中の体育館は、何故か古い建物のままである。

　さて、私の高校生活の一番の思い出は城南高校新聞部での活動である。1年生時に入部し、昭和40年度前期の編集局長に当選した。その後は、高校生活の充実を訴え、様々な意見を発表したが、その傍ら、50号の「時評」には「無視される教育基本法」、51号の「時評」には「自衛隊と我等の立場」、52号の「解説」には「シュバイツァーに学ぼう」、53号の「時評」には「強まる政府の干渉─教科書検定の歴史」、「時事解説」には「富士にうちこまれたリトル・ジョン」、54号には特別記事の「家永訴訟とは何か」等を掲載した。

　全て匿名記事であり、私が執筆した確証が残っている訳ではないが、高校時代の自身の読書や思考の傾向を思い起こすことができるように思う。

外部の有識者に寄稿を依頼したこともある。51号では徳島大学学芸学部の福井尚吾助教授に「青少年保護育成条例雑感」、52号では徳島県赤十字血液センターの島田徳男課長に「献血は道義上の問題」、53号では徳島大学医学部の長嶺信夫教授に「どうなるのか沖縄問題」、57号では徳島県立あさひ学園の広瀬静男園長に「精薄児も人間だ」の原稿を頂いた。

　学校や父兄等から記事に対する異議の申立はなかったのであろうか。今に至って疑問に思わないでもないが、顧問の阿部文明先生のお蔭で、一切執筆制限を受けることがなかった。先生は、50号に「ベトナムをめぐるアメリカ国内の動向」を寄稿して下さっている。

　自らの思い出にふけるのはこの程度にして、城南67会の皆様の高校生活をご披露しておく。

　1965年2月23日の校内マラソン大会では、男子の部で糸田川廣志が6位、井関潤三が7位、女子の部で田中久美が3位。同年6月22日の校内陸上競技大会の200m走で糸田川廣志が優勝、800mで今川協が2位、1500mで井関潤三が2位、5000mで的場秀樹が大会新で優勝する。

　昭和40年度前期生徒会体育委員長に糸田川廣志、規約改正特別委員長に鈴木卓が選任される。城南新聞53号に、化学部の河野敬一が「お祭りと化する文化祭」を寄稿する。昭和40年度後期生徒会風紀委員長に山下雄一郎が選任される。

　昭和42年ライオンズ国際協会創立50周年記念市内4倶楽部平和論文コンテストで河野敬一が1位、四宮章夫が佳作に入選。」

　私たちは、高校教育の中でも民主主義が尊重されていた時代に、それぞれが自らの選択と責任において、伸び伸びと高校生活を送ることができた幸せな世代であった。

　そういえば、私が1961年4月に徳島大学学芸学部付属中学校に入学した際、「君たちは今日から大人の世界に第1歩を踏み入れた。自覚を持って有意義な学校生活を送って欲しい。」といった内容の掲示に出合い、思わず興奮させられたことも懐しい。

2015年4月12日（日）

11 アラブ連合によるイエメンの空爆

　昨日から、河内長野東ロータリークラブで1泊2日の家族親睦旅行が催され、私は妻とともに参加した。昼前、空港バスで関西国際空港に向かい、午後、LCCのピーチで仙台空港へ飛び立つ。初めてのLCCの経験であったが、私の足は短い方なのか、前の座席との空間がことさら狭いとも思わなかった。仙台空港からは観光バスで青葉城跡に向かい、1時間程度見学して、松島一ノ坊にチェックインした。

　本日は、一ノ坊をチェックアウトして、松島に向かい、瑞巌寺の宝物館、庫裏、仮本堂等を拝観し、円通院では満開のショウジョウバカマ（猩々袴）のこぼれる庭園を楽しんだ後、観光船にて松島湾の島めぐりをする。

　震災前に乗船したときは、近くに飛んでくるウミネコに対してワレ煎等を投げて、船を追う姿を楽しんだが、今日では、湾内の島々の糞害を防止するため、禁止されているとのことであった。

　天候は良く、風光明媚な湾内の島々には、東北大震災の影響も見受けられず、小一時間の遊覧を楽しむことができた。

　昼食をとったレストランの近くに、海岸線付近にある浜田洞窟跡へ降りる脇道があったので、早めに食事を終えて見学に出向いた。縄文時代前期から弥生時代中期までの遺跡であるが、考えてみると、縄文遺跡は、その後の海岸線の後退により高地にあることが多いのに、松島では現在の海岸線と同一水準の場所にある。縄文時代以降、日本中で海岸線が後退する中で、当地では地面が沈降してきたことが理解でき、興味深かった。

　その後、石巻市内の被災地を訪れ、被災者追悼のために建立された子ども地蔵に合掌して、銘々が被災地協力への想いを新たにする。

　ところで、2015年3月26日に、中東のイエメンで、サウジアラビア主導の

2015年4月12日（日）

　アラブ「連合」軍が反政府勢力・イスラム教シーア派系武装組織「フーシ派」への空爆を開始したが、イエメン保健省の4月11日の発表によれば、市民の死者は385人、負傷者は342人に上っている。一方、世界保健機関（WHO）の統計では、武装組織の戦闘員なども含めて死者648人、負傷者2191人としている。イエメン保健省の発表は空爆を歓迎する立場から、死傷者数を抑えるバイアスのかかった数字によるものと推測することができる。

　イエメンでは2011年の民衆蜂起で、33年間務めたサレハ前大統領が退陣し、翌年の選挙でハディ氏が大統領に当選した。しかし、北部を拠点とする「フーシ派」が昨年9月に首都サヌアに進出し、2月にはハディ大統領を軟禁状態に置き、議会解散と暫定統治機構樹立を宣言したことがきっかけで危機が一気に深まり、ハディ大統領は南部の主要都市アデンに脱出したが、「フーシ派」はそこにも攻勢をかけ、大統領はサウジアラビアに「亡命」。これを受け、9カ国から成るアラブ「連合」軍による、内戦関与のための空爆作戦が開始されたものである。

　サウジアラビア国防省も4月11日、「イエメンでイスラム教シーア派武装組織フーシ派を標的とした空爆を開始して以来、フーシ派の戦闘員500人以上を殺害した。」と発表し、サウジアラビア軍司令官によると、サウジが主導する中東9カ国の軍は3月26日以来、1200回の空爆を実施したとのことである。

　なお、10日にはサウジアラビアとイエメンの国境付近で衝突があり、国境越しに砲撃してきたフーシ派に対してサウジの部隊が応戦。サウジ通信によれば、砲撃を受けてサウジ兵3人が死亡、2人が負傷したと報道されている。

　イエメン紛争も、湾岸諸国の思惑によって、紛争が一挙に拡大された。

［追記］　国連世界食糧計画（WFP）は、2017年4月19日、内戦下のイエメンが前例のないレベルの飢えと食糧不足に直面しているとし、総人口2700万人の3分の1にあたる900万人への緊急援助が必要であるとアピールした。

　また、イランのタスニーム通信は、2017年5月、アラブ連合軍の空爆で、1万1000人以上のイエメン人が死亡したと報道している。

2015年4月13日（月）

⑫ 熊本のHさん

　今年も年賀状をいただいた方の中に熊本市在住のHさんがおられる。彼女は、私が弁護士に転身した直後、今から35年ほど前に国選弁護を引き受けた常習累犯窃盗の被告人の奥様である。

　弁護士会から割当を受けた事件の記録を謄写し、読了した私は、暗澹たる気持になった。

　彼には、窃盗の前科・前歴が多数あり、すでに常習累犯窃盗による受刑歴もあった。しかし、窃盗の態様たるや、すべて、自転車窃盗であった。

　彼は、故郷を出て、単身、京阪地区で働いていたが、老後の暮らしに備えて、年金を掛けられる企業のみを就職先に選ぶことにしていた。手には特別の技術もなかったことから、よい職場には恵まれなかったが、最低の給与にも耐え、また、郷里にもわずかずつの仕送りもしていたようである。しかし、身寄りや、頼る者もいない都会での生活の中で、たびたび転職を余儀なくされた。そのたびに、必死になって年金制度のある就職先を探したのである。職業安定所はお役所仕事で、まずは求職の役には立たず、新聞の求人広告を見ては、広告主を訪問し、自分を売り込むのである。

　そのうち、食費や交通費にもこと欠くことになり、水腹を抱えて、職探しのために歩き回るうち、疲労困憊のあまり、目についた路上の自転車をつい拝借し、使用後は、そのまま放置する。こうして、彼は、この自転車窃盗だけで、延べ十数年服役することになったのである。近時、しばしばみられる、特別の故買屋と共謀して、高級自転車を専門に窃取し、売り捌くような悪質な犯罪とは性質を異にする。

　こうした事件では、初犯は執行猶予になるが、2回目からは1年前後の実刑、そして、窃盗前科が重なると、3年以上の刑が科される常習累犯窃盗に

2015年4月13日（月）

問責され、通常は実刑となる。
　しかし、驚いたことに、年金の掛け金は、切れ切れでありながら、通算すると、約20年の長期にわたって支払い続けられていた。
　それにしても、行刑を受け持つべき法務省は、懲役刑の受刑者には作業報奨金を支払うが、2011年度予算における作業報奨金の一人1カ月あたりのそれの平均計算額は約4700円に過ぎない。わずかな報奨金を出所時に渡されても、それで暮らせる期間はわずかであり、組織的で有効な就職支援のシステムもない。私は、これまでにH被告人に関わってきた検察官や裁判官等の法曹や法務省の行刑機関に対する怒りが沸々と湧いてきた。
　幸い、H被告人は、前刑を受け終わってから5年間が経過しており、法律上執行猶予の道が開かれていたので、私は、実刑に服させるわけにはいかないと考え、弁護に努めた。その結果、彼は執行猶予を得て、直ちに社会復帰できたのである。
　ところが、それから数日後のことである。T病院から、Hさんが行路病者（行き倒れ）として担ぎ込まれているから来てほしいとの連絡があった。在阪の知人・友人のいないHさんが連絡相手にあげられるのは私だけだったようである。空腹と疲労のために倒れていたのである。
　早速駆けつけた私は、生活保護による療養費の申請の手伝いをした上で、Hさんに郷里に帰ってはどうかと説得し、熊本で家庭を守っている奥様に連絡をさせていただいた。
　駆け付けた奥様とHさんとにお別れするとき、年賀状のやり取りが、その後これほど長く続くとは考えていなかった。今年の字もしっかりと書かれていた。90歳前後になっておられると思われるのに。

◆2015年4月14日（火）

ⓍⓍ 杓子定規な家裁の調停委員

　本日は、母親の遺産分割調停の依頼者であるHさんと一緒に、T家庭裁判所の調停期日に出掛ける予定である。新幹線の窓から見る山々は、美しいさつきの衣で飾られている。

　昼頃、T家庭裁判所に着き、Hさんと一緒に昼食をとった上で、家裁に出頭する。

　Hさんの両親は、古い世代に生きた方々である。そのため、長男であるHさんには、自分たちの財産の多くを相続させようと考える一方で、長男としての務めも強いてきた。たとえば、両親が自宅を新築する際には、不動産取得・建築費用のうち、現金支払い分には自らの貯えをあてたが、不足額については、Hさんに住宅ローンを組ませ、彼に返済させた。

　Hさんの父親が死亡した際には、自宅の土地はHさんが相続することになったが、家は母親の希望をいれて、母親のものとなった。その後、母親は、Hさんに対し、「将来はお前のものになるのだから、建物の改装資金を出捐して欲しい。」と求め、Hさんは資金の負担だけではなく、設計・施工等の業者との契約交渉にも努めた。独り暮らしの母親の老衰が進むに伴い、やがて常時身上介護にあたる者が必要となり、Hさんは職場を早期退職して、独居暮らしの母親宅に住み、その生活全般の面倒をみるようになった。大阪に家族を残しての単身赴任のようなものである。母親は、自分名義の遺産のうち、建物はHさんに譲るほか、現金・預金の配分についても、Hさん以外の兄弟への分配額を伝え、残額はHさんが取得するよう、かねてから申し向けていたが、Hさんからの遺言書作成の依頼については応じなかった。

　Hさんは、母親の死後、母親の言い残した配分方法に自らの誠意をも加算

2015年4月14日（火）

　した新たな配分案による遺産分割の協議を、次男、三男に申し入れたが、彼らは頑なに均等相続を主張した。そこで、調停の申立てに至ったわけであるが、調停委員は、Hさんの申入れを相手方に説明したと述べるが、均等相続を定める現行民法の規定を根拠として、相手方の説得は拒否した。

　しかし、調停は、法律に基づく裁判と異なり、常識や人情その他諸般の事情を勘案しながら、合意ベースで、紛争の解決を図るものである。私は、調停委員に対して、「遺産を均等に分割するのであれば、家裁の遺産分割の審判で判断を示してもらう心算である。」、「Hさんは、自分の想いとは異なる解決を調停で受け入れるつもりはない。」と、繰り返し説明した。

　他方、調停の相手方を牽制するために、寄与分の主張を行い、さらには、生計の資本の贈与としての特別受益が次男にはあるので、その主張を留保するとも説明した。しかし、調停委員は、期日を重ねるたびにHさんの方のみに譲歩を求めるばかりで、彼の両親に対する貢献の重みや、それに応えようとした親の遺志はいよいよ無視されるに至った。

　そこで、私たちは、前回、最終的な調停条項の提案をした。一切の遺産をHさんが取得する代わりに、次男と三男には、少なからぬ一定額の遺産分割代償金を支払うが、Hさんが祭祀承継者になることも認めて欲しいと申し出た。本日、相手方は、Hさんを祭祀承継者と認める代わりに、法事に呼んで欲しいと言っているというのが調停委員の説明であった。私たちはこれを拒否して、「そのような条件を求めるなら、祭祀承継を辞退するから次男か三男を祭祀承継者と決めて欲しい。」と言い切った。

　結局は、調停主任裁判官からの説得もあり、Hさんが祭祀承継者となる方向で、話し合いの大詰めを迎えたが、今日は調停条項を詰めるだけの時間的余裕がないとの理由で、調停成立のための次回期日が指定された。もう一回出掛けることを余儀なくされたが、T家庭裁判所の事件当事者への配慮のなさは、近隣の家裁にも知れわたっていることを後日私は知った。

　してみれば、単に調停委員が悪いのではなく、裁判所全体の問題なのであろう。

14 法の支配と法曹の責任

2015年4月16日(木)

　京都産業大学の法務研究科で、本年度第1回目の法曹倫理の授業を行った。

　本日のテーマの一つは、D. ケアリズの論文(『政治としての法―批判的法学入門―』(風行社1991年)の序論の抜粋を読んできてもらい、意見交換することであった。

　この論文の要約を次に示すこととする。

　「人々のイメージの根底には、司法過程は法の支配であるという観念がある。法は、政治、経済、文化、裁判官の価値観や好みから独立し、それらを『超越する』ものとされる。この超越性は、決定プロセスについて知られた、裁判所による憲法や制定法や先例の遵守、法的分析のもつ純科学的で客観的な性質、裁判官や法律家の専門技術性などの多くの属性から創り上げられる。

　これらの属性によって、①特定の争点に関する法は前もって存在し、明確で、予測可能なものであって、適切な法的技術をもつ者なら誰でも知ることのできるものであり、②事件の処理に関係のある事実は、真実を明らかにするような合理的な基礎をもつ客観的な審理と証拠法則によって確定され、③特定の事件の結論は、どちらかといえば事務的に法を事実に適用することによって決定され、④ときにみられる悪判官を別とすれば、通常の能力と公正さを備えた裁判官なら誰でも『正しい』判決に到達できる、そういう決定プロセス観が創り出されている。

　しかし、このプロセス観は正しくない。以下、その理由である。

　その一は、特定の正しい結論に到達させるような法学方法論やプロセスという意味における法的推論などありはしないということである。

その二は、法のプロセスは、私的な、主として企業の支配を正統化し、本当の参加や民主主義の欠如を隠蔽し、それが生み出す無力感を個人的レベルに矮小化することによって、現行の社会関係と権力関係に虚偽の正当性を与えているためである。
　その三は、伝統的な法学は、社会的歴史的な現実を大幅に無視し、社会的対立や抑圧の存在を、客観性と中立性に対するイデオロギー的神話によって隠蔽していることにある。
　その四に、法が、支配的な社会関係、権力関係の体系を政治的、イデオロギー的、あるいは実力による挑戦から防御するための暴力装置であることにある。
　以上要するに、法の現実の機能と社会的役割とを説明するような、現実に即したしかも納得できる法理論は存在しない。社会に基本対立が存在し、その対立の底には階級、人種、性があること、また自然でも科学的に決定されているわけでもないイデオロギーが支配的であることを承認しなければならない。
　裁判所の判決のもつ裁量的性質、社会的政治的判断の重要性、高度資本主義のイデオロギーの支配という観念は、客観性、専門性、科学などのどの観念よりも司法過程をよりよく特徴付ける。」。
　私たちが法律を学ぶときには、たとえば、法科大学院での司法試験合格のためのカリキュラムや、司法修習制度それ自体が、現に存在する社会関係と権力関係とを護持するために存在していることを直視しておく必要がある。
　したがって、新しい時代のニーズに応えた法の生成、発展のための行動に対しては、常に司法機関の内部からも抑制的な姿勢がとられるのである。
　これを言い換えるなら、新しい時代のニーズに応えた法の生成、発展に尽くす責務を担おうとする法曹には、深い教養、および強い理性と意思とが不可欠だということになる。

2015年4月18日（土）

15　観心寺の御開帳

　先般、中国では桐の花が美しく咲いていたが、河内長野でも桐の花が咲き始めた。

　毎年4月17日と18日は、恒例の観心寺の七星如意輪観音の御開帳の日である。このたびは、大阪弁護士会のⅠ先生の御依頼で、弁護士とその御家族16名を御案内した。観心寺と如意輪観音については、『弁護士日記すみれ』でも2回にわたって紹介した（49・126）ので、重複は避けるとして、今回は、宝物館の白鳳仏および愛染明王と、南朝の後村上天皇について触れる。

　観心寺に残された金銅製の、観音菩薩立像2体、如意輪観音菩薩像1体、釈迦如来半跏像1体は、7世紀の白鳳時代に遡るものであり、観心寺の前身の雲心寺時代から伝わったものとの寺伝が残されている。本年の御開帳時には、観音菩薩立像の一体と釈迦如来半跏像とが展示されていて、いずれも堂々とした見ごたえのある金銅仏である。法隆寺に伝えられ、上野の国立博物館に併設された施設に展示されている白鳳仏と比べても遜色はないと、私は考えている。

　後村上天皇の念持仏であったとされる「厨子入愛染明王坐像」は小型ながら、儀軌を忠実に守り、丹精かつ細心に彫られていて、一面三目・六臂で、頭上には獅子の冠をいただき、冠の上には五鈷鉤が突き出ていて、その身は赤色で、宝瓶の上にある紅蓮の蓮華座に、日輪を背にして座っておられる。愛らしくあると同時に、煩悩を悟りに変えて、菩提心にまで導いてくれる力を持つ仏様としての力強さも感じられる優品である。以上3体の仏像は重要文化財である。

　現在、観心寺には檜材で造られた貞観仏が多数残されているが、「三代実録」には、禅林寺（注）に安置された仏像が斉衡元（854）年、河内国観心寺

で製作されたと記されており、当時観心寺は造仏所を併設していたと考えられている。現存する貞観仏の多くは、過去にいずれかの古刹に置かれていたのが、寺の荒廃や明治の廃仏毀釈に遭い、観心寺に返されて来たのであろう。多くが文化財に指定されている。

　ところで、後醍醐天皇の皇子後村上天皇は、観心寺に10カ月行宮を開かれていたことがある。観心寺の山門から入って、階段を上った平地の右側には、小さな池があり、その中の島に、「後村上天皇行在所跡」と刻んだ石碑が建てられている。

　後村上天皇は、南北朝時代の第97代天皇にして、南朝の第2代天皇（在位：1339年9月18日から1368年3月29日）であり、諱は初め義良、後に憲良に改められた。父・後醍醐天皇の遺志を継いで南朝の京都回復を図り、大和の吉野、賀名生、摂津の住吉などを行宮とされたが、明治44（1911）年に南朝が正統となったため、歴代天皇として認定されるようになった。

　母親の阿野廉子（1301年から1359年5月26日）は、後醍醐天皇の寵妃にして、後村上天皇のほかに、恒良親王・成良親王・祥子内親王・惟子内親王等を産み、院号宣下を受けて新待賢門院と号し、また三位局とも呼ばれている。

　観心寺の境内に隣接して、宮内庁管理の後村上天皇陵がある。寺の境内には、阿野廉子の墓とされる塚も残されていて、母子が近くに並んで永の眠りについていることになる。なお、河南地方には楠公史跡・河南八勝が指定されていて、檜尾山観心寺は第3跡である。

　ちなみに、第1跡は天野山金剛寺、第2跡は楠妣庵観音寺、第4跡は千早城址、第5跡は金剛山、第6跡は建水分神社、第7跡は楠公誕生地、第8跡は紫雲山葛井寺である。

[注]　京都市永観堂町にある禅林寺（通称・永観堂）は、仁寿3（853）年に、空海の高弟である真紹が開いた寺院であり、貞観5（863）年当時の清和天皇より定額寺としての勅許と寺号を賜っている。

16 10万円での保証債務免責の事例

2015年4月21日（火）

　桐の花の咲く時期には、藤の花も満開である。河内長野の山々のあちらこちらの大樹から、例年になく見事に育った藤の花が垂れ下がり、風に揺らいでいる。

　ところで、1999年にサービサー法が施行されて15年を経過した。施行当時は、不良債権の商品化により、リース、クレジット事業の資金調達コストが下がり、ひいてはそれらの料率の低下をもたらし、個人消費の活性化等に寄与することが期待された。

　しかし、その後、非銀行系消費者金融そのものの事業規模が縮小していったことと、案外住宅ローンその他銀行系の個人向けの不良債権処理に利用されることが多かったために、立法の狙い通りには推移していないように私には思える。その結果として、法律に疎い消費者から、無理に回収の実を挙げようとする悪徳業者が増加してきているのではないかと懸念される。

　先日も、私が以前自己破産により債務整理した事案の関連で、当時、連帯保証していたものの、長く転居先不明であった親族からの相談があった。「債権者から保証債務履行の連絡があり、兎も角、1000円でも良いから、内入れして欲しいという、低姿勢な申出を受けたが、応じても良いか。」という相談であった。

　これは嵌め手である。債務者や保証人が最後の弁済をした後、債権者が時効の完成を止めるための提訴等の手段を採っていない限り、5年を経過すれば、消滅時効を援用することで、債務を免れることができるのであるが、時効完成後内払いをすると、時効完成の利益を放棄したことになり、債務の元利金全額について請求を拒めなくなるのである。

　私は、早速債権者への回答書作成業務を受任し、時効援用の通知をし、こ

また、これも最近のことであるが、昔自己破産したＡさんの元奥様から突然連絡があった。Ａさんの破産事件は、建設業を営み、一時は大層羽振りが良かったが、何分丼勘定であったことが原因で、資金繰りが苦しくなって、ついには倒産したというものであった。

　当時、奥様は、ご主人と別れ、転居して独り暮らしをしておられたが、聞くと、現在は市井の片隅で、生活保護を受けてひっそりと暮らしておられるとのことであった。

　奥様からの電話での相談事は、住宅ローンの連帯保証をしていたところ、抵当権実行後に、なお債務が残っていたために、今般、Ｔ簡易裁判所から支払督促命令が来たというのであった。

　そこで、取りあえず、正式裁判手続に進めるための異議申立てをしてもらった上で、来所を願い、資料の提供を受け、委任状をもらった。

　支払督促命令によると最終弁済日から５年を経過しているので、消滅時効の抗弁を主張する答弁書をＴ簡易裁判所に提出したところ、過去の最終弁済日以後に、私の知らない訴訟が提起されていて、判決もあったので、そのときに時効が中断され、時効期間が10年に延長されていた結果、時効は成立しないとの準備書面が相手方から提出された。

　そこで、私は、奥様も破産手続開始申立てをすることとし、相手方に債権の照会状を送付すると、慌てて和解を希望するとの連絡があった。私は、保証人の経済状況について詳しく説明した上で、残債権全額を放棄してくれるのであれば、破産申立てのために事務所がいただいた着手金のうち半額の10万円を解決金に回すことを提案し、超特急で愉快な解決に至ることができた。

　それにしても、このような回収業務は大手サービサーの行うべきことであろうか。

17 消費者被害の依頼者からの形見

2015年4月22日（水）

　放射状に積み重なった肉厚の葉の隙間から、ヒョロヒョロと花柄が伸び、その先に小さい白い花が咲き始めた。多肉植物であるベンケイソウの一種の朧月だと思う。

　この多肉植物は、かつての依頼者のKさんからいただいたものである。

　Kさんは、私の母が第二次世界大戦後病院船に乗っていた折りの友人であり、その後母は結婚して家庭に入ったが、Kさんは御自身の母親の世話をされて婚期を逃され、ついに独身を貫かれた方である。河内長野市内にある国立病院の精神科の婦長を長く勤められた。

　Kさんから相談があったのは、今から30年ほども昔であった。日本貴金属（株）との間で金先物取引を行い、多額の損害を被っていた。Kさんは、会社の営業マンから、金が将来値上がりするので、金先物を購入すれば儲かると持ちかけられて、同社を通じて金先物取引を開始したが、買い時だとか、値下がりしたので売った方が良い等のアドバイスを受けて、取引を行ううちに、預け金から取引手数料を控除するとその残額が零に等しくなったという事件であった。

　当時は、大阪弁護士会にも同じような被害の訴えが数多く寄せられていた。Kさんが先物の取引を発注した際に、これを受けて反対取引に応じたのはすべて日本貴金属（株）となっており、先物取引の市場で取引が行われたのではなく、書類上先物取引の成立を仮装されていると考えられた。ともかく多数回の取引手数料で、当初の預け金がなくなるように仕組まれていたのである。

　そこで私は、日本貴金属（株）に対して動産仮差押えを申請し、金の延べ棒の仮差押えを試みた。執行官とともに訪れた日本貴金属（株）の事務所に

2015年4月22日（水）

あった金の延べ棒は偽物かと疑ったが、本物であった。同種被害者があまりにも多く、配当金による回収はわずかであったが、日本貴金属（株）はその後破産している。

　Kさん自身は、長年公務員として働かれたし、独身でもあり、それなりの貯えを持っておられるように見受けられ、将来の生活に困られることはなく、あきらめも早かったが、いけなかったのは、その後である。

　Kさんは、金先物取引詐欺に遭っているのに、次にはグリーン詐欺の被害にも遭われた。詐欺会社の勧めに従い、植樹した樹木が将来売却された際には代金を交付してもらえるので、最初に何本かの苗の代金を支払うというものであったと思う。これもほとんど回収できなかった。

　その次は、この事件の被害者の組織ができたので、それに参加する人は、弁護士に委任するための費用に充てるために、会費を支払ってくださいという連絡を受けて支払ってしまった。これも詐欺であった。事件を委任された弁護士は存在しなかった。

　さらに、この会費詐欺に対応するための弁護団ができたので参加してくださいという勧誘もあって、今度も会費を騙取されてしまったのである。

　当時は、騙されやすい人だと呆れたが、その後の弁護士経験を通じて、推測するようになったのは、消費者詐欺事件の被害者のリストは、いわば「カモ・リスト」として広く販売されていて、それを購入した連中から、次々と仕掛けられるのではないかということである。

　そのKさんが、「いよいよ齢を重ねたので、郷里に帰る。」と仰って、熊本へ向かわれたのは約20年前のことである。その時に、Kさんの庭で元気に成長していた朧月をいただき、いくつかの鉢に植え今日に至っている。いたって元気である。

　[追記]　2016年4月18日に、今年もそれらの鉢で朧月が可愛い5弁の花をたくさん咲かせていることに、私は気づいた。2017年の開花日は5月1日頃であった。

2015年4月23日（木）

18 弁護士法72条研究会

　本日は、大阪弁護士会の有志が結成した「72条研究会」で講演をすることを依頼されていたので、午後6時30分から、10数名の弁護士を前に、私の想いを伝えた。

　弁護士法72条は、「弁護士又は弁護士法人でない者は、報酬を得る目的で訴訟事件、非訟事件及び審査請求、異議申立て、再審査請求等行政庁に対する不服申立事件その他一般の法律事件に関して鑑定、代理、仲裁若しくは和解その他の法律事務を取り扱い、又はこれらの周旋をすることを業とすることができない。ただし、この法律又は他の法律に別段の定めがある場合は、この限りでない。」と定めており、いわゆる非弁護士の法律事務の取扱い等を禁止し、これに違反すると、同法77条により、2年以下の懲役または300万円以下の罰金が科されることになっている。

　弁護士の職務は、高度に専門的であるから、司法試験に合格した者であることに加え、各単位弁護士会に所属することによりその監督に服し、プロフェッションとしてふさわしい倫理の涵養に努めることによって、依頼者等から信頼されるにふさわしい人格を備えることが求められるとされている。

　そこで、非弁護士の法律事務の取扱いが禁止されているのである。

　しかし、弁護士による法律事務の独占は、実は、弁護士に対して重い責任を課すものであって、弁護士法によって会則制定の権利を付与されている日本弁護士連合会と各単位弁護士会とが、かつて定めていた標準報酬規程には、その責任への言及があった。すなわち、弁護士報酬は仕事にふさわしいものでなければならないとされ、暴利を貪ることは禁止された（その後、独占禁止法に違反するおそれがあるとして、標準報酬規程は廃止された）。

　そして、たとえば、平成16年4月1日に廃止された大阪弁護士会旧報酬規

程7条は、「依頼者が経済的資力に乏しいとき、（中略）その他特別の事情があるときは、会員は、第三条及び第二章ないし第七章の規定にかかわらず、弁護士報酬の支払時期を変更し又はこれを減額若しくは免除することができる。」と定めていた。

　弁護士が法律事務を独占する以上、正当な法的サービスの需要がある限り、たとえ報酬額を減額または免除してでも、これに応える義務があることを宣言した規定である。最近10年以内に弁護士会に登録された方々は旧報酬規程の内容を知らないし、今後そのような弁護士がさらに増加することになるが、忘れてはならない規律は伝えていきたいものである。

　私は当時から心に刻んできたし、コスモス法律事務所の報酬規程1条2項柱書にも、「弁護士報酬を適正妥当な範囲内で減額することがあります。」と定めた上で、同条3項に「前項に定める場合のほか、依頼者が経済的資力に乏しいときその他特別の事情があるときは、弁護士報酬の支払時期を変更し、又はこれを減額もしくは免除することができます。」と定めている。

　なお、昔から、「弁護士は無報酬で執務してはならない。」という考えがあるが、それは、無報酬だと、人間の弱さゆえに杜撰な業務処理や、業務怠慢等の原因となりかねないことを警告し、無報酬で受任した場合の自戒を説くものであり、プロフェッションとして無償で受任すべき場合があることを否定しているわけではない。

　しかし、多くの弁護士が、弁護士業務を正当に評価されないときには、受任を断ってもよいとする商業主義に染まった意識を持っていることを残念ながら認めざるを得ない。その証拠に、今日多くの弁護士事務所がホームページを公開しているが、報酬の免除に言及したものは乏しい。

　今一度、弁護士による法律事務独占の責任に思いを至らせて欲しいものである。

19 サウード家によるサウジアラビア支配

2015年4月26日（日）

　鉢植えのシャクナゲが花を咲かせ始めた。赤い蕾が開ききると淡いピンクに変わり、爽やかな空の色とよく溶け合っている。
　今日は、あらためて、スンニ派諸国の雄としてのサウジアラビアの成立について調べた。
　同国はサウード家を国王に戴く絶対君主制国家として知られているが、サウード王家が中央アラビアのナジュド地方に登場したのは、1744年である。
　1902年にわずか22歳のアブドゥルアズィーズ・イブン・サウードが、サウード王家先祖伝来の本拠地リヤドを、ライバルのラシード家から奪回し、ナジュドで建国した国が母体となり、その後続けられた征服により版図を拡大し、1932年にサウジアラビア王国が成立した。
　アブドゥルアズィーズの政治的成功も経済には及ばなかったが、1933年にサウジアラムコが設立され1938年3月にダーランで「ダンマン油田」が発見され、第二次世界大戦による一時中断後、1946年には油田開発が本格的に始まり、1949年に採油活動が全面操業されるに至った。石油は、サウジアラビアに経済的繁栄をもたらすとともに、国際社会に対する大きな影響力も与えた。
　1953年にアブドゥルアズィーズが崩御した後、次男サウードが第2代国王に即位したが、経済的失政等によって1964年に退位させられ、代わって異母弟のファイサルが第3代国王に即位した。
　ファイサル国王は、1973年の第4次中東戦争に際していわゆる石油戦略を用い、石油危機を引き起こした。こうして、サウジアラビアを始めとする石油輸出国機構（OPEC）が大きな国際的影響力を発揮するようになる。同国王は、1975年に家族間抗争が一因で暗殺され、異母弟のハーリドが王位を継

2015年4月26日（日）

ぎ第4代国王となった。1979年にイラン革命に影響を受けたイスラム過激主義者によるアル＝ハラム・モスク占拠事件が発生。武力で鎮圧したものの、以後、イスラム過激派に配慮した政策をとる。

1982年にハーリドが崩御して異母弟のファハドが第5代国王に即位する。1990年にイラクが隣国クウェートを侵略して湾岸危機が起こると、ファハドは、国土防衛のために米軍の駐留を許可したが、それが、オサマ・ビンラディン（『弁護士日記すみれ』⑧参照）が反米テロを組織する原因ともなった。

2005年にファハドが崩御し、彼の異母弟のアブドゥッラーが第6代国王に即位し、2015年1月アブドゥッラーが崩御し、異母弟のサルマーンが第7代国王に即位、いったん異母弟のムクリンを皇太子に指名したが、間もなく解任し、副皇太子だったムハンマド内相を新たな皇太子に指名した。サルマーン国王は、近親者を中心に権力基盤を固めていると言われる。

ところで、サウード王国の建国に寄与したムハンマド・イブン＝アブドゥルワッハーブは、スンニ派に属し、イスラーム復興主義にもとづく改革運動を起こしたが、その教えは、サウジアラビア王国の建国に伴い、同国の国教となり、ワッハーブ派はシーア派が強いイエメンを除くアラビア半島の大部分に広がった。

ワッハーブ派は、現在もサウジアラビアの国教であるが、オサマ・ビンラディンも、その信徒であったとされている。

[追記]　GCC（湾岸協力会議）の6カ国、すなわちサウジアラビア、クウェート、バーレーン、カタル、アラブ首長国連邦、オマーンは、現在スンニ派が支配している。

イエメンの内紛（⑪参照）は、GCCの傀儡でもある少数派のスンニ派が樹立した政権と、イラン等をバックにして政権の奪還を目指す多数派のシーア派による戦いでもある。

2015年4月27日（月）
20 サウジアラビアの世俗的政権と宗教的権威

　庭の東側に植えたバラは大輪の花を咲かせるが、我が家の敷地より一段低い場所にある隣家の庭に花弁が落ちることを嫌って、毎年剪定の際に切り詰めるため、折角の花を楽しむことが容易ではない。そこで妻が鉢に挿し木したものが順調に育っており、今年も清楚なピンク色の大輪の花を咲かせている。

　さて、サウジアラビアの国教であるスンニ派に属する18世紀半ば頃の故ワッハーブの教えは、コーランとムハンマドのスンニ（言行）に戻り、イスラム教を純化することを説いたものであるから、コーランより上位の憲法の制定や、ムハンマドを超える権力の存在は、この教えに反することになる。

　インターネット上には、「ワッハーブ派はサウジアラビアの国教であるが、現代ではワッハーブ派の法的権利擁護委員会などがサウジアラビア政府から弾圧を受けていると主張する団体もある。現在ではモスクで行われるウラマー（イスラム法学者）の説法でも、ファトワー（イスラム教の法的見解）でも、他国への侵略やテロを正当化するような発言をすれば公職追放などの厳しい処罰を受けるようになり、ワッハーブ派の唱えるジハード（聖戦）を主張すればサウジアラビア政府から弾圧されるという状況に追い込まれている。法的権利擁護委員会は弾圧され、イギリスに政治亡命した組織である。」旨の書き込みがある。

　しかし、実際には、サウジアラビアの国家体制には、世俗的政権と宗教的権威とを両立させるための巧妙な工夫を見て取ることが可能である。

　サウジアラビアは、建国以来長年にわたって不文憲法を貫いていたが、1993年3月1日に公布された統治基本法が憲法の役割を果たすことになり、同時に諮問評議会法や地方行政法も発布され、近代法治国家としての体裁が

整えられた。その際、統治基本法第1条には、「憲法はクルアーン（私たちはコーランと習った）およびスンニとする。」と明記され、クルアーンこそが（憲法中の）"憲法"であるとのロジックが使われている。

ところで、スンニ派は、預言者の言行を通じて預言者の意思を体現しようとし、さらにイスラーム法学者の意思の一致によるイジュマー（イスラム法学者たちの合意）を、クルアーン、スンニと並ぶ法源として重視する。そして、もともと専制を否定するアラブ部族社会においては、イジュマーに至るためには、協議、相談、諮問を意味する政治慣習である「シューラ」が重要視されるが、サウジアラビアも、形式上は、イスラームによる統治原理として、シューラを尊重していることになっている。たとえば、立法権は、国王とともに、諮問評議会と、閣僚会議とが有することになっているが、諮問評議会の検討なしには法律の制定はできないと規定されている。

サウジアラビアの諮問評議会の起源は、1924年の地域評議会に遡り、メッカの宗教学者や有力な商人等地元の名望家12名で構成されたようである。その後、議員の一部が選挙で選ばれることもあったが、今では国王による任命制となっている。

そして、現在の議長は、アブドルアジズ・アール＝アッシャイフであり、最高法官、最高ウラマー会議議長、ファトワー局長官を兼任し、上級ウラマー（宗教学者）会議のメンバーでもある。

すなわち、国王が任命した者が、宗教上の最高機関を兼任することで、国王が全国民の上に君臨する体制が整えられている。世俗が巧みに宗教を乗っ取っている姿がそこにある。

［追記］　2016年1月6日アムネスティの国際事務局は、サウジアラビアが、同月2日47人に対して一斉に死刑を執行したと発表している。47人の中にはシーア派の著名な聖職者ニムル・バキル・アル・ニムル師とシーア派の活動家3人が含まれる。サウジアラビアは死刑の執行の多い国であり、アムネスティは、2015年1月から11月までの間に、少なくとも151名が処刑されたと発表している。

21 サウジアラビアの国際的な地位

2015年4月29日（水）

　本日は、Mさんの会社のゴルフコンペに誘っていただいて参加した。昔、彼はO病院の事務局長をされていたことがあり、私がその実質的な経営者であるKさんの会社の顧問をしていたことから知り合い、懇意にしていたが、その後、O病院が現在の経営者に売却されたことがきっかけで、現職に転職された。会場は天野山CCであり、午前中南コースが53、午後東コースが49であり、合計102で、ダブルペリア方式の成績は、25名中12位であった。

　途中、何度か事務所に電話したが、誰も出ない。どうしたのかと心配したが、午後になって、今日は休日であることに気づいた。どうやら呆け始めたようである。

　これまでに、サウジアラビアが、スンニ派の教義とも抵触しないように、欧米の民主政治をモディファイしつつ、しかも、民主政治ではなく専制政治を展開していることを学んだ。

　そのような専制国家におけるさまざまな人権侵害が国際社会から見逃されているのは、米英の国際石油資本との間で密接な関係があるためであろう。1933年7月に、カリフォルニアスタンダード石油が、サウジアラビアにおいて取得した石油利権を活用するため、100％子会社で後のアラムコになるカソックを設立し、株式の半分をテキサコに売却した上、1938年3月初めに深度1440メートルから商業量の油を採取することに成功し、この出油によりサウジアラビアは産油国の仲間入りをした。1946年には後のエクソンと後のモービル石油の2社（現在のエクソンモービル）もアラムコに参加し、アラムコは世界一の原油生産会社となり、1948年からは、エクソン、モービル、ソーカル、テキサコの4社がアラムコを保有していた。

　その後、長年にわたり、サウジアラビア政府によるアラムコの株式買取交

渉が始まり、ようやく、1976年に100％取得することが合意され、1980年に支払いが完了して1988年11月8日、国営石油会社「サウジアラムコ」が設立された。以後、アメリカ石油メジャー4社の協力を得ながら、サウジアラムコは、開発・生産・精製・販売における国際展開を推進する。1988年には世界石油企業ランキングでトップに立ち、2位のエクソン、3位のロイヤル・ダッチ・シェルを上回った。

　サウジアラビアにおける石油の生産、精製、輸送パイプラインのシステムは、米軍の安全保障システムに全面依存すると同時に、割安原油の供給等の特別の関係を維持している。21世紀に入ってもその関係は揺るぎないものであり、米国にとって巨大原油埋蔵量を持つサウジアラビアは「死活的国家利益」と呼ばれている。

　ところで、サウジアラムコは、2014年11月、12月積みの原油出荷価格について、米国向けを引き下げる一方、アジアと欧州向けを引き上げると決定した。この決定は従前の政策とは別に、サウジアラビアがシェール革命をこれ以上無視できないと評価し、シェールオイルへの対抗姿勢を鮮明にしたものと理解する向きもある。また、サウジアラビアのイエメン空爆も欧米諸国の関与なしに展開されている。同国と米国との協調路線も変わりつつあるように思われる。

　その結果、同国の外貨準備高は、2014年8月頃をピークとして、その後急速に減少していっており、社会不安の増大が懸念されている。

[追記]　2016年7月6日、米国政府が、サウジアラビアと9.11テロとの関係についての機密文書の一部を公開した。未公開部分もあり国家的関与を明らかにしたわけではないが、サウジアラビアの国際的な地位に微妙な変化が起こりつつあるように思われてならない。

2015年4月30日（木）
22 ネッドコフ夫妻のバカンスと養育費の調停

　スイス人と結婚してスイスで暮らしている姪夫婦・ネッドコフ夫妻が河内長野市内の母親宅に帰省している。それぞれの勤務先から、2週間の休暇を取って来日し、乗用車で四国旅行を楽しんだ後に、立ち寄っていた。私は、彼らからゴルフの誘いを受けていたので、午前10時頃、妹のマンションに立ち寄って、二人を拾い、そこから15分程度のゴルフ場に向かった。

　聞くと、彼らには、必ず2週間以上のバカンスを取得する義務があり、長い人では1カ月を超えるバカンスを取るそうである。ちなみに、ネッドコフ氏は、今年は、今回の休暇以外に35日の休暇を取得できるらしい。バカンスには一切仕事ができないので、彼がリーダーを務めるIT関係のプロジェクトも、チームメイトたちが彼らの判断で推進する。

　そこで、バカンス明けには、その間のミスの手直しから彼の仕事が始まるというのであるが、面白いのは、彼が、それを煩わしいと考えるのではなく、自分の存在価値を会社に再認識させる機会になるとして、歓迎していることである。したがって、バカンスは、従業員の心身の健康を回復するためであるとともに、従業員と会社との力関係を測る機会でもあるわけだ。

　閑話休題、養育費ないし扶養料の支払いを求める調停は、両親の離婚時にのみ行われるのではなく、両親離婚後の事情変更によって必要になれば、いつでも起こすことができる。本人が未成年の場合には親権者から申し立てるが、成年に達した後でも大学進学費用を求める時等は本人からも申立てすることができる。

　私には次のような経験がある。

　十数年前、離婚裁判中の高裁での和解により離婚した夫婦があり、子どもたちは、親権者となった母親が育ててきたが、長女が私立大学に入学するに

際し、父親に入学金と授業料について応分の負担を求めて連絡したが、全く応答がなかったため、私は母親の代理人として扶養料の支払いを求める調停を申し立てたのである。

　ところが驚いたことに、家裁の書記官から、離婚時に、将来夫が学費等を負担する約束をしていたことを証明する資料を提出してほしいという連絡があった。裁判官から指示があったとのことであった。

　子どもが大学に進学するか否かは将来の不確実な出来事なので、進学の可否やその費用負担について、夫婦離婚時の調停や和解で協議、取決めすることに馴染まないとして、通常は、大学進学のことを問題にせずに、20歳までの養育費が決められているのであり、大学に進学した際の授業料の負担等は、その必要を生じたときにあらためて調停を申し立てるというのが実務家としての常識である。

　とんでもない調停主任裁判官がいたことになるが、私は、裁判所に苦言を呈するのは高齢の弁護士の役目だと合点しているので、資料の提出は無用であると、書記官に抗議した。

　しかし、いつまでも担当裁判官が調停期日を指定しないので、私はやむを得ず、子どもたちの出生時に将来の進学に備えて、学資保険に入っていたことを学費負担の意思があった証とする上申書を提出した。

　調停期日においても、調停委員からも再び夫の学費負担の義務の説明を求められたので、非常識な裁判官を教育するのは、調停委員の責務ではないかと、抗議した。

　この頃の裁判官は、キャリア・システムの中で先輩裁判官から法と実務について学ぶことがなくなったようである。特に、家庭裁判所の裁判官の劣化が著しいと気づかされる。

2015年5月1日（金）
23 N病院の事務長とのゴルフ

　本日は、顧問先のN病院のM事務長と、ベル・グリーンCCでゴルフを楽しんだ。

　中国自動車道経由で向かう心算であったが、阪神高速に設置されている交通情報表示によると、宝塚周辺から長い渋滞が始まっている様子なので、いつになれば到着するかと訝しんでいたところ、カーナビが、京都方面への進行を促してくれたので、「ままよ！」とばかり、通ったこともない道路を通ることにした。なんと、これが大成功で、自宅を出て、ちょうど2時間で到着することができ、集合時間には、十分間に合った。

　M事務長とは、国立病院が独立行政法人化する前からのお付き合いである。医事紛争に私が関与するようになったのは、私の古巣の裁判所が訴えられるという事件に関して、国から指定代理人の業務を受任したのがきっかけであった。その次に委任されたのが医療過誤訴訟である。

　B国立病院の脳外科手術についての医療過誤の有無が争われた事件で、私は、国の指定代理人となり、顕微鏡下の手術時に撮影された映像を何度も繰り返して検討した記憶がある。

　血管の走行等に対する解剖学的な常識に反して、患者の実際の血管は思いがけない方向に延びていたと判断するほかなく、また、手術時に顕微鏡下でその異常を確認することは不可能であったと、私は確信し、病院と医師を守るために訴訟手続を遂行した。

　結果的には、原告もその点を理解してくれたので、説明義務の違反を認める和解によって、事件は円満に終了したが、そのときの病院の事件担当窓口がMさんであった。以来、現在の独立行政法人国立病院機構大阪本部傘下病院のいくつかの要職を歴任された。

2015年5月1日（金）

　その後、早期退職され、帰省されて、N病院の事務長に迎えられた。そして、私は院長を紹介していただき、顧問契約も締結していただいたのである。Mさんは、60歳でゴルフを始められ、めきめき上達されて、ハンディキャップは、一時7にまで到達されたという。かねて、御一緒にラウンドして、教えを乞いたいと考えていたところであり、私は、この日を待ち焦がれていた。

　ゴルフの成績は、午前、午後ともに50で、合計100。このゴルフ場のコースは、やや短めではあったが、やっと90台に近づくことができ、心から嬉しかった。

　金曜日とはいえ、すでに我国の社会は連休に入ったようで、ゴルフ場はお客さんで満杯。午前、午後各3時間程度を要したが、午後5時過ぎに上がった後、直ちにN病院に向かい、診療行為に従事中の皆様を表敬訪問する。

　I院長兼理事長と、薬剤師でもあられる奥様、看護師長、事務局のメンバー等と挨拶をさせていただいた。

　院内も見学させていただいたが、放射線はもとより、CT、MRI等の各種検査装置も充実していて、ベッド数50に足りない病院であるから、いささか過剰設備のようにもみえる。

　しかも、院長は、それらの機器で得られた影像については、院内だけで読影するのではなく、外部の専門家にも読影を依頼し、少しでも疑問が持たれた場合には、専門病院を紹介して、転院してもらうのだそうである。

　地元の口さがない人たちは「ヤブ医者」と陰で呼んでいると、院長は笑いながら話されるが、大病院との間の地域医療連携事業にも積極的に参加しておられるほか、地元医師会において、医療事故関係の業務を担当されているようであり、地域医療の担い手としての役目を、精力的にこなされている。

　そのために、自らは年中無休で働くと宣言されている。

24 佐藤幸治教授と立憲主義

> 2015年5月3日（日）

　憲法記念日を迎えるたびに、現行日本国憲法の改悪の危険性が、年々高まっていることに、絶望に近い思いを禁じ得ない。同時に、生きている限り、改悪反対と主張し続けたいと願っている。

　今般、佐藤幸治京都大学名誉教授が、本年4月に『立憲主義について―成立過程と現代』（左右社2015年）を発表された。以下、その内容である。

　誕生したばかりの日本国憲法は、国民に広く受容されたが、やがて、占領軍による押し付け論が登場し、憲法は国民の人権・自由を強調しすぎるという不満と結びついて、自主憲法論へと展開し、再軍備問題とも絡んで、昭和30年には、自由民主党の綱領に「自主憲法の制定」が掲げられるに至った。自由民主党議員の考え方は多様であり、実際の政権担当者も一般に改正には慎重であったが、党の綱領に自主憲法の制定が掲げられていることは、潜在的には常に根本的改正ないし全面的否定の可能性を孕み、憲法の真の安定化に暗い影を落としてきたと、指摘される。

　著者は、第二次世界大戦に際して三国同盟を結んだナチズムのドイツと、ファシズムのイタリアと日本について、昭和20年6月に死去した西田幾多郎の言葉、「唯武力のみに自信を持つ国は、一旦武力的に不利ならば国民は全く自信を失い、失望落胆、如何なる状態に陥るか、実に寒心の至りに耐えないのです。」、「今の人は力信仰の全体主義が新しい行方のようにいうが、逆にそれは旧思想でもはや時代錯誤であり、新しい方向は却ってその逆の方向に、即ち世界主義的方向にあって、世界は不知不識その方向に歩んで居るのではなかろうか。」を引用する。

　そして、著者の言葉として、集団的興奮と狂気の中で立憲主義を徹底的に蹂躙し、人類史上類をみない大量の犠牲者を生み出した後には、人間の最

2015年5月3日（日）

も基本的な生活基盤である国家としてなすべきことはおのずから明らかであり、それは、①国民が憲法制定権力として憲法を制定し、濫用の防止に配慮した統治機構等を明確にすること、②人間の尊厳を基礎とする基本的人権の保障を徹底すること、③憲法の優位とそれを担保する憲法裁判制度を導入すること、④平和国家への志向を明確にすることであり、それらは憲法に制定される必要があった、とする。

著者は、1949年に制定された「ドイツ連邦共和国基本法」と日本国憲法の制定過程を紹介し、それらが①ないし④について、どのように定めたかについて詳述し、基本法は、④について一部改正されたが、もともと、基本法は、「平和維持のための相互安全保障制度に加入できる。」等としていたので、その後東西冷戦の進む中で西側に参加するためには、基本法は再軍備に関する改正で足り、基本法全体としては、極めて高い安定性を保持しているとする。

これに対して、我国は、自衛隊は憲法の定める「武力」を有しないという詭弁で、憲法改正を見送りつつ日米安全保障体制を構築してきた。それ故に憲法に違反しながらも自衛隊が厳然として実在することを前提として、安倍内閣は、「集団的自衛権も容認される。」との見解を示し、集団的自衛権は禁止されているとのこれまでの公式見解を覆した。

マスメディアも国民も太平楽を決め込むが、日本の平和はさらに危ういものとなりつつある。

[追記] 西田幾多郎は、太平洋戦争中『世界新秩序の原理』の中で、世界的世界を作るために、各国がそれぞれの地域伝統に従った特殊的世界を作る必要があり、それが八紘一宇の世界主義に通じると述べ、太平洋戦争賛美組と評価されていたことを注記しておきたい。

実存主義者を初めとする哲学者は、しばしばその主張を大きく変遷させることがあり、また、とかく現実社会に迎合した議論を展開しがちなことに注意が肝要である。

2015年5月4日（月）

25 簡裁の調停委員20年

　朝のドライブ中に、藤の花の美しい山々に、藤に似た白い花がたくさん見られることに気づいたので、早速調べてみたところ、ニセアカシアであることがわかった。北米原産で1873年に渡来したそうである（日本生態学会編著『外来種ハンドブック』（地人書館2002年））。

　ところで、T簡裁の調停委員を私が仰せつかったのは1995年4月のことであるから、それからすでに20年が経過したことになる。

　その初め、40代半ばの私に、所属していた大阪弁護士会の一派閥である五月会から就任希望の有無の打診があったときは嬉しかった。私は、その昔裁判官に任官していた経験があるが、その当時から、和解により紛争解決を試みることが好きであった。

　判決による眼前の紛争の解決は、必ずしも、それが派生した根本問題の解決にはならない。判決に不満を持つ方が、控訴、上告と不服申立手続を採るだけではなく、別の紛争を仕掛けることによって、いつまでも消耗戦が続くということが多いからである。

　眼前の事件が落着しても、必ずしも平和は訪れないのである。

　もとより、事件の当事者は、眼前の紛争を完全に勝ち切ることだけを常に望んでいるわけではない。その事案の解決としてふさわしい一定の範囲内の権利が確保できるなら、むしろ早期全面解決、したがって和解解決を望んでいることもある。

　そのため、早期に全面的な紛争解決を実現できる和解や調停が面白いのである。

　私が調停委員に任命された当時、法曹の中には簡裁の役割を低く評価する向きもあった。

しかし、その後、平成12年の司法制度改革審議会の意見書により、21世紀は、国民一人一人が権利の主体として、司法手続を通じて自らの権利の実現を図るものとされた。紛争の当事者が、弁護士に委任しなくても、自ら手続に参加することができる簡易裁判所における調停制度等の重要性が、社会全体に広く認識されるに至ったのである。
　T簡裁の代々の裁判官は、熱心かつ真摯に職務に取り組まれる方ばかりで、期日後の報告会はもとより、期日前にも調停委員会の評議が実施されるのが通例であり、書記官も交えて8個の目で絶えず事件を検討しながら、事件処理を進めている。
　現在の簡易裁判所に対する期待には応えられているように思う。
　[追記]　今私の手元には、2008年以降の担当事件のデータが残っているが、2016年12月までのデータは次のようなものである。取扱事件数は57件、その中で少なくとも当事者の一方が法人であるのは15件にすぎず、圧倒的に個人同士の事件が多い。うち、調停成立は21件、不成立が27件、それ以外は取下げが大部分で、一部移送がある。全任期に換算すると、それぞれ3倍した数字を下回らないと考えている。
　ところで、調停事件によっては、最初から両当事者の言い分が真っ向から対立していることがあるが、私は、申立人が調停手続を選択したのは話合いを希望しているからであり、相手方がこれに応じるのも同様の動機に出たものと考えている。そして、調停は、真実を見極める手続ではないし、見極めることは不可能であると認識しているので、いずれの当事者の言い分も否定しないように配慮しながら、双方の提案する和解条件の乖離を埋めていくように心掛けている。そして、当事者双方が、自分の言い分を聞いてもらえたと思ったときに、調停が成立していることが多いように思う。
　私は、再任されたとしても70歳の定年までわずか、悔いのないよう調停に関与していきたい。

26 イスラム国のバクダーディーの死亡

2015年5月5日（火）

最近、鶯の鳴き声が随分立派になってきたような気がする。

以前は、朝、烏帽子形公園で母やレモンと一緒に散歩していたので、春先から次第に鶯の鳴き方が上達するのを鑑賞してきたが、今年の冬の寒さに、老いた母を散歩させることをやめて、ドライブだけに留めていたので、ふと、気がつくと、鶯が綺麗に歌をさえずる季節が訪れていたのである。

本日は、子どもの日であるが、長男は所用があるのか帰宅予定はなく、長女は結婚していてこちらも帰宅予定はないので、いつもの休みの日と同様、夫婦二人と母とレモンとで、落ち着いた休日を過ごす。居間には、長男の初節句を祝うために大阪の松屋町筋で買い求めた、五月の鎧飾りが飾られていて、昼食時には柏餅とちまきとを食べ、夜は菖蒲湯に浸かる予定である。

ところで、連日世界中を騒がせてきた、イスラム国でカリフと称していたアブー・バクル・アル＝バグダーディーが死亡したと、去る4月28日のイラン国営のFARSニュースが報道した。彼は、3月18日に有志連合がイラク・シリア国境で実施した空爆で重傷を負い、その後、イスラエルの病院で治療を受けていたと報道されていた。なお、彼は、2015年1月20日にもアメリカ空軍がイラク国境で実施した空爆で負傷し、再びシリアに移動したと発表されていたが、今回は助からなかったとのことである。

2013年4月8日に、彼の所属組織名は「イラクとレバントのイスラム国（IS）」と改称し、バグダーディーは、同年6月29日、イラク、シリアにまたがるISの建国とカリフへの即位を宣言している。アルカイーダのアイマン・ザワーヒリーは5月にISの解散命令を出したが、バグダーディーはこれを無視して、アルカイーダと絶縁した。

しかし、ISを国家承認する国は存在せず、また、イスラム教を信奉する

2015年5月5日（火）

中東諸国、神学者、歴史学者からも「国家樹立は無効」との批判を浴びている。

　スンニ派の国際ムスリムウラマー連盟会長のユースフ・アル＝カラダーウィーも、「残虐非道な行為と過激な思想で知られるグループによるカリフ任命は厳密なイスラーム法の解釈によれば、まったく無効である。」と断言していた。同派において一般にカリフの資格として求められる条件は、①男性であること、②自由人であること、③成年者であること、④心身両面で健全であること、⑤公正であること、⑥法的知識を持つこと、⑦賢明であること、⑧イスラームの領土の防衛に勇敢かつ精力的であること、⑨クライシュ族の男系の子孫であることである。

　カリフはあくまで預言者の代理人にすぎない存在であり、イスラームの教義を左右する宗教的権限やクルアーンを独断的に解釈して立法する権限を持たず、これらは、ウラマー（法学者）たちの合意によって補われるとされているのであるから、有力なウラマーの支持のないカリフは、存在し得ないことになる。

　今後のISの動向が注目されるところである。

［追記］　イラク国防省は、当時ISのナンバー2とされていたアブアラ・アフリが2015年5月13日の空爆で死亡したと発表し、その後、有志連合は、2015年11月の空爆で、ISの財務相にあたる幹部3人を殺害したと発表し、同年12月30日にもISの指導者ら10人を空爆で殺害したと発表しているほか、カーター米国防長官は2016年3月25日、米軍特殊部隊がシリアで、ISのナンバー2のハジ・イマム幹部を殺害したと明らかにした。

　こうした作戦により、IS国の支配地域は減少していると報道されているが、有志連合も地上を支配できているわけではなく、現地政権による支配の回復も、極めて困難な模様である。

　言い換えると、IS国に参加する部族をも統合できる安定政権が生まれない限り、戦いは続くと思われる。

2015年5月6日（水）

27 ボコハラムからの人質の解放

　今日が連休の最終日なので、妻と二人でゴルフ場に行こうと企画したが、思いついたのが遅すぎたため、1ラウンドできるゴルフ場がなく、早朝ハーフゴルフを楽しめる堺カントリー・クラブに出掛けることになった。梅コース午前6時29分スタートであった。すっかり伸びたフェアウェイの芝が足に優しいが、今日は乗り入れを許された乗用カートを利用する。

　私は、最近、H株式会社の関連会社のコンペでバックスウィングのときには十分腰を回すことを教えられ、Mさんとのラウンドの際にはダウンスウィングの後半で力を入れることを教えられた。すでに日記にも記載したとおり、ここ3回ラウンドするたびに成績が良くなっていたので、大げさに言えば、その集大成の心算でもあった。結果は、47で上がることができた。

　今日は、ボコ・ハラムに触れる。今月1日のAFP通信等の報道によると、ナイジェリア軍は4月下旬、イスラム過激派組織「ボコ・ハラム」が同国北東部に設営した複数のキャンプを制圧し、女性や子どもら約460人を救出したとされている。これに先立ち、ニジェール政府は4月28日、イスラム過激派組織「ボコ・ハラム」が25日にチャド湖の島の軍事基地を襲撃し、兵士46人と民間人28人が殺害されたが、ボコ・ハラム側も156人が死亡したと発表している。同国政府は、ナイジェリアやカメルーン、チャドと共同で掃討作戦を開始している。2015年1月30日アフリカ連合もボコ・ハラムに対抗するため、周辺5カ国軍で構成する7500人規模の部隊創設を勧告している。

　ボコ・ハラムの前身組織は、1990年代中頃に設立されたイスラム教の学習グループとされるが、その後、モハメド・ユスフが2002年にナイジェリア北部のマイドゥグリで創設した、初期イスラムの時代に回帰すべきであるとするイスラム教スンニ派の思想を持つ組織であり、西洋式教育だけでなく、西

洋文明、現代科学等を攻撃している。ユスフは、2009年7月に殺害された後、アブバカル・シェカウが統率してきたとされていたが、彼もすでに死亡していたことが明らかになり、組織内ではその名前が指導者のブランドと化していたようである。

　2009年以降、ナイジェリア警察や治安部隊とボコ・ハラムとの間で激しい戦闘が続き、刑務所襲撃や、絶え間ない市場や教会等での連続爆破テロ等を続発させている。2014年4月には、ボルノ州の学生寮を襲撃し女子生徒240人が拉致され、ボコ・ハラムから女子生徒らを「奴隷として売り飛ばす」との犯行声明が出され、世界中を震撼させている。

　ナイジェリアの前大統領のジョナサン大統領の下での政府軍によるボコ・ハラムへの反撃は、必ずしも十分ではなかったが、2015年3月に実施されたナイジェリア大統領選で圧勝した野党・全進歩会議（APC）のブハリ元最高軍事評議会議長（72）の大統領就任式は5月29日である。ブハリ氏は、1983年、クーデターを起こし、軍事政権化で汚職を厳しく取り締まったという過去があるとされているが、お手並み拝見というところである。

　[追記]　ブハリ大統領は、2015年5月31日、ナイジェリアの当局が同国の22の中央銀行と商業銀行に対して4020万ドル（約50億円）の不正を告発したと発表した。

　2016年4月28日、国際海事局（IMB）は、1週間に1件程度ナイジェリア沖で海賊行為が続発していると伝えており、翌29日には南部エヌグ州でフラニ族の武装勢力が40人前後を虐殺したと報道している。

　また、ナイジェリアでは、石油収入150億ドルのうち100億ドルが使途不明のまま消えていると言われている。

　ブハリ大統領は、支持基盤の北部を除けば、必ずしも権力を掌握できていないようである。

　なお、2017年5月6日ナイジェリア政府は、2014年に誘拐された女子生徒のうち82人を解放したと発表した。

2015年5月7日(木)
28 箱根山の噴火警戒レベルの引上げ

　庭の植木鉢の中で、ナデシコにしては大きい花が咲きそろっているので、妻に、「ナデシコ」かと尋ねたところ、「石竹(セキチク)」と教えられた。東洋陶磁美術館に展示されている韓国青磁の面取りの壺の中に、四面のうちの一つに「石竹」を描いたものがあり、かねてから実物を見たいと望んでいたが、案外青い鳥であった。

　ところで、気象庁は6日朝、箱根山(1438メートル)に火口周辺警報を発表し、噴火警戒レベルを1(平常)から2(火口周辺規制)に引き上げた。神奈川県箱根町の大涌谷周辺では小規模な水蒸気噴火が起きる可能性があり、大きな噴石(直径50センチ)の飛散に警戒するだけでなく、風下側では小さな噴石や火山灰にも注意する必要があるという。箱根町は、同日午前6時過ぎに大涌谷の半径およそ300メートルの範囲に避難指示を発令。直径約1キロ区域内の箱根ロープウェイは6日から全線運休となった。町は、県道734号線も大涌谷三差路で通行止めにし、ハイキングコースなどは4日朝から規制されている。

　箱根では2001年にも無感を含め計約4000回の群発地震を記録している。

　今年4月26日から大涌谷付近を震源とする火山性地震が増え、箱根町湯本では体に感じる震度1を5月5日午前6時台に2回、午後9時13分に1回観測した。この夜の地震のマグニチュードは2.6と最も大きかった。神奈川県温泉地学研究所の担当者は、「今回の地震活動は2001年に近く、それを超えつつある。」と話しており、水蒸気噴火の発生時には、火口から最長で半径700メートルの範囲に噴石が飛ぶことが想定されている。

　大涌谷は、神奈川県箱根町にあり、箱根火山の中央火口丘である冠ヶ岳の標高800メートルから1000メートルの北側斜面にあり、地熱地帯で活発な噴

2015年5月7日（木）

気地帯でもある。箱根火山に多数ある噴気地帯の中では最大規模のものである。約3100年前、箱根火山で水蒸気爆発による山崩れが発生し、堆積物が貯まった。約2800年前頃に小規模な火砕流が発生、冠ヶ岳ができ、火山砕屑物が積もった。この火山砕屑物と山崩れによる堆積物の間が現在の大涌谷となっているそうだ。

箱根火山は約65万年前から現在に至るまで火山活動が継続しており、活動の内容は成層火山、単成火山、カルデラ形成など多様性に富み、噴出したマグマも玄武岩質から流紋岩質まで幅広い。この複雑な箱根火山の火山活動は、箱根火山が乗っているフィリピン海プレート上の伊豆―小笠原弧と呼ばれる火山群が陸側のユーラシアプレートないし北アメリカプレートに衝突し、さらにその下部に太平洋プレートが潜り込むという4つのプレートがせめぎ合う複雑な場所に箱根火山が存在することに関係していると考えられている。

大涌谷周辺の調査の結果、箱根火山のものと考えられる火山灰層が5層確認され、それが過去に5回噴火があったことを物語っており、噴火時期については、約2800年前、約2000年前、そして12世紀後半から13世紀頃という比較的短期間内の3回が確認されている。いずれも水蒸気爆発であったが、火砕サージや土石流が発生したこともあると言う。

私たちは、2014年9月27日11時52分に発生した長野県と岐阜県の県境に位置する御嶽山の水蒸気爆発によって、57人の人命を失っており、その反省が今回の気象庁の警戒レベルの早期引上げや、町の速やかな避難指示等に活かされたのであろう。

[追記]　箱根ロープウェイは、2014年10月末桃源台蛯子間の、2016年4月23日さらに大涌谷までの運転が再開され、同年7月27日には早雲山駅までの全線が開通した。

なお、噴火警戒レベルの方は、2015年11月20日に1に引き下げられている。

2015年5月8日（金）

29 ワイツゼッカー大統領の演説

　今を盛りと咲き誇っていたサツキも、ようやく花弁を落とすものが増えてきたが、我が家の庭では、今年は白いサツキが長い間私たちの目を楽しませてくれた。

　昨日のニュース・ウェーブでドイツ軍がロシアの捕虜を虐殺した事件のために戦後建立された記念碑を前に、ドイツ大統領が反省と謝罪の言葉を述べている姿が放映されていた。インターネットで検索したところ、戦後ドイツで最も偉大な政治家の一人といわれたワイツゼッカー元大統領が本年1月31日に亡くなっているので、5月8日のドイツ降伏による欧州戦線の終戦記念日を迎えるに際し、元大統領の事績を説明していたのだと合点した。

　ワイツゼッカー氏最大の功績は、ナチス・ドイツという負の遺産を直視することで、ドイツの国際的な信頼を高め、東西ドイツの統一をも成し遂げたことであると言われている。

　第二次世界大戦の敗戦国であるドイツは、戦後、米ソによって東西に分断された。ワイツゼッカー氏は、1920年生まれ、第二次大戦に従軍した後、1945年に学業に復帰し、ゲッティンゲン大学で歴史学と法学を専攻。1953年には国家司法試験に合格。1954年キリスト教民主同盟（CDU）に入党。1966年から党の連邦代表委員。1969年連邦議会議員に初当選、以来4期にわたり連邦議会議員を務める。1979年から1981年まで、ドイツ連邦議会副議長。1981年西ベルリン市長に就任したが、1984年5月23日の選挙で第8代大統領に選出され、7月1日に就任した。

　ワイツゼッカー氏は、その格調高い演説によってドイツ内外に感銘を与えたと言われる。

　1985年5月8日の連邦議会における演説の中の一節「過去に目を閉ざす者

は、現在に対してもやはり盲目となる。」という言葉は特に有名である。この日はドイツ降伏40周年にあたり、ワイツゼッカー氏はこの記念日を「ナチスの暴力支配による非人間的システムからの解放の日。」とも形容している。

「過去についての構え」である罪と「未来についての構え」である責任とを区別し、個人によって罪が異なるとしても、共同で責任を果たしていくことの大切さを呼びかけたのである。この演説をきっかけにドイツの各対戦相手国との歴史問題は解決に向かった。

そして、ワイツゼッカー氏の歴史判断と歴史問題に関するドイツ政府の姿勢は、不動のものとして、今日の政府にも引き継がれている。

1994年6月30日の大統領退任後は、国家の元老であるにもかかわらず、政治と慈善事業の第一線で活躍し続けていた。

EUは、もともとは、ドイツを政治的に封じ込める目的で作られたが、ワイツゼッカー氏の尽力によって、ドイツに対する警戒心が払拭されたことを契機に、統一された欧州というビジョンを内外に示すことができるようになったと言われている。ワイツゼッカー氏はあまりにも理想主義的であったことから、コール元首相など、現実主義的な政治家とはたびたび衝突した。しかし、最近になってギリシャ問題や移民問題などが相次いで発生し、欧州の理念そのものが問われる状況となっている。ワイツゼッカー氏のような理念型の政治家の再登場が望まれる。

2015年4月10日、韓国・文化日報は、藤井裕久元財務相が、「過去に対する謝罪をせずに未来を論じてはいけない。」と安倍首相を真正面から批判したと報じている。

岩波書店発行の『ヴァイツゼッカー回想録』（1998年）の最後に、「自由が民主主義の秘訣であるなら、それは参加と連帯責任への自由であるはずである。」と記した上で、ワイツゼッカー氏は末尾に重ねて、われわれは「連帯責任を負っている。そのことを思い出させてくれる旧いスペインのことわざがある。『神はよい働き手。だが、手伝いをありがたがる。』」と記している。

- 2015年5月11日（月）-

③⓪ 医療刑務所での死亡

　朝一番に、昨日の河内長野市市民祭りの参加者が集まって、会場清掃を実施することになっていた。今年も子どもたち向けに手頃な価格で化石を販売する模擬店を出店させていただいた関係で、午前7時の集合時間に私も駆け付けた。年々、ゴミの量が減少し、今年は、ポリ袋のごく一部しか満たすことができず、大勢がわざわざ集まるまでもあるまいにとも思ったが、参加者が翌日清掃に従事することになっているからこそ、祭り終了後の参加者の後片付けが行き届いてきたのかも知れない。

　ところで、本日は、発売予定の『弁護士日記すみれ』(74)の中に書ききれなかった元依頼者のKさんの死について触れたい。

　初犯で執行猶予を得た直後に、内縁の妻と再婚し、妻の姓に変えて、名実ともに新しい人生を歩み始めたが、その後離婚してからは、人生を再浮上させることはできなかった。

　刑務所とシャバとを何回か行き来するうち、彼が「実は大津刑務所にいる。ぜひ助けて欲しい。」と言ってきたのは、かなりの期間が経過してからであった。

　訪ねると、「腰が痛くて辛抱できないが、医務室では絆創膏をくれるだけで、医師もレントゲン写真を撮ってくれないし、痛み止めの注射や薬も処方してもらえない。」との訴えであった。刑務官は、「刑務所内の病気などの治療には万全を期している。」と言い切り、両者の言い分は大きく食い違った（塩見孝也『監獄記』（オークラ出版2004年）　参照）。

　そのうち、堺の医療刑務所に移されたKさんから再び接見依頼があった。彼は、寝たきりで、意識はあったが、医務官付添いの上での説明では、肝臓癌の末期で、余命1週間ばかりであり、仮釈放の申請をして欲しいとのこと

2015年5月11日（月）

であった。初めての経験に戸惑いながら、事務所のY先生にお願いして手続を進めた。仮釈放に不可欠な身柄引受人には、元妻になってもらったが、家には引き取れないとのことで、私は、当時お付き合いのあったK病院に、1週間ほどで良いからと懇請して、入院させてもらうことになった。

ところが、天涯孤独の身となっていたKさんの周りに、病院看護婦を含め、多くの善意の人たちが集まるや、一時は余命1週間と宣告されたことが嘘であるかのように、普通の生活を送ることができるまでに元気になり、1週間後には病院から退院を迫られたが行くあてはなかった。そこで、私は、近くの革新系の病院に、30年以上疎遠であった高校時代の同級生のSさんがいることを思い出し、1カ月間の入院の受け入れを懇請した。快諾してくれ、その1カ月が経過すると、Kさんはいよいよ元気になった。

仮釈放中の住所はあらかじめ許可を得ることが必要であるが、Kさんの元妻は引き取りを拒否しており、また、私は彼の出自や親族の存在を知っていたが、彼らとの縁も切られていて、どうしても住居を確保することができず、結局、Kさんも了解して仮釈放の取消しを受けて、再収監されることになった。送る途中、彼の希望で一緒にラーメンを食べたことが忘れられない。

その後再び、彼から呼び出しを受けて、仮釈放を依頼されたのは6カ月後であったろうか。しかし、このとき、入院させてくれる病院を探す間に、彼の寿命が尽きた。刑務所に駆けつけ、職員だけによる告別式に立ち会った。遺品の確認と廃棄の承諾を私が行ったのは、生前依頼を受けていたからである。元気なときに、彼は「自分が死んだら、実子には保険金が入るように掛け金を払い続けておく。」と言っていたが、保険証書はなかった。

彼にとっては、思うようにはいかないことばかりの人生であったが、救いは、彼が、一言も愚痴をこぼさなかったことである。本当によく生きられたと頭が下がる思いがする。

2015年5月13日（水）
31 言論の自由の侵害の旗振り役の大新聞

　本日から司法試験が始まる。私も大阪会場を訪れ、受験に来る京都産業大学法務研究科の卒業生を激励した。一人でも多く受かってほしい。

　今、日本の言論の自由が危機に瀕している。自民党情報通信戦略調査会が、テレビ朝日と、「クローズアップ現代」のヤラセが指摘されたNHKとを呼びつけ、事情聴取を行ったばかりか、放送倫理・番組向上機構（BPO）への申立ての検討、さらには政府自身がBPOに関与する仕組みを作るとぶち上げている。テレビ朝日の放送中に、菅官房長官の秘書官から「報道ステーション」の編集長あてに「古賀は万死に価する。」という内容のショートメールが送りつけられてきたことも明らかになっている。

　煽られて軽挙妄動して罪を犯す者があれば、秘書官は教唆犯の責任を負う覚悟があるのだろうか。

　これに対して、池上彰が、自民党のテレビ朝日・NHK聴取を、「放送法違反は政権与党の方だ。」と真っ向批判していることに対しては、全面的に支持したい。

　マスコミ一般の動きは鈍いが、異とすることはない。古今東西を通じて、巨大マスメディアは政府与党の番犬であり、言論の自由の担い手となったことはない。第二次世界大戦時、石橋湛山や鈴木東民の民主主義発言を尻目に、我国の国際連盟からの脱退や中国侵略を煽り、言論統制の旗振り役になったのは、朝日新聞であり、毎日新聞であり、その他の大新聞である。

　もっとも、ファシズム政党の狂気に唆されて、第二次世界大戦によって壊滅的被害を受けたことに対する深い反省にもとづき、反ファシズムの政策をとったドイツはもとより、過去に権力との闘争を通じて、民主主義を勝ち取ってきた欧米諸国の場合には、さすがに、政権与党によるマスメディアの報

2015年5月13日（水）

道に対するあからさまな介入があれば、政権基盤を揺るがしかねない事件になると今なお信じられている。

　自民党は、呼び出した理由について、放送法に違反した疑いがあるからと説明するが、権力の介入を防ぐための法律であるという放送法の目的が、第1条に明記され、その第2項は「放送の不偏不党、真実及び自律を保障することによって、放送による表現の自由を確保すること」と定められている。そして、「表現の自由」を確保するために、放送法の第4条第3項に「報道は事実をまげないですること」と定め、放送局が自らを律することで、権力の介入を防ぐ自覚を促しているのである。他から強制される条文ではない。

　ところで、個々の放送が不偏不党であることが放送の自由を享受するための前提条件と考えてはならない。戦前の言論統制の反省から、権力から独立させるために、放送法が制定されたのであるから、自らを律することは、放送局の矜持を期待したものに過ぎず、不偏不党といっても、もちろん、特定のマスコミが信念を持って特定の思想や党の広報部門として活動することも許される。さまざまなマスコミの報道の自由が確保されることによって、全体として、あらゆる情報が国民の前に与えられ、知る権利が保障されるのである。

　しかし、今回も、我国の大手マスメディアはもとより、有識者と言われる人たちの動きは鈍い。

　また、朝日の検証報道をめぐり、朝日を批判し、自社の新聞を購買するように勧誘する他社のチラシが大量に配布されているという事実もあるらしい。言論を守るのではなく、政権与党に批判されているマスメディアの顧客を奪い取るという、営業上の問題として受け止めるしか能力のない大新聞が、今再び、我国の政権与党による独裁の露払いをし始めていることに慄然とせざるを得ない。

［追記］　2017年6月現在、森友学園や加計学園問題で揺れる安倍内閣を擁護するために、糾弾者に人身攻撃を加えているのが読売新聞や産経新聞である。

2015年5月14日（木）

32 句集『悠久』

　先日出版した、『弁護士日記すみれ』の贈呈先から受領の連絡が相次いでいるが、先に出版した『弁護士日記秋桜』についても、たくさんの感想文が送られてきている。

　橋本剛橋氏からは、手紙とともに、句集『悠久』（診療新社2003年）が送られてきた。その中に「悠久の大河に遊ぶ秋の空」という句がある。はしがきにも、「山川草木総て悠久である。人も悠久の中に存在する一点景であろう。だが、自分史は悠久である。（中略）そこで句集を『悠久』と名付く」とある。たくさんの秀句がちりばめられているが、奥様の追悼句集発行後3年間の俳句の中にも、奥様への相聞句が多く、強く心を打たれた。あらためて静かに詠んでみたい。

　　月今宵憮然と一人影と行く
　　　　これまでは妻と一緒に楽しんだ名月の下を、今独り行く寂しさ。
　　妻の忌に顔を揃える木の葉髪
　　　　妻の忌日に自分の抜け毛を発見して、老いを感じるとともに、妻との再会の日が近づいていることを実感し、嬉しくもある。
　　妻と呼ぶ人なき年の明けにけり
　　　　日の経つのは早いもので、もう、共に迎える妻のいない虚しい正月を迎えることになった。
　　日に一度遺骨手にして去年今年
　　　　小さくなった妻の骨箱を撫でながら、除夜の鐘の音を聞き、ひっそりとした新年を迎える。
　　逝きし妻強く生きよと年果つる
　　　　大晦日、「頑張れ」と言う亡妻の声を聴き、応えねばと自分を励ま

2015年5月14日（木）

　す。
　面影を花にだぶらせ門くぐる
　　　外出から帰り、妻が丹精を込めて育て、今年も見事に咲いた花に妻の顔をだぶらせる。
　妻逝きて尽くしたりなき菊枯るる
　　　妻が丹精した菊を守ろうとしたが不器用にも枯らしてしまい、形見をまた一つ失う。
　喪の明けてよりの余生の梅雨晴間
　　　妻の喪が明け、お迎えを待つだけの余生ではあるが、梅雨の晴れ間の陽の明るいこと。
　無とは是妻なきことよ炎天下
　　　炎天下、ふと思う。妻さえいれば、他に欲しいものは何にもないのにと。
　死を見つめ逝きたる妻や秋の風
　　　病んだ妻が、秋風の中で死を見つめていた姿を、唯見守ることしかできなかった自分。
　骨納め永遠の別れとなる晩夏
　　　夏の終わり、妻の遺骨をついに墓に納め、いよいよ独りになってしまった。
　妻の声雑煮の餅の数を聞く。
　　　独り身の正月、「いくつ食べるの。」と雑煮の餅の数を尋ねる妻の声が甦る。
　墓撫でて妹よと呼べる小春かな
　　　小春日和のある日思い立って妻の墓参りに行き、そっと妻の名前を呼んでみる。

2015年5月15日（金）
33 シャロンのレストラン事業の更生

　この季節の我が家の庭は百花繚乱である。色とりどりの姫金魚草やセージ、ポピー、ツルニチニチソウが庭のあちらこちらに咲いている。数は少ないが、金魚草、ヒメオウギやパンドレア。白い花を咲かせているのが、オオアマナ、スズラン、ハナカンザシ、バイカウツギ。紫色の花を咲かせるムギワラセンノウやラベンダー等々。

　本日私は、元更生会社の株式会社シャロンのレストラン事業の関係者を夕食に招待した。株式会社シャロンは、2001年12月3日債権者の整理回収機構から会社更生の申立てを受けて倒産した会社であったが、その当時営んでいた事業の中にレストラン事業があった。京阪神で客の目の前でビーフステーキを焼きながら提供するというビジネスモデルで20数店舗の鉄板焼きの店を展開しており、「シャロン」という屋号は比較的知られていた。

　私は更生管財人として、このレストラン部門の事業譲渡先を探すことにしたが、創業から相当年数を経過し、かつ、ビジネスモデルは簡単に真似られるものであった。また、倒産前の経営者であるK社長は、レストランの経営者として事業家の経歴をスタートさせたにもかかわらず、その後、ホテル経営に乗り出して一応成功を収め、さらに、地元奈良県が不法造成中放置され、処理に困惑していた土地を引き取り、ゴルフ場を中心とした宿泊施設等を備えたレジャー施設の経営にも乗り出すことになったことから、レストラン事業に熱意を失うに至り、不採算店に陥っていたものが多く、レストラン部門全体の事業を譲渡する先は現れなかった。

　しかし、譲渡先を探す過程で、フランチャイズ方式で多くのレストラン事業を展開するS社との間で、事業の買収監査に応じる代わりに、将来閉店を余儀なくされる店舗の従業員を全員引き取っていただけるとの合意を取り

2015年5月15日（金）

付けることができたことは幸いであった。

　その後、レストラン事業は整理することになったが、利益が出ていて、更生担保権者に対する弁済原資を確保できそうな店については、店長に対し、独立して経営することを勧めた。

　その結果、更生計画上は、7店舗の不動産を、従業員が設立した3社が更生会社から買い取って独立することになった。また、福島空港については、更生会社が撤退した後、当時のシャロンの店長があらためて店舗を賃借して、レストランを出店された（『弁護士日記すみれ』㉞参照）。

　今日集まったのは、宮崎と宗像でシャロンを営まれている各御夫妻と、福島空港でシャロンを営んでおられるEさんであったが、Eさんは仕事の都合で会食は遠慮され、帰途につかれた。また、在阪の1社は御都合がつかずに欠席されたので、本日夕食を共にしたのは、2組の御夫妻と、更生手続中から多大なお世話になった税理士のS先生と、その補助者とであった。

　私が裁判所に更生計画案を最終的に提出したのが、2003年3月31日であるから、以来、12年にわたって、当時の従業員を抱えて奮闘してこられたことになる。独立される前に、更生会社の資金で可能な限りの改装を行っておく等、独立を応援したが、誕生後の運営に危惧を抱かないでもなかった。

　しかし、2組の御夫妻は、見事に経営者の顔になっておられた。辛抱に辛抱を重ねながら、愚直に日常業務をこなしてこられたその先に、今日があることを私は知らされた。

[追記]　シャロンが営んでいたゴルフ場を中心とするリゾート施設は、G証券会社に売却し、現在のアコーディアゴルフクラブ傘下の施設となっており、ホテル事業も従業員たちに設立させた会社に事業譲渡した。

　ホテルの経営は一時低空飛行を続けたが、債務超過には陥ることなく、2015年度は経常黒字となり、今後が期待されている（㊿参照）。

34 鹿児島県議らの公職選挙法違反の無罪判決

2015年5月16日（土）

　栴檀やクスノキが小さな花をたくさん付けており、それぞれ、樹冠にうっすらと雲を背負っているようである。栴檀は紫の、クスノキは黄色い雲である。よく見ると、栴檀は、6つの小さな白い花弁の中心に、細長い紫色の筒が伸び、その先端部が分かれて、黄色い雄蕊と、それに囲まれた雌蕊とが顔をのぞかせている。クスノキは、さらに小さく1ミリ程度の5つの花弁の真ん中に小さな黄色の雄蕊と雌蕊とがあり、一つの枝先に無数の花が付いている。

　ところで、昨日鹿児島地裁は、2003年の鹿児島県議会議員選挙で公職選挙法違反の罪に問われた中山信一候補の陣営の元被告らが、被告全員の無罪が確定した後、捜査の違法性を理由に損害賠償請求をしていた事件で、総額5980万円の支払いを命ずる判決（判例時報2262号229頁）を言い渡した。

　無罪判決（判例タイムズ1313号285頁）の方は、2007年2月23日に鹿児島地裁が宣告したものであり、検察官は控訴することができず、一審限りで無罪が確定している。

　事件は、鹿児島県議選の候補者である被告人中山信一が、自宅における4回の会合で共同被告人11人に191万円を渡して集票を依頼したという、公職選挙法違反の事件である。

　捜査段階で自白し公判で否認に転じた5人を含むすべての被告人が無罪を主張し、自白調書の任意性や信用性が争われ、同窓新年会に出席していたとする中山信一のアリバイが立証された。

　そして、中山信一を含めて5人が不合理な供述の変遷を繰り返していたが、家族の名前などを書いた紙に強制的に「踏み字」させるなど捜査官の追及的・強圧的な取り調べや誘導が認められ、それに迎合した疑いがあり、自

2015年5月16日（土）

白の信用性は認められないとし、さらには、7世帯しかない小集落で4回の買収会合を開き、多額の現金を配る選挙運動が行われたとの点も不自然であり、その客観的証拠もなく、買収資金の原資も解明されていないとして、12人の被告全員に無罪が言い渡されたものである。

　2014年の毎日新聞紙上で、元地方新聞の記者の荒木勲さんは、この事件に触れ、「私を含め当時のメディアは当初、選挙違反事件として警察発表を流し続けた。取材を続ける中である時、署長から『容疑者は必ず吐かせてみせる』という一言を得てから、私は、事件は限りなく冤罪に近いとの立場で取材するようになった。」と述べている。

　この事件の捜査にはいろいろな問題点が含まれるが、日本国憲法38条3項が、「被告に不利な唯一の証拠が供述調書のみであるときは、有罪とはされない。」と定めているのに、判例は、複数の共犯者の供述は、他の被告の関係では、補強証拠となり得る、すなわち当該被告の供述は唯一の証拠ではなくなるとして証拠能力を認めているのみならず（最大判昭和33・5・28最高裁判所刑事判例集12巻8号1718頁）、今日の刑事裁判が、供述証拠が本来持っている捜査官に捏造されやすいという点に配慮することなく、進められていることに、あらためて警鐘を発しておきたい。

　このたび判決があった民事訴訟は、無罪が確定した元被告17人が、未決拘留の期間の金銭的な償いとして最高500万円の刑事補償を受けた後、2億8600万円の損害賠償を求めて、2007年10月に提訴した訴訟である。この民事判決には捜査の違法性の判断に対する踏み込み不足もあると思われるが、それは、捜査資料の一部が開示されず、捜査員ら約20人を証人として採用して7年半を超える長期裁判とする等、歴代担当裁判官の訴訟指揮にも稚拙なものがあり、十分な事実認定ができなかったことに起因するのかもしれない。

［追記］　最高裁昭和33年5月28日判決の裁判長も田中耕太郎である（74 参照）。

2015年5月20日（水）

35 オスプレイの墜落事故

　朝の散歩時に、烏帽子形公園で今年も楽しませてくれたトサミズキの花がめっきり減ってきたことに気づいた。この花は、白く咲いた後、次第に赤色を呈し、やがて花の命を終える。

　ところで、2015年5月18日に米ハワイ州オアフ島のベローズ空軍基地で訓練中の海兵隊所属MV-22が着陸に失敗し炎上、隊員1人が死亡した。その後病院に搬送された21人のうちの1人も死亡したと報道されている。

　オスプレイは、米国のベル・ヘリコプター社と現ボーイング・ロータークラフト・システムズ社とが共同で開発した航空機の愛称であり、猛禽類の「ミサゴ」を意味する。回転翼軸の角度を変更することによる垂直離着陸機であり、固定翼機とヘリコプターの特性を合わせ持つ。1980年代初頭に開発が開始されたものの、開発・量産化等が当初の予定より大幅に遅延した。2000年代より米海兵隊を始めとして海軍や空軍への配備が始まっており（空軍仕様のCV-22と海兵隊仕様のMV-22とがある）、すでに我が国内にも配備されており、事故率をめぐる論争も起こっているので、今日は過去に発生した事故状況について調べてみたい。

　試作機段階で2回事故を起こしている。1回目は、1991年6月11日に左右に揺れながら離陸後、数メートルの高さで大きく機体を傾け、ナセルとローターが接触し、機体が転覆して地上に墜落した事故である。2回目は、1992年7月にエグリン空軍基地からクアンティコ米海兵隊基地へ飛行中に潤滑油が漏れ、右エンジンの高温部に触れて発火し、制御を失ってポトマック川に墜落し、乗っていた海兵隊員と民間人技術者計7名全員が死亡した事故である。

　低率初期生産段階では2回事故を起こしている。1回目は、2000年4月8日に夜間侵攻での兵員輸送を想定した作戦試験時に、急減速・急降下を行っ

2015年5月20日（水）

た際に、自らが生み出した下降気流によって揚力を失って墜落事故を起こし、乗員と米海兵隊員の計19名全員が死亡したものである。2回目の事故は、2000年12月11日の夜間飛行訓練中に森林地帯に墜落し、搭乗していた海兵隊員4名全員が死亡したものである。それらの事故原因は、機体の機構的な問題とソフトウェアの問題、そして、パイロットの不適切操作の複合的原因であったとされている。

　量産決定後の2006年から2011年の間には58件の事故が起こっている。ただし、この数字は空軍仕様のCV-22と海兵隊仕様のMV-22の事故件数を合わせた数字であり、そのうち、クラスAの重大事故は計4件、クラスBの中規模事故は計12件とされている。そのうち、1件は、2009年5月27日、米国ノースカロライナ州で低空飛行訓練中、燃料切れで国立保護地区に緊急着陸し、その給油中にエンジンの排気熱で草地が燃え出し、機体の外壁を損傷したというものであり、もう1件は、2010年4月8日に特殊作戦のためにアフガニスタン南部での夜間着陸に失敗して横転、乗員と陸軍レンジャーの兵士と民間人の計4名が死亡したが、事故原因は、暗視用ゴーグルを使った夜間の砂漠への着陸の最中、垂直揚力による下降気流によって巻き上げられた砂塵で視界が遮られたことによるものと推測されている。

　さらにその後2件の事故を起こしている。1件目は、2012年4月11日に海兵隊のMV-22、1機がモロッコの南方沖海上で強襲揚陸艦「イオー・ジマ」での訓練中、離艦後に墜落し、全搭乗員4名中、2名死亡、2名重症となったものであり、2件目は、2012年6月13日に空軍のCV-22が、フロリダ州南部で訓練中に墜落事故を起こし、乗員5名が負傷したものである。

[追記]　ビッグイシュ・ジャパン311号は、「オスプレイ＝未亡人製造飛行機のわけ」として、ヘリコプターモードと航空機モードとの切り替え時に、航空流体力学上の欠陥が露呈される。」と指摘している。

　2015年5月には米国ハワイ州オアフ島で着陸に失敗して海兵隊員2名が死亡し、2017年2月5日にもオーストラリア北東部沿岸で墜落し、3名が死亡した（36 も参照）。

2015年5月21日(木)

36 オスプレイの普天間空港配備

　2011年6月、普天間飛行場に配備されているCH-46（回転翼が2個付いたもの）をMV-22へと更新することが米国防省より公表され、2012年6月29日に、米国から日本政府に対し、普天間飛行場の1個飛行隊12機のCH-46を同数のMV-22に更新すること、2013年夏に2個目の飛行隊のCH-46を同数のMV-22に更新する旨の接受国通報が行われた。

　これに対し、2012年9月24日配信「琉球新報」等によると、同日、東京外国語大学の西谷修教授、沖縄大学の新崎盛暉名誉教授、評論家の前田哲男氏、雑誌「世界」の岡本厚前編集長が参議院議員会館で会見し、「新垂直離着陸輸送機オスプレイの沖縄配備に反対する声明」を発表した。声明では「オスプレイ配備は差別、不公平を維持し、拡大するものだ。」と指摘し「配備が強行されれば、沖縄県民から確実に大きな抵抗が起きる。」と訴え、配備の断念を訴え、さらにオスプレイ配備を前提とする普天間飛行場の名護市辺野古移設や普天間飛行場の固定化を批判し、東村高江区で進められている建設工事の中止も求めている。声明はノーベル文学賞作家の大江健三郎氏、作家の加賀乙彦氏ら県内外の有識者37人が賛同し、名前を連ねている。

　沖縄のオスプレイ反対運動は、基地問題とオスプレイの安全性問題とを混同するものであるとしばしば非難されるが、違う。彼らは、第二次世界大戦時に沖縄がヤマトンチュウを守るための防御最前線とされ、我国唯一の戦闘が行われ、たくさんの市民の命が失われた歴史に鑑み、米軍基地の恒常化と新たなリスク負担が当然に沖縄に求められ、戦争勃発時には、再び他の府県の国民に先駆けて、当然のごとく死の犠牲を強いられることに対し、異議を唱えているのである。

　米国のアジア太平洋地域重視の戦略の中で、在日米軍、中でも沖縄の海兵

隊の存在は大きな意義を有しており、MV-22は、その海兵隊の能力の中核を担う装備であり、同機の沖縄配備により、在日米軍全体の抑止力が強化され、この地域の平和と安定に大きく寄与するとされる。これを裏返せば、沖縄は、まさに米国のアジア太平洋地域での最前線基地だということになる。

岩国飛行場における陸揚げおよび機能確認飛行を経て、2012年10月に1個飛行隊の普天間飛行場への移動が完了し、2013年4月30日にも、在日米軍司令部および在日米国大使館から2個目の飛行隊12機が岩国飛行場に陸揚げされた後に、普天間飛行場に移動した。直接沖縄に陸揚げしなかったことには隠れた意図があり、沖縄以外の米空軍基地でのCV-22の配備等の伏線でもあったことがその後の日本国内全土での訓練飛行から、明らかになっている。

2015年5月9日、米空軍は、CV-22を東京の米軍横田基地(東京都福生市など)に新たに配備する方針を固め、日本政府に伝えたと、時事ドットコム等が報道している。

また、同月5日、米政府は、日本政府が陸上自衛隊での導入のため求めていたオスプレイの販売を認める方針を決め、議会に通知したとも報道されている。販売が決定されたのは、オスプレイの機体17機分およびエンジンや電子機器などの予備パーツ40基分。販売は対外有償軍事援助の形式で、総額は30億ドル(約3600億円)にも上る。

基地負担を沖縄にだけ押し付けられる時代でもなくなっている。沖縄の人々の恐怖と怒りとを、全国の日本人もあらためて理解できるようになるであろう。

[追記] 2016年12月13日夜、名護市の海岸で起きたオスプレイの不時着事故について、同月15日までに、米海軍安全センターは、航空機事故の規模について、最も重大な「クラスA」(損害額が日本円で2億3000万円を上回る場合、機体が大破したり死者が出るなどした場合)にあたると発表した。

37 家事事件と調停委員の役割

> 2015年5月23日（土）

　我が家の庭の「ブラシの木」が蘇紅色の花を咲かせている。現在の住まいを新築した際に、事務所のＳさんからお祝いにと頂戴したが、ここ何年か樹勢が衰えて花を付けなかった。それが、昨年来の妻の努力で見事に生き返ったのである。

　今日は、家事事件について触れる。最高裁のホームページには、「家庭に関する事件は、感情的な対立が背景にあることが多いので、これを解決するには、法律的な観点から判断をするだけではなく、感情的な対立を解消することが求められ、事件の性質上、個人のプライバシーに配慮する必要がある等、裁判所が後見的な見地から関与する必要がある。そこで、家庭裁判所が、それにふさわしい職権主義の手続きの下に、具体的妥当性を図りながら処理する仕組みになっている。」旨説明されている。

　家事紛争には親族関係の紛争と、遺産相続をめぐる紛争とがあり、それらは当事者間の話し合いによる調停事件と家庭裁判所が職権で審理して判断する審判事件と、公開の法廷で行う裁判事件とに分かれているほか、家庭裁判所では、調停によって合意された養育費の不払い等に備えた履行勧告手続など、これらに付随する手続も行っている。

　ところで、話合いで解決する調停手続と、裁判所の決定や判決で解決を図る審判手続および裁判手続との間では、調停前置主義が採られており、それは、前記の家事事件の特徴に即した紛争解決のためである。

　調停を主宰するのは調停委員会であり、通常二人の調停委員と一人の裁判官とによって構成されるが、各家裁では同時にたくさんの調停手続を並行して進めており、裁判官は複数の調停委員会に属している関係で、調停成立までの間は、二人の調停委員だけで調停が進められるのが通例である。申立人

と相手方とを交互に調停室に呼び入れ、双方の意見を調整しながら、話合いがまとまるよう導いていく。

　最高裁のホームページには、調停委員について、「調停に一般市民の良識を反映させるため、社会生活上の豊富な知識経験や専門的な知識を持つ人の中から選ばれます。具体的には、原則として40歳以上70歳未満の人で、弁護士、医師、大学教授（中略）などの専門家のほか、地域社会に密着して幅広く活動してきた人など、社会の各分野から選ばれています。」と書かれているが、実際のところは、どのような調停委員にあたるかは運次第である。

　いかに知識経験豊かな調停委員であっても、相手の身になって問題を受けとめられない人である場合も少なくない。

　そこで、私は、第1回調停期日では、事件の本質について調停委員との間で認識を共有できるよう、私の理解するところを十分説明するよう心掛けている。

　かつて、私が関与した離婚事件の中に、私の依頼者である妻が、夫と別居して、二人の男児と共に暮らしていたが、ある日夫の親から祖父の法事に長男を参加させたいと懇請されて預けたところ、返してもらえず、その日から次男との二人暮らしを余儀なくされてしまったというものがある。

　そこで、私は、離婚調停の申立てを行い、離婚に伴い、二人の男児の親権者を妻とすることを求めたが、調停委員は、夫から、「この子は我が家の跡取りであるから、絶対に親権を取りたい。」と説明されて、あろうことか、私に対して親権を夫に与えるよう提案したのである。そして、その言い草が、「二人子どもがいるのだから、一人宛親権を取ればよいのではないか。」というものであった。

　幼い子どもの成長には母性が欠かせないので、親権が母親に優先的に与えられていること、ここで二人の子どもの仲を引き裂くと、永遠に他人となってしまうのが常であること等を併せ考えれば、この調停委員の言葉は、自ら調停委員として失格であることを白状しているようなものである。

　この一言は今なお忘れることができない。

38 楠公祭

2015年5月24日（日）

　本日、観心寺において楠木正成公の供養祭である楠公祭が催され、私も寺の総代の一人として参列する。
　観心寺の金堂前を先に出立した御詠歌衆の列に、中院を出立した僧侶衆が、建てかけの塔（注）前で合流して、錬供の隊列が整い、午前11時首塚と呼ばれている墓前に向かう。すでに墓前に多数の参拝者が参列され、また横に建立されている開山堂内には琴・尺八の演奏隊が待機しており、そこへ御詠歌衆が加わる。法要に先立ち国歌の起立斉唱があり、読経の後、尊師の願文と大楠公顕彰会会長の誓文の奏上が行われ、御詠歌（大楠公和讃）と琴・尺八、詩吟（天野天籟作・大楠公）の奉納が続き、さらに、般若心経の読経の中で参列者の焼香が続く。
　この墓前法要のほかに、境内では、少年剣道大会や詩吟大会が恩賜講堂で、琴・三味線・尺八の共演の演奏が拝殿で行われる。昔は近隣近在の村々から人が集まり、素人角力や武道大会、剣舞などが行われ賑やかであったそうである。
　かつて楠木正成は、皇国史観の模範的日本人とされ、第二次世界大戦時の戦意高揚に利用されたために、戦後はその扱いが一転した。皇国史観を唱えていた者は沈黙し、マルクス主義史観の学者は無視し、いずれに属しない学者も、楠木正成を研究することで誤解を招くことをおそれた。もともと、南北朝時代の負け組に組したことから、南朝、そして楠木正成について書き残された資料は多くはない。『古典太平記』は怨霊が跳梁跋扈するという話であり、『梅松論』も足利氏に好意的な立場で書かれた歴史書である。そして、今日世間に流布しているのは、吉川英治の『私本太平記』（毎日新聞社1990年）、杉本苑子の『風の群像』（講談社2000年）と北方謙三の『武王の門』

2015年5月24日（日）

（新潮社1993年）や『破軍の星』（集英社1993年）等の小説にすぎない。

　しかし、ここに来て、新たな楠木正成像や、後醍醐天皇像に関する研究の成果が発表されるに至っている。すなわち、後醍醐天皇の建武の新政が武士に冷たく公家の権益を一方的に優先したので、武士が離反したという考え方への疑問が提起されるに至っている。亀田俊和は『南北朝の真実』（吉川弘文館2014年）の中で、新政で粛清ないし左遷された者は、護良親王、萬里小路藤房、大覚寺統や持明院統の諸皇族や公家層に多く、武士の方は足利尊氏、忠義兄弟、楠木正成、新田義貞等が高位高官に立ち、そのために北畠顕家が諌奏で厳しく批判しているくらいであると指摘する。

　そして、亀田俊和は、建武の新政が崩壊したのは、幕府樹立を構想した足利尊氏と天皇親政を目指した護良親王らとの対立を軸としたさまざまな内紛によるものであるとする。この二つの路線の対立を軸としながら、後醍醐天皇と護良親王、大覚寺統内部の皇位継承争い、後醍醐天皇と西園寺公宗（持明院統に皇位を回復するために北条氏の天下に戻そうとしたとされる）、そして、最後に、足利尊氏と後醍醐天皇との戦いが繰り広げられた。

　しかし、足利尊氏は、後醍醐天皇を尊崇し、かつ建武の新政を否定したのではなく、これを肯定し、発展的に推進したとされ、そうであれば、周囲の動きにより対立を余儀なくされたことになる。楠木正成は、この点を理解し、足利尊氏が九州に没落を余儀なくされた直後、後醍醐天皇に対して新田義貞を誅罰して足利尊氏と和睦することを奏上している。容れなかったのが後醍醐天皇の限界であろう。

　ただし、楠木正成は足利尊氏の政権の確立を予測しながらも、裏切ることなく後醍醐天皇に殉じたために、その清々しさが、なお、私の父のような多くのファンを保っているのである。

[追記]　2016年5月22日にも楠公祭がつつがなく挙行された。一昔前と異なる視座からの、楠公を見直す研究も現れ、ファンが増えつつあるように思われる。

[注]　楠木正成の湊川の戦いでの戦死により未完成となったとされる塔。

2015年5月25日(月)

39 民事再生の運用の変遷

　鉢植えのカシワ葉アジサイが咲き始めたことに気づいた。そこで、自宅の裏庭に直植えした他種のアジサイをのぞいてみたところ、いろいろな株の花が色づき始めている。いよいよ、梅雨入りが近づいている。

　本日は倉敷での離婚調停が予定されていたので、11時過ぎに事務所を出る。この事件は、当初地元の弁護士が受任して申立てをしていたが、財産分与を請求しているのに、相手方から特有財産の開示を求められ、代理人弁護士も開示するよう説得するので納得できないとして、私に受任を求めてきたもの。一見であれば、私も既受任弁護士から説明を受けずに受任することはしたくないが、この依頼者の亡くなったお父様には、私は大変お世話になっていて、そのようなことも言っておられないので、先の弁護士との委任契約が終了となった後に受任した次第である。この日は、従前の調停の経過と事件の内容とについて、調停委員がどのように理解しているかを確認することを出頭の目的としていたので、あえて依頼者は同行せず、私だけで出頭して事情を伺った。

　調停終了後帰阪し、上本町の寿司店で、建築業を営むK株式会社のT社長から御馳走になった。この会社は、過去に民事再生を申立て、スポンサーが現れて再生を遂げたが、その後スポンサーも民事再生を申し立てるということがあり、スポンサーから再生計画の弁済資金や運転資金の追加借り入れができなくなったばかりか、一転してスポンサーから早期返済を求められるに至った。そこで、当職があらためて委任を受けて示談交渉により、返済猶予を得たほか、債務の一部の免除を得ることによって苦境を切り抜け、ようやく債務超過をも脱することができるに至った。

　そのお礼として招いてくれたもので、積もる想い出話や、受注している請

2015年5月25日（月）

負工事に関する相談等であっという間に時間が経過し、心のこもった酒肴を堪能し、すっかり酔って帰宅した。

　思えば、K株式会社が倒産した頃は、会社の事業再編法制も今日のように充実しておらず、社会もまた倒産事故に対して強い警戒感を抱いていた。

　しかし、事業の継続のためには、民事再生が有力な手法であった。民事再生を扱う裁判所や、裁判所から選任される監督委員等も、事業再生の意義、すなわち、再生会社の従業員や取引先の関係者の生活に及ぼす影響に思いを馳せ、一方、DIP型の手続として、その進行が私的自治に委ねられていることへの理解があった。

　ところが、その後、再生裁判所と監督委員を繰り返し引き受ける一部の弁護士とにより、事業再建への恣意的かつ予想外の介入がみられるようになり、民事再生は、必ずしも事業継続のために安心して使える手続ではなくなった。

　他方、バブル崩壊後の長いデフレ不況の中で、夥しい会社が倒産し、事業が破たんしていったことにより、弁護士の遂行する私的整理に対する抵抗感が急速に薄れてきた。加えて、事業再編法制の整備により、倒産事業者の債務を承継せずに、事業のみを承継する方法も増えた。従前からもあった営業用資産の譲渡と事業譲渡のほかに、会社分割等を利用することもできるようになった。

　私は、今日であれば、私的整理を選んでいたかもしれない（御関心をお持ちの方は、産大法学48巻1＝2号259頁以下の、拙文「私的整理の研究1」を参照されたい。）。

[追記]　K株式会社は、平成27年度も黒字を達成し、すでに従業員たちの給与カットもなくなり、平成28年度は従業員給与とともに、社長報酬も増額予定とのことで、何よりである。顧問料も増額を期待できるかもしれない。

2015年5月28日（木）

⓪ 那須ゴルフ会コンペと見川病院

　つい先月、私たちが愛犬のレモンの1日1回の排便の確認を怠っていたため、散歩代わりのドライブ中に、レモンが便を漏らしたことがある。
　そこで、最近は十分暖かくなったので、朝のドライブの途中、烏帽子形公園に駐車し、妻が母の歩行のトレーニングを再開し、私は排便させるためにレモンを連れて公園を1周している。
　本日は、京都産業大学大学院法務研究科の授業日であったが、午後4時30分に第4時限の授業を終えて京都駅に向かい、「那須塩原」までの切符を購入して、新幹線に乗車した。明日から、私がお世話をしている「那須ゴルフ会」の開催が予定されていて、それに参加するためである。
　もう15年以上前のことになるように思うが、私は、製靴業を営むU株式会社の会社更生の申立代理人となったことがある（⑫参照）が、それ以前、同会社の代表取締役とその御子息であるM親子が共に那須ゴルフ倶楽部の会員であられたことから、同社の顧問をされていた経営士の小林靖和先生ともども、同ゴルフ場にたびたび招待していただいた。
　そして、会社更生申立後、更生管財人を引き受けてくださったのがI先生であり、更生のスポンサーとなってくださったのがO株式会社であり、同社のその当時の社長にも随分お世話になった。社長は那須ゴルフ倶楽部の理事長でもあられた。そのうち、それらの関係者と私の知人、友人たちとの間で、次々と御縁ができ、GCAサヴィアンのW社長や、ゴールドマン・サックス・アセット・マネジメントのK社長や、KPMG代表のCさん、インテグラル株式会社のS社長、私の顧問先会社のR社長らも加わり、那須ゴルフ倶楽部でコンペを実施することになった。
　那須塩原に到着したのは午後10時過ぎのことで、タクシーで那須ゴルフ倶

2015年5月28日（木）

楽部のロッジに向かうが、車中運転手さんに「見川病院は知っておられますか」と尋ねたところ、途中にあり、「その前を通るので教えますよ」とのこと。

　しかし、行けども行けども見川病院の案内を見かけることはなく、ロッジのすぐ近くまで来たときにはちょうど深い霧が立ち込めて、10メートル先も見えなくなってしまい、探しようもない。ところが、運転手の説明では、ロッジの門のすぐ手前に見川病院があったそうである。看板すら確認できない深い霧であったので、明日の朝の散歩が楽しみである。

　見川病院を開設した見川泰山先生は、大正5年栃木県下で、18代続いた医師の家系に生まれたが、縁あって那須湯本温泉で開業された。

　清遊中にたまたま病院を訪れた獅子文六の影響で作家活動を開始し、那須高原の豊かな四季を背景に、素朴な村人たちと織りなす珍妙奇行の数々を、軽妙洒脱に描いた。作品には、『医者ともあろうものが』（毎日新聞社1973年）、『山医者のうた』（集英社1990年）、『山医者健在なり』（毎日新聞社1993年）、『山医者のちょっと一服』（毎日新聞社1991年）、『山医者がんばる』（毎日新聞社1988年）等がある。ペンネームは見川鯛山である。

　『医者ともあろうものが』の第一話は、「婆っぱ」であり、その書き出しは「オ辰婆さんはシブトイ婆さんである。あと2、3日の生命だと私が引導を渡してから、もう半月にもなるのに、まだ死なない。私の差し金で親戚や一族郎党も集めたし、葬式の用意も万端整えてしまったのに、早いとこ死んでくれないと、医者として私は本当に困ってしまう。」というものである。ユーモアの中に、独特のペーソスが潜んでいる話が多く、私は、すっかり魅せられてしまい、10冊ほどの古本を集めて読破した。現在、病院は19代目の先生が経営しておられる。

　[追記]　那須ゴルフ倶楽部の会員の皆様の中にも見川鯛山のファンが多い。
　2017年の那須ゴルフ会は6月2日、3日の両日開催したが、6月2日午前8時頃に通りかかった見川病院の広い駐車場は、患者の車で満杯であった。

2015年5月29日（金）

㊶ 那須ゴルフ倶楽部

　大阪よりかなり東に位置する那須の朝は早く、4時頃から空が明らみ始めて、ベッドの中で体を休めようと努めたが、朝5時にはすっかり目が覚めてしまったので、起床して露天風呂に入る。小ぶりの白い花をたくさん咲かせた山法師の樹冠が、風呂の向こう側に広がり、その周辺にはモミジ若葉と緑の深さを増したミズナラの葉が茂っている。

　朝食後散歩に出かけ、那須ゴルフ倶楽部の正門を出てすぐの場所に、見川病院を見つけた。病院や付近の駐車場を眺め、小説を思い浮かべながら、写真に撮る。

　那須ゴルフ倶楽部の会員権は譲渡が許されておらず、したがって、担保にも供し得ず、その意味での財産的価値はない。その代わり、仮に一時事業の経営に失敗したとしても、本人が会費の支払を継続している限り、プレーすることができる。

　1936年に開場した那須ゴルフ倶楽部には、会員制倶楽部の実体が存在し、そのために、独特の空気に満たされている。会員の子や孫は、小さい時から連れて来られ、親たちがプレーしている間、同様に倶楽部に訪れている同年輩の子らと周辺で遊んでいて、友だちになり、やがて、青年になると、自分たちも入会する。世代交代の間に浮き沈みもあるが、それを乗り越えながら、何代にもわたって連綿と付き合いが続く。そのようにして成立した、極めてフレンドリーな倶楽部ライフが長い期間続いている。

　那須ゴルフ倶楽部は御用邸の近くにあり、常陸宮殿下と華子妃殿下もメンバーとして会員の方々とプレーをされたり、食堂で食事をされたりするようであり、常陸宮殿下はカレーライスが好物だとのこと。誰も殿下や妃殿下に媚びることもなく、自然体で接しておられるようである。

2015年5月29日（金）

　こうした倶楽部であるから、規律は厳正に保たれている。真偽のほどはわからないが、かつて、聞いたところによると、会員が紹介した客が訪れた際に、レストランでウエイトレスのお尻を触ったところ、その客を紹介した会員は、直ちに除名処分を受けたそうである。

　したがって、会員は、那須ゴルフ倶楽部で楽しみたい友人、知人を紹介する場合でも、できる限り、同伴することに務めるそうである。

　日本のゴルフ場は、100％といってよいほど「クラブ」を名乗っているが、会員の統制のために、御用クラブが組織されているにすぎないことが多い。

　また、多くの日本人が、有名クラブに入会することをステイタスと錯覚していることを利用して、バブリーなゴルフ場を建設する際に、高額の入会金を集めて、その建設費に充てることがある。しかしその場合でも、那須ゴルフ倶楽部のようなクラブライフの成立を確認できる場合は極めて少ない。

　今後は、ほんのわずかな、クラブの実質を本当に備えたゴルフ場と、アコーディアゴルフのような、誰でも参加できるカジュアルなゴルフ場に2分化されていくのではあるまいか。

[追記] 2016年には、6月3日と4日に開催させていただいた。私は1日目の午前中は近くの「鹿ノ湯」で、順次、41度から48度までの浴槽に浸かり、那須温泉を堪能させてもらった。

　第1日目のコンペ13人、その夜の懇親会17人、第2日目のコンペ19人の参加が得られた。多忙な方々ばかりの集まりであるが、まさに忙中の閑を楽しむひとときであった。

　なお、私の今日の戦績は記さないことにする。

2015年6月1日（月）

㊷　口永良部島の噴火

　事務所内に置かれた観葉植物の鉢類が元気に育っているが、実は、その世話は私がしている。皆で鉢物の世話をしていると、水をやり過ぎて根腐れを起こしたり、乾燥させ過ぎて枯らすことがある。また、木の種類により、与えるべき水の量が違うが、それは、一人の人が全責任を持って観察することで初めて見えてくるものである。私の方から希望していただいた観葉植物が多いので、自分が納得いくまでお世話をしようと考えた次第である。

　私が茶臼岳の麓の那須ゴルフ倶楽部で遊んでいた5月29日に、鹿児島県屋久島町の口永良部島では爆発的噴火があった。火砕流が新岳の南西側から北西側（向江浜地区）にかけ、2キロ余り離れた海岸にまで達し、噴煙は火口縁上9000メートル以上まで上がり、火口周辺に噴石が飛散した。気象庁は、今後も、爆発力が強い噴火や規模の大きな噴火が発生する可能性があるとし、噴火警戒レベルを運用開始後初の5（避難）と発表している。

　新岳の爆発的噴火で、避難指示を受けた住民ら137人全員が29日夕方までに、船やヘリコプターで十キロ余り離れた屋久島への避難を終えた。

　火山噴火予知連絡会は、「口永良部島ではマグマの大半が地下に残っていると考えられ、今後も先月の噴火と同じ程度の噴火が起きるおそれがあり、火山活動が長期化する可能性がある。」としている。インターネット上に掲載された東京新聞によると、九州では桜島も活動が活発で2015年5月21日爆発的な噴火が続き、阿蘇山も火口に近づけない状態であり、関東の箱根山や東北の蔵王山でも群発地震が起きていて、これらの火山の活発化には東日本大震災の影響があると指摘する専門家もいるようである。

　火山噴火予知連絡会会長の藤井敏嗣東京大学名誉教授も、「東日本大震災の影響で日本の火山活動が活発化している可能性も考えられる。」と話す。

2015年6月1日（月）

　世界的にも、スマトラ沖地震（2004年）では、数年以内にタラン火山（インドネシア）とバレン島（インド）、ムラピ火山（インドネシア）などが噴火。1960年のチリ地震でも2日後にプジェウエ火山（チリ）が噴火しているようである。それらは、巨大地震で地下のマグマにかかる圧力が変化することがきっかけとされる。大震災の影響を間近に受けた蔵王山や吾妻山など東北の火山は説明しやすいが、九州など遠くの火山に対して実際にどんな影響があるのかはっきりしないようである。

　むしろ日本全体の地下の動きが活発な時期に入り、火山噴火も東日本大震災もその現れだという可能性もある。藤井氏は、「貞観地震（869年）の前後に似ている。」とも語る。貞観地震の5年前には富士山と阿蘇山が噴火し、9年後に関東で大地震が起こるなど、20年余りの間に全国で大地震や噴火が相次いで起きている。「震災の影響なら数年経てば落ち着く。全体的な活発化ならまだ数十年は注意が必要だろう。」という。

　一方、九州の火山に詳しい石原和弘京都大学名誉教授は「口永良部島は2000年頃から噴火してもおかしくない時期に入ってきていた。」と指摘する。「桜島も阿蘇山も2011年に噴火した新燃岳も、噴火のエネルギーがたまる時期だった。共通した理由があるわけではない。」という意見である。

　さまざまな説が併存しているが、口永良部島の人たちの苦難の生活が始まることだけは確かである。

［追記］　2015年12月25日、町は昨年末に居住地域の大部分の避難指示を解除し、島民の約8割が帰島し、一部地域の住民は仮設住宅での生活を続けていたが、2016年6月25日、寝侍地区を除いて避難指示が解除されるに至った。

　2017年8月8日気象庁は、口永良部島の噴火警戒レベルを3と発表するとともに、火口周辺警報を発表している。

2015年6月3日（水）

43 タカタのリコール問題

　河内長野の山々では、さまざまな種類のミズキの花が見られる。今、烏帽子形公園に咲いているのは、サラサミズキだと妻は言う。ミズキの花はいずれも白い小さな花が密集しているが、その塊の様子はさまざまであり、緑が深まっていく季節にふさわしい、清々しい花である。

　ところで、タカタ株式会社がリコール問題で揺れている。同社は、1933年に高田武三が彦根で創業し、1956年に法人成りし、1969年11月に本店を東京に移転、1987年12月にエアバッグの製造・販売を開始し、2006年11月東京証券取引所に上場した株式会社である。2008年頃より重要部品である膨張ガスを発生させるインフレーター関連の不具合が相次いで判明、米国とマレーシアでは死亡事故も起きている。

　2008年11月より断続的にリコールが行われているが、2014年11月時点で対象車の累計は1700万台に達した。そして、同月現在、米国ではタカタのエアバッグに関連したとみられる事故で5人が死亡しており、同月18日、米運輸省高速道路交通安全局（NHTSA）のデービッド・フリードマン局長代行がタカタに対し、運転席用のエアバッグのリコール対象地域を全米に広げるよう要請していたが、タカタはこれを拒否した。

　そこで、米上院商業科学運輸委員会は11月20日タカタのエアバッグ欠陥問題に関する公聴会を開催し、関係各社の幹部を厳しく追及したが、公聴会には、タカタの品質管理を担当する東京本社品質本部の清水博取締役が出席し、議員から5人全員の死亡についてタカタに「全面的な責任」を取るよう迫られた場面では、5人のうち2人の死亡事故についてはまだ調査中だと述べ、現時点で全責任を負う姿勢までは示さなかった。

　また、エアバッグに異常があったことは認めたが、事故原因が解明されて

2015年6月3日（水）

いない以上、事故が発生している地域や助手席等に限定したエアバッグのリコールで十分であると主張した。さらに、2014年12月3日に開かれた米下院エネルギー・商業委員会の公聴会においても、清水博取締役は、現時点でデータは地域限定リコールの全米への拡大を支持せずと発言している。

しかし、これらの主張の背景には、仮に、タカタ製エアバックが原因で事故が発生しているとしても、事故原因が解明されるまでの間は、不可抗力にすぎないとして責任を回避できるとする日本式の考えがある。

しかし、米国の社会では、倫理に反する経済活動があれば一挙に社会の信頼を失う。事故には倫理問題ではなく法律問題として対応してこと足れりとする、日本企業の体質が暴露されたと言うべきであろう。

その後、タカタは、米国内で過去最大となる3400万台規模のリコール（回収・無償修理）を実施することで合意するに至った結果、騒ぎはようやく鎮静の方向に向かったようである。

しかし、2015年6月25日に予定されている定時株主総会では、創業家の高田重久会長兼社長は続投し、清水博取締役も重任の予定のようである。認識が甘すぎないであろうか。

[追記]　2016年5月27日、タカタは、自動車メーカー17社で新たに最大4000万台をリコールすることで当局と合意。日本国内では、国土交通省が同日リコールするよう自動車メーカー各社に指示したことにより、リコール対象車両総数は計約1960万台になるという。

同年10月29日には、業績が悪化しているタカタが、経営再建を託すスポンサー候補として国内化学メーカーのダイセルとスウェーデンの自動車安全部品大手オートリブの2陣営を軸に選定を進めていると報道されていたが、2017年4月27日、日本経済新聞が、「タカタが新旧分離型の法的整理案を検討しており、ホンダなどと大筋合意」と報じ、東京証券取引所は、株式の売買を一時停止した。

紆余曲折があったが、タカタは2017年6月26日東京地方裁判所に対して、民事再生手続開始の申立てをするに至った。

2015年6月4日（木）

44 捺悠の誕生日

　昨年のこの日、私たち夫婦の長女に孫の「捺悠」が誕生した。取りあえず、電話で1歳の誕生日のお祝いの言葉を伝える。私のiPhoneには母親である娘から送られてきた写真が保存されているので、法科大学院に向かう京阪電車の行き帰りにこの1年間を振り返ってみる。

　捺悠は、予定日をかなり過ぎた昨年のこの日、帝王切開による出産が予定されていたが、私は、近畿地方在住の1967年に徳島県立城南高校を卒業した同窓生による「67会ゴルフコンペ」に参加することにしていたので、その終了後に母子のいる産婦人科病院に急いだ。

　手術に立ち会うために早々に出掛けていた妻と合流し、新生児室に案内してもらった。温度33度、湿度60％に調整された保育器の中で手足を動かしている児がいた。元気な泣声も聞こえたように感じた。結婚後なかなか子どもに恵まれなかった娘夫婦にとっては、嬉しいことであろう。私たちにも嬉しい慶事ではあるが、祖父母として、この子の成長を見守るためには、健康を保ち長生きしないといけないと、その責任の大きさにも、つい思いをめぐらした。

　母子ともに産後の経過は良く、捺悠も順調に体重を増やし、2014年7月5日にはお宮参りに出掛けた。父親のお母様が捺悠を抱いた上から掛け着を羽織り、3夫婦がそろい、総勢7人で、石切神社にお参りし、健やかな成長を祈願した。掛け着の端に祝儀袋をたくさん吊り下げるのが東大阪界隈の習慣とのことで、神社に来合わせた他の宮参りの方々も同じように祝儀袋を吊り下げていたのが興味深かった。一生お金に困らないようにとの配慮だそうである。

　9月15日には同じメンバーで捺悠のお食い初めを祝った。記念写真を撮影

2015年6月4日（木）

するときは、母親に抱かれて大泣きしていたが、そのうち機嫌を直して、妻の膝の上で撮影に応じたときは大はしゃぎで、妻はそれこそメロメロの笑顔で写真に収まっていた。

その頃から、妻は、おもちゃを買っては送るようになり、お返しに、おもちゃで遊ぶ捗悠の写真を送ってもらって、私のiPhoneにも転送してくれるようになった。ある日妻と晩酌を交わしていたとき蒙古斑の話になり、娘に電話をして、捗悠のお尻の写真を送ってもらい蒙古斑を確認したこともある。別に優秀でなくてもよい。必ずしも健康でなくてもよい。真っ直ぐに育ち、人に愛され、人の情けのわかる人に育ってほしいと願うばかりである。

さて、今日は、午後6時30分から、富田林家庭裁判所の調停委員により組織されている富田林調停協和会の総会と懇親会とが開かれた。私が調停委員に就任したのは1995年であるから、20年以上経過している。その当時は、陸軍士官学校の卒業生を含む先輩弁護士がおられて、その方々の前では緊張したものであるが、今や、私も最年長者の一人になったようで、あまり好きなことではないが、乾杯の音頭取りの役目が回ってくることが多くなった。

ところで、裁判ではなく、調停の申立てが選択された以上、申立人は、円満な解決を望んでおり、相手方も初回に「不調」を強く求めない限り、やはり円満な解決を望んでいると推測できる。

それを阻んできた感情のもつれや、事実関係や法律の誤解等を丹念にほぐしていくことになるが、この世にはよほどの悪人はいないと信じ、じっくりと話を聞いて、なるほど申立人はこのように理解しているのか、相手方はそのように理解しているのかと合点がいけば、必ず、双方の顔を立てられる調停案を作ることができると考えている。

［追記］　2016年6月4日捗悠はつつがなく満2歳の誕生日を迎えることができた。

2017年6月4日にはもう3歳になった。

>―2015年6月5日（金）―<

㊺ 不愉快な調停委員

　朝、いつものドライブに出て、途中、ゴルフの打ちっ放しで急ぎ練習をする。15分で60球くらい打つのである。普段から、そんな拙速ではうまくならないと、師匠のＫさんからは叱られているが、駐車場の車の中に母を待たせていると、つい早打ちになる。

　午前８時河内長野駅発の特急で、重役出勤。午前８時45分頃事務所に到着し、観葉植物等に水をやり、その後は依頼された内容証明郵便を作成したり、昨日の事件の経過報告書を作成する等して、午前９時30分頃事務所を出発して、家庭裁判所に向かう。

　遺言無効確認調停事件の依頼者である申立人Ａの父親と会って、控室に向かう。調停委員から呼び出しがあり、期日外での相手方Ｂとの和解交渉の経過を尋ねられたので、相手方Ｂの代理人である弁護士からまず聴取して欲しいと依頼する。その後再度呼び出しがあり、調停委員から、相手方代理人の返答の説明を受けるが、私が相手方代理人と面談して確認していた内容とあまりにも齟齬するので、両代理人対席での手続を希望し、相手方代理人にも調停室に入ってもらう。そして、調停委員からの説明内容と、私が理解している相手方代理人のお考えとの間に齟齬があることを告げ、真意を質したところ、私の理解していたとおりで良いとのこと。ところが、この瞬間、調停委員が「私に言ったことと違うことを言ってもらっては困る。」と怒り出す。相手方代理人は若い方であったので、私は、ここは、年寄りの仕事と考え、調停委員に対し、双方代理人の間でしばし協議させて欲しいと言い置き、相手方代理人を促して調停室の外に出る。

　双方、自分たちの依頼者の考えはすでに伝え合っていたので、本人出頭の第３の当事者である相手方Ｃの対応を予想しながら、Ｃも納得できる調停

2015年6月5日（金）

　案を協議し、結論をもって調停室に帰る。「外にも調停当事者がいるのだから、勝手に長時間席を外されては困る。」という叱責を無視して、両代理人が作った調停案を伝える。その内容は、両代理人から相手方Cに対して伝えることになったので、相手方Cにも入室してもらい説明をする。これに対し、相手方Cが身勝手な対案を提案するに至ったので、当方は拒否し、調停不調を覚悟する。

　ところが、調停委員が主任裁判官との評議をした上で、不調の手続に入ろうとした瞬間、相手方Cは前言を撤回し、一転、両弁護士が提案した内容で調停が成立することになった。

　そこで、両代理人間で最終的な調停条項を詰め、双方の依頼者の最終了解を得た上で、調停委員に持ち帰る。昼の休憩時間に入ったので、評議はいつ終了するかわからないとのこと。意趣返しのために、昼休みには仕事をしない心積りだと合点するが、不愉快の極みであった。

　私は、12時30分から打ち合わせのためにコスモス法律事務所に来所された依頼者に電話連絡し、電話での打ち合わせに変えさせていただく。1時からの来客も早く到着されたので、同様に処理させていただいた。

　ようやく1時過ぎに調停が成立したので、タクシーに飛び乗り、途中堺筋と本町通りの交差点で下車し、最寄りのビルにある顧問先を訪れ、依頼されていた取締役会の議事録への署名・捺印を行い、印鑑証明書を渡す。

　そして、再びタクシーで事務所に帰り、午後1時30分から東京地裁との間で電話での弁論準備手続に参加する。その後買ってきた弁当を食べ、午後3時、4時と来客との打ち合わせの上、午後5時弁護士法人時代の後輩弁護士と会い、事業所開設満1年の祝いをありがたく頂戴する。

　午後6時開演の今中利昭弁護士傘寿祝いと記念論文集の贈呈式に、発起人として参加するためホテル阪急インターナショナルに向かう。

2015年6月6日（土）

46 スカイマークの再生計画

　2014年4月1日にコスモス法律事務所を立ち上げた際に、大勢の方々からお祝いを頂戴したが、あらかじめ、希望を尋ねてくださった方には、事務所に飾る観葉植物をお願いした。

　さまざまな鉢植えを送っていただいたが、蘭等は翌年以降も花を咲かせるために自宅に持ち帰り、また、ビルの室内で樹勢が衰えてきた植物も、順次自宅に持ち帰った。それらの大半は、春まで自宅室内に置いていたが、今は庭先で元気に枝や葉を広げている。最も勢いのよいのが、ベンガルボダイジュとガジュマルであるが、今、ピンクカラーが4輪ほどの花を咲かせている。

　今年1月に経営破たんし、民事再生手続中のスカイマークは、5月29日、東京地裁に再生計画案を提出した。報道によると、再生計画の概要は、「100％減資後、総額180億円の第三者割当増資を行い、そのうち155億円を配当原資に充てる。」というものである。

　スカイマークの届出債権額は約3089億円であるが、100万円までの債権は100％弁済、100万円を超える部分は5％弁済とする。出資比率はインテグラルが50.1％、ANAHDが16.5％、日本政策投資銀行と三井住友銀行が折半出資で組成した投資ファンド「UDSエアライン投資事業有限責任組合」が33.4％。スカイマークの取締役は6人とし、3人をインテグラルが、2人をANAHDが、1人をUDSがそれぞれ指名する。インテグラル側から会長を、UDS側から社長を出す。スカイマークの従業員の雇用は原則維持される。スカイマークはANAHDの100％子会社である全日空と関係官庁の許可が得られればコードシェアを実施する。

　再生計画案を可決するためには、債権者集会で債権総額の2分の1以上の

同意と、決議に参加した債権者数の過半数の同意を同時に得る必要がある。届出債権額ベースでは、再生計画案に反対している米航空リース会社のイントレピッドは約1150億円強、エアバスは約880億円強の債権を有し、両社合わせた債権額は2000億円超に上り債権総額の２分の１を上回る。ただし、いずれの届出債権も未確定の部分が多く、その場合には、債権者集会の際に裁判所が議決権を決めるので、再生計画案の成立を阻止できるか否かは、私たち外野には判然としない。

なお、本日、イントレピッドが別の再生計画案を裁判所に提出していることが明らかになった。ただし、その計画案では、支援を受ける別の航空会社などの選定を進めているとし、債権者への弁済に充てる金額などを示していないようであるから、民事再生法154条１項１号の要件を満たさず、違法な計画案とされ、債権者集会に付議されることは考えられない。おそらく、裁判所を牽制して、再生債務者が提出した再生計画案に対する付議決定の時期を遅らせることによって、適法な再生計画案を作成提出し、再生会社が提出した再生計画案とともに付議してもらうために必要な時間を確保しようとする戦術であろう。そして、本日、イントレピッドが、米デルタ航空に対して連携を打診していたことも判明した。

今後再生債務者とイントレピッド等との間で、ハード・ネゴが行われるであろうが、①双方の合意による再生計画案が提出される場合のほか、②議決権問題においてスカイマーク側が有利で、債権者集会で再生債務者側の再生計画案が可決される場合、③手続が会社更生に移行した後、権利保護条項により更生計画が認可される場合等が考えられ、今後の動向が興味深い。

［追記］　2015年８月５日再生債務者案が可決されて、東京地裁は即日再生計画を認可し、その後2016年３月28日に、同裁判所は民事再生手続の終結決定をしている。

スカイマークの2016年３月末決算（非連結）は、純損失が392億5100万円の赤字であったが、今後のＶ字回復が興味深い。

スカイマークの2017年３月末決算は、純利益が67億7400万円であった。

2015年6月7日（日）

47 安全保障法制の違憲性

　烏帽子形公園ではクチナシの花が咲き始めた。小振りで控えめなクチナシの実と異なり、大きく艶やかな白色の花である。
　ところで、4日に行われた衆院憲法審査会の参考人質疑で、野党推薦だけでなく与党推薦の憲法学者も含む3人全員が、集団的自衛権の行使を可能にする新しい安全保障法制は「違憲」と明確に指摘している。
　ネット情報をもとに、当時の状況を再現すると、次のようになる。
　衆院憲法審査会は6月4日午前、憲法を専門とする有識者3人を招いて参考人質疑を行った。参考人として出席したのは、自民、公明、次世代の各党が推薦した長谷部恭男早稲田大学教授、民主推薦の小林節慶應義塾大学名誉教授と、維新推薦の笹田栄司早稲田大学教授である。いずれの参考人も、他国を武力で守る集団的自衛権の行使容認を柱とする安全保障関連法案について「憲法違反」との認識を表明した。
　長谷部氏は、安保法案のうち集団的自衛権の行使を容認した部分について「憲法違反だ。従来の政府見解の論理の枠内では説明できず、法的安定性を揺るがす。」と指摘。小林氏は「私も違憲だと考える。（日本に）交戦権はないので、軍事活動をする道具と法的資格を与えられていない。」と説明した。笹田氏も「従来の内閣法制局と自民党政権が作った安保法制までが限界だ。今の定義では（憲法を）踏み越えた。」と述べた。
　国際貢献を目的に他国軍支援を随時可能にする国際平和支援法案が、戦闘行為が行われている現場以外なら他国軍に弾薬提供などの後方支援をできるようにした点について、長谷部氏は「武力行使と一体化する恐れが極めて強い。今までは『非戦闘地域』というバッファー（緩衝物）を持っていた。」と主張した。

小林氏は「後方支援は特殊な概念だ。前から参戦しないだけで戦場に参戦するということだ。言葉の遊びをしないでほしい。恥ずかしい。」と述べた。
　審査会は、参考人が立憲主義や改憲の限界、違憲立法審査をテーマに意見を述べた後、各党の委員が質問する形で進められたようである。
　安保法案をめぐっては、憲法研究者のグループ171人が3日、違憲だとして廃案を求める声明を発表したばかり。安倍政権の憲法解釈に対し、専門家から異議が強まっている。
　その後の国会審議の中で、中谷防衛大臣は「憲法に見識を持たれた方の意見と認識しているが、政府は昨年の閣議決定の前に安保法制懇を開催した。そこで憲法や安全保障に知識のある有識者に検討いただき、その報告書をもとに与党で濃密な協議し法案を閣議決定した。」、「このときの憲法解釈は我国を取り巻く安全保障環境が大きく変化しているという現実を踏まえ、従来の憲法解釈との論理的整合性と法的安定性に配慮した。」として、「違憲との指摘はあたらない。」と語っているが、自ら推薦した憲法学者に違憲と指摘された以上、苦しい答弁である。
　インターネット上には、周辺事態法は国会マターであるから、国会議員が考えるべきであるとする意見等があるが、法律問題については、最終的に司法が判断するという三権分立の意義を軽視する考えであり、賛成できない。
　自衛隊については、そもそもその存在を憲法違反とする考えもあるが、今日は触れない。ここでは、日本が日米安全保障条約により、米国の核の傘の中に入り、核抑止力によって守られているのであるから、自衛隊が米軍の活動を支援することが当然必要になるという考え方について述べる。
　加藤周一『山中人間話』（福武書店1983年）によると、核抑止力は超大国間で働く作用であり、同盟国を守る力とはならないことを、フランスは早くから見抜き、国内に米軍基地を置くことは、かえって自国を戦争に巻き込むように働くと考えてきたと言う。我国でも、冷静な考察と議論が必要ではなかろうか。

› 2015年6月8日（月）

48 韓国の MERS ウイルスの流行

　河内長野の山々では、マタタビの蔓の葉の中に白化したものが混じり、遠くから見ると、その部分がキラキラと光っているように見えて美しい。白化した葉の蔭には小さくて白い五弁の花が咲いており、その輝きは、受粉するために虫を集めるための工夫だそうである。

　韓国保健福祉省は本日、MERSウイルスに感染し、中東呼吸器症候群により同国中部の大田市の病院で治療中だった80歳の男性が死亡したと発表した。韓国でのMERS感染による死者は6人目。同省によると、MERS感染者は新たに23人増え、死亡者を含め合計87人になった。韓国政府は7日、感染者が発生したり治療を受けたりした病院24カ所の名称を公表したが、その後、関係病院は27カ所に増えている。さらなる感染拡大を防ぐため、MERS発生病院の周辺を中心に全国1800以上の学校や幼稚園が7日までに休校、休園を決めている。

　感染症専門家でエボラウイルスの発見で知られるピーター・ピオット英国ロンドン大学教授は都内で会見し、MERSウイルスは、西アフリカを中心として発生しているエボラ出血熱より大きな感染拡大リスクがあると指摘している。

　ところで、ソウル市は、6月4日「3次感染者と確認された35番目の38歳の患者が、ソウル市内で大規模な行事に参加したにもかかわらず、政府が関連情報を提供していない。」と発表、これに対し保健福祉部は「ソウル市の主張は間違っている。」と抗議している。韓国の文亨杓保健福祉部長官は、6月5日に記者会見を開き、「福祉部は5月31日に該当患者に対する疫学調査を迅速に実施し、その結果を疾病管理本部・ソウル市疫学調査官などと団体情報共有SNSを通してリアルタイムで共有し、6月3日にはソウル市と

2015年6月8日（月）

実務会議も開催した。」と明かし、また、大規模な行事に対する追跡過程で逆にソウル市の協力が得られなかったとし、流行を尻目に、醜い非難合戦が繰り広げられているようである。

しかし、真相は、密接接触者の定義を狭くしたためにMERSの初期対応に失敗し、感染が広まったということのようである。

この病気が「中東呼吸器症候群」と呼ばれるのは、2012年に初めて確認されたアラビア半島を始めとする中東地域で見られる病いであったためである。MERSの原因となるのは、遺伝子情報をRNAの中に有しているコロナウイルスの仲間とされ、感染経路は正確にはわかっていないが、人畜共通感染症であり、ヤマコウモリ起源の遺伝子情報を持つが、ヒトコブラクダも宿主であると考えられている。ヒトコブラクダとの接触歴がない人への感染も多く見られる。患者からは、医療従事者・患者の家族内などに対する、限定的な、濃厚接触による飛沫感染または接触感染にとどまっているとされ、現在のところ、パンデミックフェーズは（6のうちの）3相当とされる。

MERSの患者の主な症状は、発熱、せき、息切れなど急性かつ重症な呼吸器症状であり、下痢など消化器の症状を伴う患者も多い。腎不全を来たす場合もある半面、軽症で済んだり、症状が現れない人もいるようであるが、高齢者や糖尿病、慢性肺疾患、免疫不全等の基礎疾患のある人は重症化しやすい傾向がある。

パンデミックとは、ある感染症（特に伝染病）が、顕著な感染や死亡被害が著しい事態を想定した世界的な感染の流行を表す用語であり、パンデミックに至らない局地的な流行をアウトブレイクという。なお、パンデミックと致死率との間に因果関係があるわけではなく、致死率はウイルスの変異によっても変動していくことが知られている。

韓国の事例を他山の石として、我国でも十分な水際政策が講じられるべきところである。

49 病院とコンプライアンス

2015年6月9日（火）

　河内長野の野山は、栗の花が真っ盛りである。その匂いを嗅いでいると、思春期の頃が懐かしく思い出される。

　また、暑い盛りに、ひときわ目を引く濃いオレンジ色の花を咲かせるノウゼンカズラが、あちらこちらで見られるようになった。古くから庭木として親しまれ、夏の間中、花を咲かせる。

　木曜日の京都産業大学の法学部での特別授業では、「病院とコンプライアンス」の講義を予定しているので、今年は、同一病院で頻発する医療事故について触れることにして、本日はその資料を作成した。

　2015年6月1日、厚生労働省は、患者の死亡事故があった東京女子医科大学病院（東京都新宿区）と群馬大学病院（群馬県前橋市）について、高度な医療を提供できる「特定機能病院」の承認を取り消した。取消しは過去2例あり、今回の取消しで計4例となる。東京女子医科大学病院は2回目である（2002年7月にも承認を取り消されている）。承認が取り消されると、診療報酬上の優遇が受けられなくなり、年数億円規模の減収となる可能性がある。

　東京女子医科大学病院では、2014年2月、頸部リンパ管腫の摘出手術を受けた2歳男児が、3日後の2月21日に急性循環不全で死亡した。術後投与されたプロポフォールの成人用量あたりの2.7倍もの過量での使用によるものであった。全身麻酔剤であり人工呼吸器を使う際の鎮静剤としても使用されるが、過量においては呼吸や心拍が著しく低下するおそれもあり、また中毒になった際の解毒剤がなくレスキュー手段がないため、メーカー添付文書には集中治療中の小児への投与を禁忌と特に明記されている。

　家族への投与に関する事前説明はなく、必要とされる家族同意書も得られていなかった。

また、同大学医学部の非公式会見および捜査結果からは、過去5年間にわたり、14歳未満の55人に63回ほど投与しているなど、過量投与は常態化しており、今般、大学によって、同様の小児投与事例のうち12人が最短で数日後、最長3年以内に死亡していたことも公表されるに至った。

　群馬大学病院では2009年から2014年の5年間、第二外科の須納瀬豊助教（45）が執刀した肝臓癌の患者のうち腹腔鏡手術では8人、開腹手術では10人が死亡している。腹腔鏡手術は腹部に開けた小さな穴から器具を入れるので、開腹手術に比べて術後の痛みや身体への負担が少ない。一方、モニターを見ながら器具を動かして手術をするため、高度な技術が必要であるが、8人の手術を担当したのは同一医師であった。

　また、事前に院内の臨床試験審査委員会に申請し、審査を受けることが内規で定められていたが、須納瀬医師は申請していなかったようである。しかし、同医大内では、第1外科と第2外科との間に対立があったほか、問題を起こしていた第2外科の統括教授が、ことの重大性を全く認識していなかったことが明らかになっている。

　昔から、同一の病院で医療事故が反復して発生する例が絶えない。今回扱った事例もその一つである。そのような事例は、医師たちの己の技量に対する過信、医薬品や医療機器の添付文書の無視、功を焦っての症例確保のための手術適応判断の甘さ、医局や診療部相互間の情報の隔離、事故を隠蔽しようとする病院全体の姿勢等に起因している。

　医療従事者は、医療をいくら慎重に行っても、事故が発生することを完全に回避することはできない。しかし、発生した事故と向き合い、患者や家族に真実を告げ、外部にも情報を公開するとともに、病院全体で事故再発の防止策を講じることによって、信頼の回復に努める姿勢があれば、医療事故を反復して発生させることはない。

　反対に、最初に医療事故が発生したときに、その原因の解明や再発防止に努めることを怠った医療機関の慢心が、たくさんの人命を失わせることを、二つの事例が告発していることを軽視すべきではない。

49 病院とコンプライアンス

[追記] 群馬大学病院の手術死問題で、第三者調査委員会が2016年7月、検証結果をまとめた報告書を同大学に提出した。平塚学長は「再発防止に向けた提言を真摯に受け止め改革に取り組んでいく。」と話し、調査委は昨年8月以降、関係者への聞き取りなど会議を35回開催し、問題の原因などを話し合ってきたと紹介された。

調査では、8人の死亡が相次いだ2009年度以降、旧第2外科の1人の執刀医が多くの患者の手術や術後管理を主導し、過重勤務の結果、診療録の記載を怠り、合併症への対応も遅れるようになったが、上司の教授も有効な負担軽減策を取らなかったという。その結果、2014年12月には10人の、2015年9月には12人のさらなる死亡者のあったことが判明している。

日本経済新聞は、第三者調査委員会報告書のポイントとして、次の5点を掲げている。

① 2009年度に死亡例8例があったのに、改善策を採らずに手術を再開
② 患者中心の医療とかけ離れた旧弊と、病院全体のガバナンスの不備
③ 病院の規模に対して手術件数が多く、人員不足
④ 第1外科と第2外科が競争意識により協調せず、死亡事例も共有せず。
⑤ 執刀医の技量に疑問を持つ医師が手術の中止を進言したが、上司の教授が受け容れなかった。

しかし、事件発覚後、第1外科と第2外科は統合されたものの、病態総合外科学（第1外科）と臓器病態外科学（第2外科）という二つの講座が設けられているところを見ると、真実、二つの講座間の連携が実現したのか疑わしいところである。

第三者調査委員会報告書が真に生かされることを、切に望むものである。
ともあれ、白い巨塔はいまだ存在しているように思えてならない。

2015年6月13日（土）

50 奈良ロイヤルホテル

　奈良ロイヤルホテルの5月の経営成績は、久しぶりに予算を上回る好成績であった。そこで、6月の取締役会は、ゴルフ場で行おうということになり、今期報酬を辞退している役員4名が奈良万葉ゴルフクラブに集合した。梅雨の合間の快晴の一日であり、たくさん成長している南京ハゼの新緑や、泰山木の樹に咲いている白い大ぶりな花等を楽しみながらのラウンドであり、成績はともかく、寛げた楽しい一日であった。

　奈良ロイヤルホテルは、私が更生管財人に就任した（株）シャロンが経営していたホテルである。同社経営にかかるステーキハウス・シャロンについては本書33で言及したが、ほかに、ゴルフ場や宿泊施設等を運営するレイクフォレスト・リゾートも経営していた。

　レイクフォレスト・リゾートは、G証券会社を通じて他に売却し、今日では、アコーディアゴルフ株式会社が経営するゴルフ場の中でも優良な成績を上げる会社となっている。この事業売却により、その代金を更生債権等の弁済原資とする更生計画を立案することが可能となり、奈良ロイヤルホテルも、更生計画に基づき、役員や従業員のMBOにより独立することができた。

　ホテル部門の資産には、整理回収機構の更生担保権が付着していたが、それら資産を従業員たちが新設した会社に当初賃貸し、さらに、当該会社が銀行から買収資金を調達できるに至った時点で、銀行からの借入金によって購入してもらったのである。更生事件も終結し、奈良ロイヤルホテルは、役員や従業員のための不動産保有会社とホテル運営会社の2社となったが、その後、奈良の観光業全体が不振の波に襲われる中で、私も、傍観者でいるわけにはいかなくなり、現在は、監査役として経営に参画することになって久しい。会社の経営の健全化が果たされれば、再び、役員、従業員たちに経営の

すべてを委ねたいと願っている。

　更生計画によって選任された社長は、ホテルマン出身の方であったが、彼の退任により、現社長のＹさんが社長になった。彼は、元上場会社であるＳ鉄工所の総務等を経験され、当該会社が民事再生の申立てをした際に、民事再生手続の担当者となった経験を有しておられたので、奈良ロイヤルホテルの取締役を引き受けてもらっていたのである。

　畑違いで社長が務まるのかと、御自身も周りも心配したが、私は、奈良ロイヤルホテルが再倒産した場合に備えて、奥様に対して自宅不動産等を事前に贈与しておくようアドバイスしながら就任を要請した。

　彼が社長になって１年目、２年目と赤字決算が２期続いたこともあって、本年度が正念場であったが、この間、Ｙ社長は、ホテルの建物の補修、内装の改善、什器その他の入れ替え等の積極投資を続ける一方、各部門の責任者との協議を通じて、日常業務の展開についての工夫・改善を重ね、また、マニュアルの整備、事務書類のフォーマットの作成、さらには業務に関するＩＴシステムの更改まで行ってきた。

　その結果、従業員たち、特に各部門の責任者たちは、それなりに成功体験を持ち始め、その結果、ホテル全体の動きが、活発化されてきているように思える。そこへ加えて、我国の観光ブーム、奈良への外国客の急増により、宿泊単価も上昇し、つい先日のことが嘘のように経営が前向きとなってきた。

　本日のＹ社長のゴルフの成績はオネスト・ジョンの宣言より良く、ドボンであった。

[追記]　2015年度の経営成績は、経常利益約3800万円であった。インバウンドの恩恵が奈良にも及び、宿泊部門の成績が良かったもので、当面、順風が吹いている。

　2016年度も経常黒字を計上することができた。

　ところで今般Ｙ社長に聞いたところ、社長就任前、自宅不動産を奥様に譲渡していなかったそうである。日本の経営者は律儀と言うべきか、それともリスク管理が甘いと言うべきか。

51 日独の戦後補償の違い

2015年6月14日（日）

　日本経済新聞の「日曜に考える」に面白い資料が掲載されていた。日本とドイツの「敗戦後処理の違いは」と題する比較表である。

　そのうちの、「戦後問題をめぐる日独の主な取り組み」の欄を引用する。

　日本の場合には、関係国との間で賠償や財産・請求権の問題を一括して処理している。個人の請求権についても、条約などを結んだ当事国とは「法的に解決」したとされる。すなわち、①日中共同声明（1972年）で中国は戦争賠償の請求を放棄。その後日本は総額3兆円以上のODAを実施、②日韓請求権協定（1965年）で日本は総額5億ドルの経済援助資金を提供。これとは別に人道的支援として1995年に「アジア女性基金」を設立。被害者の一部に「償い金」を渡した。

　これに対し、ドイツは東西分裂のために、共同で交戦相手国と講和条約を結べる状況ではなく、国内法や2国間協定に基づき被害者に個人補償で対応し、①時代状況に応じて補償の範囲を段階的に拡大。②補償の実施のために、ポーランド和解基金（1991年）、ロシア和解基金（1993年）、あるいは2000年に強制労働への補償のための財団を設立。国と企業とが資金を出し合い、被害者167万人に補償金を支払い、2015年5月には旧ソ連の戦争捕虜生存者に被害補償を実施すると発表したと説明されている。

　日本経済新聞の記事は、日独の間には戦後補償のありように違いがあったが、社会的、経済的には、同様の義務が果たされてきたことを説明することに目的があったと考えるが、その意図とは別に、日本の戦後補償のありように孕む問題点を浮き彫りにしてくれる記事であったと私は思う。

　すなわち、我国は、個々の戦争被害者を置き去りにして、国家間の合意で、相手国家への利益供与により、補償を求める個別権利を喪失させたとい

う意味で、被害者の痛みを消すことに無関心な手段を採ってしまったのである。

とりわけ、人道の罪は、その個々の被害が償われることによって、初めて、本当の謝罪と、再び同様の過ちを犯すことはないという反省とが得られるという考えが、今日では国際標準ともいうべき考え方になってきているのであるから、「国家間で解決済み」という説明は、今日何の説得力も持たない。ここに致命的な問題があったと思うのである。

さらに、国家間の補償によって誰が利便を得たのかという問題もある。韓国、インドネシアその他諸々の国では、当時の政権を掌握する者たちがODA利権によって、大いに私腹を肥やしたし、また、我国でも、そうした各国権力と密着することで、保守本流の政治勢力の経済基盤が確立したと言われているし、財界も海外への事業展開の基礎を築いていったのではなかったか。これを言い換えれば、被害国と加害国の政治と経済の担い手が、個々の被害者への補償を放棄することで、私腹を肥やしたと言えなくもないのである。戦後の歴史の中で、過去の支配者は舞台から去り、ODA利権がどのようなものであったかが白日の下に照らされるに至っている。

実は、日本の戦後補償のありようの特異性は、連合国軍最高司令官総司令部（GHQ）の考えにも拠っている。第一次大戦後ドイツを重い戦後賠償によって苦しませ、ナチスの台頭を招いたことへの反省と、日本を反共のための強固な同盟相手とするという動機の下で、戦勝国に対して、日本への戦争被害に対する賠償請求を取り下げさせ、ODAによる国家間賠償の方法で日本に可能な出損を求めるに留めさせたのである。この動きの背景には、広島、長崎への原爆投下、日本の各都市に対する空襲等、米国自身の戦争犯罪に対する日本国民からの断罪を封じる意図もあったのではないかと私は疑っている（**103** 参照）。

世界中が、我国の戦後処理が終わったと認めているわけではないのである。

52 飲食店繁盛の秘訣

2015年6月15日（月）

　今朝のドライブでは、ゴルフの打ちっ放しの練習場を営む「309」を目指す。そこに至るまでの聖丘、光丘等のゴルフ場が続く道の両側には、夾竹桃が咲いている。今年は、白とピンクのいずれもたくさんの花をつけて、元気に咲いている。

　午前9時過ぎの特急で重役出勤をし、事務所に到着後、先週調停成立した事件の経過報告書を作成の上、報酬請求書の作成と、それらの送付を事務局スタッフに依頼する。また、日曜日に地元の依頼者と打ち合わせをした際に受領した住民票を渡して、公正証書作成の委任状の準備を依頼し、さらには最近成立した1件の遺産分割等調停に基づく登記手続を、提携している司法書士事務所に委嘱するための連絡事務を依頼する。最後に、京都産業大学大学院法務研究科が採用しているシステムに、今週の法曹倫理と民事訴訟実務の基礎の講義資料を掲載する。

　午前10時30分からの大阪地裁での弁論準備期日に出頭し、その後事務所でカバンの荷物を入れ替えて、大阪地裁堺支部に出掛ける。午前11時45分に開かれた和解期日では相手方代理人が、前回裁判所が提示した和解に向けての基本提案を拒否したため、次回弁論準備期日の進行の確認と、期日指定だけで終わった。

　正午を回ったので、昼食をとることにしたが、最近、堺でよく立ち寄る飲食店は二つある。一つは、1コインランチを出す韓国料理の店であり、もう一つはカツ丼の店である。前者は最近見つけた店、後者は以前から時々訪れていた店で、40歳前の夫婦が頑張っている店とみたが、1年くらい前から閉店していて心配していた。それが半年前くらいから再開店したので、嬉しくて陰ながら応援している次第である。堺には、結構面白い飲食店があるが、

52　飲食店繁盛の秘訣

　洋食の老舗店の「こだま」と、日本食の人気店の「与太呂」のいずれも、先日相次いで閉店している。

　飲食店が繁盛するコツは、夫婦仲良く店に出て頑張ることだと私は思っているが、夫婦そろって元気に毎日店に出ることは、決して簡単なことではなさそうである。大阪弁護士会近くのカレーライス屋は私のお気に入りであったが、御主人が御母堂を亡くされてから健康を害され、半年ほど休店した後いったん営業を再開されたが、間もなく閉店された（94参照）。新地のステーキ屋等々、私が淀屋橋で弁護士として働くようになってから愛していた店が、いくつも閉店している。現在、愛好している店は、それぞれ1日でも長く頑張ってほしいと思う。

　昼食を済ませてから、いったん帰宅する。午後3時30分から、独立行政法人国立病院機構大阪南医療センターの倫理委員会に出席するためである。

　倫理委員会の審議録はインターネット上に掲載されており、2014年中の審査案件は、合計42件、うち27件は他施設共同研究で、すでに他の医療機関の倫理委員会の承認が得られていた。本日予定されているものは9件、2件は承認薬の治療効果と安全性についての実験、4件は抗癌剤に関する第3相の治験、3件はリハビリの効果の測定に関する件である。

　自宅の書斎で、あらかじめ送られている資料に目を通しながら、研究目的と方法の妥当性、研究のリスクの有無、被験者への開示の仕方の適正さ等について、1件1件確認していくが、理解できない点は、委員会の席で確認することになる。

　そして、今、パソコンに向かって、この日記を書いている。

[追記]　2016年6月14日、大阪地裁堺支部での裁判への出廷前に昼食に立ち寄った韓国料理の店が、先日に引き続きまたも閉まっていて、心配したが、その後、開店時間を夕方以降とし、昼間営業を停止しただけであることが判明し、安心した。

2015年6月16日（火）

53　X開発協同組合

　『弁護士日記すみれ』を執筆していた頃は、朝の家族そろっての外出は、烏帽子形公園で母とレモンを散歩させることを主目的としていたが、2014年の冬、母の血圧上昇を慮るとともに、レモンの足もだいぶ弱ってきたように思われたので、この散歩を省略してドライブを中心とする外出に切り替えた。それ以来、母は気候が良くなっても散歩を敬遠するようになったので、毎朝ドライブだけのために出掛けることが多くなった。

　河内長野の里は、紫陽花の季節を迎えた。4枚花弁の大きめの赤か青の花が密集している昔ながらの紫陽花のほかに、さまざまに品種改良されたガクアジサイ、他にカシワバアジサイ、七段花、ヤマアジサイと思しき紫陽花があちらこちらで美を競っている。

　本日は、河内長野駅を8時発の南海の特急で出発、難波でリムジンバスに乗り伊丹空港に向かう。9時45分発のJAL便で一路地方の空港へ。空港ではA開発協同組合のMさんの出迎えを受けて、組合事務所に向かう。

　A開発協同組合は、四半世紀ほど前に県から融資を受けて、当時としては大きなショッピングセンターを建設し、賃貸管理している。これは、全国各地の商工業者らに組合を設立させて、公的資金を注入し、地域の商業を活性化させるという国策にもとづくものである。ところが、その後、大規模小売店舗が全国各地に出店し、地域の商工業者が次々と撤退していく中で、ショッピングセンターに出店した業者も相次いで退店し、ついに、10年前には、キーテナントのスーパーマーケットが倒産して撤退したことから、A開発協同組合自身も連鎖倒産の危機に瀕した。

　しかし、組合が負担する県と銀行からの債務については、組合の理事が連帯保証していたことから、組合が破産すれば、理事全員が保証履行を求めら

れることになる。県と銀行に対して負担する債務は多額であったことから、その場合、理事全員が破産を余儀なくされることすらあり得た。組合設立当初の理事は有力な商工業者たちばかりであったから、彼らが破産することにより、県下の商工業の停滞すら招きかねない。

　私は、民事再生手続を通じて、いったん組合債務の弁済を停止した後に、ショッピングセンターへの出店者を募り、新しいスーパーほか1社との間で賃貸借契約を結ぶことに成功した。その上で、県および銀行との間で、彼らの債権残高はショッピングセンターの不動産価格と一致するという前提で、15年間の分割弁済を内容とする別除権協定を結び、わずかに存在したそれ以外の再生債権については、組合の不動産以外の財産の評定額を割り付ける内容の再生計画を立案し、債権者集会の可決と裁判所の認可を得ることができた。

　それ以来、10年を経過したので、組合員や理事（連帯保証債務の免除を受けていない旧理事も含む）を集めて、組合の運営状況の報告会が、本日予定されていたのである。

　組合の運営だけではなく、別除権者への協定にもとづく弁済の状況等の報告もあったが、いずれも順調であり、10年前の私たちの目論見どおり進展していることが喜ばしかった。

　ところで、皆さんと話していると、この10年の間に、万一、組合が再倒産し、連帯保証債務の履行を請求される場合もあることを想定して、自らの事業や資産を子や孫等に承継するためのリスク・ヘッジの手段を講じている人がいる中で、何にも考えていない人がかなりおられることがわかった。何かにつけて思うことは、日本人はリスク管理の意識が低いということである。

[追記]　紫陽花の季節は、密集した白い花を枝先につける卯の花の季節でもある。卯の花もアジサイ科に属するのが面白い。

54 マネーロンダリング防止法を考える

2015年6月18日（木）

　毎朝のドライブの際に、河内長野の山々では合歓の花が咲き誇っていることに気づいた。道の上に張り出した枝からこぼれた花を拾って観察すると、遠目にピンクの比較的大きな花と見ていたのが、小さな花の集まりであることがわかった。一つひとつの花には、ピンクのたくさんの長い雄蕊の真ん中に、より長い白い雌蕊があり、花弁は目立たない。葉の形でマメ科の植物であることが知られるが、中国では、花を生薬として用いており、精神安定や不眠解消の効果があるとされ、樹皮にはタンニンが含有され、打撲傷に効能があるようである。

　本日は、京都産業大学法務研究科の授業日であり、午後1時15分からは法曹倫理の授業を担当した。職務基本規程第2条の「弁護士の自由と独立」との関係で、2007年4月1日に施行された「犯罪による収益の移転防止に関する法律」についても触れた。

　FATF（国際的なテロ資金対策に係る取組みである「金融活動作業部会」の略称）は、2003年6月、マネーロンダリングおよびテロ資金対策を目的として、従前から対象としていた金融機関に加え、弁護士などに対しても、不動産の売買等一定の取引に関し「疑わしい取引」を金融情報機関（FIU）に報告する義務を課すことを勧告した。これを受けて、政府の国際組織犯罪等・国際テロ対策推進本部は、2004年12月、「テロの未然防止に関する行動計画」を策定し、その中でFATF勧告の完全実施を決めた。このFATF勧告そのものについて、世界中の多くの弁護士は、依頼者の疑わしい取引に関する報告義務を弁護士に課す制度は弁護士制度の本質に関わるものであることから反対している。

　ところが、日本弁護士連合会（日弁連）は、FATF勧告の完全実施のため

の国内法制度化に反対を表明していたにも関わらず、テロ対策の必要性はあるとし、我国には金融庁に金融情報機関（FIU）が設置されていたことから、日弁連が弁護士からの報告を審査した上で金融庁に通知するという構造であれば、市民の弁護士に対する信頼や弁護士自治にとって、より侵害的でない制度の構築も可能との判断から、立法に協力すべく、関係機関との協議を進めてきた。しかし、結局政府は、金融情報機関（FIU）を金融庁から警察庁に移管することを決定した。

そこで、日弁連は、あらためて、「警察庁への報告制度は、弁護士・弁護士会の存立基盤である国家権力からの独立性を危うくし、弁護士・弁護士会に対する国民の信頼を損ねるものであり、弁護士制度の根幹をゆるがすものである。したがって、日弁連としては、今回の政府決定は到底容認できないものであり、（中略）諸外国の弁護士・弁護士会と連携し、反対運動を強力に展開していくことを決意する」との声明を出すに至った。

その結果、弁護士は、第8条の疑わしい取引の届出義務等をひとまず免れることができたが、第12条により、本人特定事項等の確認等に相当する措置については、日本弁護士連合会の会則で、他の士業たる特定事業者の例に準じて定めることになった。

しかし、FATFの勧告の実施を簡単に容認した以上、さらなる勧告によって、法改正による届出義務の法制化をいつまでも阻止できるであろうか。

さて、講義の中で学生たちと意見交換したのは、弁護士は犯人から犯罪の告白を受けても、官に申告する積極的真実義務はないとされているのに、将来マネーロンダリング防止法が改正され、犯罪による収益の疑いというだけで、届出義務が課されることになった場合には、弁護士に対する国民の信頼を大きく損ねるおそれがあるのではないかという点であった。

55 チャールストンの黒人教会の銃撃事件

2015年6月21日（日）

　米南部サウスカロライナ州のチャールストンの黒人教会で17日午後9時、銃撃事件が発生、男性3人、女性6人の合計9人が死亡した。犯人は、犯行当時スウェットシャツにジーンズ姿であり、車で現場から逃走したが、翌日逮捕されている。

　同教会は、米国で最古の黒人教会の一つ。容疑者は聖書を学ぶ集会に参加し、黒人を侮辱する言葉を叫んで他の参加者に向けて銃を乱射した。この教会の牧師で、州上院議員のクレメンタ・ピンクニー氏も亡くなった。

　容疑者がフェイスブックに載せた自身の写真が、アパルトヘイト（人種隔離政策）時代の南アフリカ共和国の国旗をワッペンとして付けた服を着ているものであったこと等から、警察はこの犯行を、憎悪犯罪（ヘイトクライム）とみているという。ヘイトクライムは、人種、民族、宗教、性的指向、性別、使用言語、国籍、障害、外見など特定の何かに対する偏見や憎悪が元で引き起こされる犯罪であり、米国では刑が3段階加重される。

　最近ヘイトクライムは減少しているとされるが、法定刑が重いために適用が慎重に行われる傾向にあるためで、必ずしも事態が好転しているわけではないと考える向きもあり、今回の事件は全米に衝撃を与えている。

　オバマ大統領は、18日ホワイトハウスで行った演説で、「安らぎと平和を求める場で死者が出たことはあまりにも痛ましい。」と述べて犠牲者を追悼するとともに、「黒人教会が襲われたのは初めてではない。」、「このような大量殺人は他の先進国では発生しない。これほど頻繁に起きることもない。われわれの権限で対策を講じなければならない。」と、銃規制の必要性を訴えた。

　かつて、小学校での銃乱射事件をきっかけとして、民主党のマンチン議員と共和党のツーミー議員が、超党派法案として、オンラインや展示即売会で

[55] チャールストンの黒人教会の銃撃事件

の銃購入者の犯罪歴や精神病歴などのチェックを求めた法案を提出したことがあるが、米上院本会議は2013年4月17日、賛成54、反対46であり、可決に必要な60票を得られなかった。全米ライフル協会（NRA）が銃規制法案に対する反対キャンペーンを展開し、議員らに対し法案を支持した場合には選挙で落選運動を行うと警告していたとされる。

　事件現場となった教会では、本日、追悼ミサが行われ、黒人信徒を中心に約400人が参列し、突然の銃弾に倒れた9人の魂を悼んだ。一方教会の外では、白人の地元住民を始め多くの人々が集まり、人種間の連帯を訴えた。悲しみに泣き崩れるミサ参加者の映像に接しながら、私が感動したのは、彼らが、「犯人を赦す」と語っていたことである。犯行そのものは憎んで余りあるものであるとしても、犯人を憎んだところで、何の慰めも得られないし、人種差別問題の解決にもならないし、ヘイトクライムを助長し、悲劇を繰り返す銃犯罪に対して無力な社会を改善することにもつながらない。

　しかし、犯人を赦すことで初めて、犯行の背景にあるそうした社会の問題を直視し、悲劇の再発を防止するための第一歩を踏み出すことができる。

　とはいえ、家族や友人等の親しい者の生命を奪われながら、犯人を赦すということは、崇高な精神だけがよく為し得ることと思う。

　被害者の権利だけをヒステリックに唱え、犯人とその家族を貶めなければ済まない、今日の日本の精神文化の幼児性が、彼らの敬虔な行為によって浮き彫りにされているように思う。

　犯人を赦すという精神を日本人が回復するための行程表の作成、提案が待たれるところである。

[追記]　日本は、1995年に人種差別撤廃条約に加入したにも関わらず、2015年に通常国会に提出された「人種差別撤廃施策推進法案」は継続審議になり、先進国から日本は差別的行為への法整備が著しく遅れていると指摘されている。

　なお、ヘイトスピーチ解消法は2016年6月3日から施行されたが、処罰規定は置かれていない。

56 詐欺的取引を助長する弁護士

2015年6月22日（月）

　朝のドライブの際に、アガパンサスを見つけた。咄嗟に、「青いのに何でアカなんだろう」と呟いてしまい、助手席の妻から、「アガでしょう。前もそんなことを言い出して、知っているはずなのに。」と言われてしまった。年相応にボケてきているのかもしれない。
　本日午前11時30分から、大阪地裁で電話裁判の方式による弁論準備期日が開かれた。
　事件は、このようなものである。A君は幼い時に受けた手術が原因で、片腕が随分細いが、昨年4月に高校進学する直前の2月頃に、新しい友だちにそのことを知られるのが恥ずかしいと思い悩み、親はその姿に気付いて心を痛めるうち、人口皮膚の存在を知り、病院から紹介された業者を尋ねたが、高校入学までの完成を希望したので、製作期間が短かすぎるとしてすべて断られた。
　そこで、インターネットで人工皮膚の業者を探すうちに、H社の広告に接して、連絡をとったところ、4月1日には必ず納品する、人工皮膚は本人の成長に伴い数回作成する必要があるのであらかじめ200万円いただきたいと申し向け、藁にも縋りたい親に200万円を支払わせてしまった。
　その挙句、4月1日に納品できなかったばかりか、入学に間に合わせる約束はなかったと否定するに至ったので、私は、詐欺を理由とする損害賠償請求事件を受任したのである。
　東京のさる法律事務所が被告側から委任を受け、「4月1日に納品するという約束はなかった。その後人工皮膚は完成しているが原告が受け取らないだけであり、詐欺にはあたらない。」と言うのである。
　それなら完成したと言う人工皮膚を見せるようにと、私は提案したが、相

56 詐欺的取引を助長する弁護士

手方代理人は、その必要はないと強弁し、かつ、訴訟の引き延ばしにかかった。

そこで、私は、依頼者のために早期解決を図ってあげたいと考え、相手方代理人に対し、人工皮膚の製作費は1回50万円程度であるから、その額は控除するので、150万円返還するという内容の和解を検討して欲しいと要請した。これに対しても、「数回作成するという約束をしたことはない。」と強弁するので、私は相手方代理人に対して、「インターネットで人工皮膚の製作代金の相場を調べてはどうか。200万円しないことが容易にわかるはずだ。」と少し声を荒げて説明したが、馬耳東風であった。たとえば、インターネット上のI社のホームページでは、広範囲の人工皮膚の製作代金は、初回で49万7150円、次回以降が23万200円となっている。

そのうち、相手方代理人から、被告は経営破たんしたので、倒産手続を準備中であるとの文書が舞い込み、私は、裁判所の協力を得て、早期判決をとろうと考え、被害者の陳述書を作成提出し、本日、証人申請もし、次回証拠調べの上で結審する予定であった。

ところが、被告側弁護士は、突然、大阪地裁に出頭するための費用もないので、原告の請求を認諾して、裁判を終了させたいと申し出るに至った。請求の認諾があれば、全面勝訴した場合と同じく、相手方に対して強制執行することが可能となる。呆気ない幕切れであった。

もっとも、裁判をできる限り引き延ばして、その間に財産を隠匿・処分して会社を倒産させることは詐欺会社の常套手段であり、認諾するということは強制執行しても、回収はできないということなのであろう。実際には逃げ切られたことになる。

もし、私が相手方の代理人であれば、事件の筋を見通せた時点で、資力の範囲内での代金の返還による和解をするように説得したと思う。弁護士職務基本規程14条は「弁護士は詐欺的取引を助長してはならない」旨定め、31条にも「弁護士は明らかに不当な事件を受任してはならない」と定めている。

しかし、悪徳弁護士は今に限らず、昔から結構蔓延しているのである。

57 F社の会社更生と中村雅哉氏

　我が家の庭には、長い間コンロン花が咲いている。黄色い花自体は地味で目立たないが、花芽が付く枝先に近い葉（インターネットでは萼片と紹介されている）が白くて、梅雨の季節には、見る人をして涼やかな気分にしてくれる。

　明日は、上場会社であるH社の株主総会であり、私は、監査役に就任しているので、本日午後から新幹線で姫路に向かった。もともと同社は、F社として上場していたが、その後他企業を買収する際に、会社分割し、ホールディング・カンパニーとなったH社に上場を継続させた経緯がある。

　そのF社は、ちょうど20年前の1995年の11月に神戸地裁姫路支部に会社更生の申立てをした会社であり、私は、同裁判所により当初保全管理人、その後引き続き更生管財人に選任されて、更生のために働いたことがある。

　同社は1976年にハロゲンランプのメーカーとして設立され、折から、手作りの高級ランプが機械生産可能となった時期であったために、いち早く大量生産に乗り出し、世界のマーケットを相手にシェアを拡大することによって、一大成長を遂げ、1989年には店頭登録を果たすに至っている。しかし、後発メーカーが増加し、需要家から低価格だけではなく製品の品質の向上を求められるようになると、新製品の開発と発売直後のシェア取りにだけ専念してきたF社は、マーケットの新しい要求に対応できず、ついには、一直線に経営破たんに向かうに至った。財務状況等に危機を感じた銀行出身の取締役が、やはり会社役員に就任していた同社プロパーの工場長や、技術開発部等の責任者を巻き込んで、従業員の雇用を守るために、クーデターを起こし、創業社長を解任して、会社更生の申立てをリードしたのである。

　保全管理人に就任した私は、当時の販売力にふさわしい損益分岐点にまで

経費を削減することとし、リストラを実施したが、その過程で、イギリス、台湾、カナダその他の製造子会社および販売店を閉鎖し、中近東等での販売については現地に一定の商圏を確保している商社と提携する等の措置を講じながらスポンサーを探した。そして、縁があって、ナムコの創業社長の中村雅哉氏と面談させていただく機会を得て、F社の幹部従業員を引き連れて、ナムコの本社を訪れた。

中村雅哉氏は開口一番、「F社の創業者は、国内の大手照明具メーカーを退職して、F社を設立し、競業してきたばかりか、粗悪品を販売することにより、ハロゲンランプ業界を乱してきた会社であると聞いている。救済する意味はあるのか。」といったような質問をされた。

これに対して、工場長は、創業社長とともに社業を伸ばすために苦労してきた話をされ、技術開発部の責任者らも、「競合会社である国内の大手照明具メーカーの傘下に入るのであれば、自分たちは会社に残る心算はない。」と明言された。その明快な決意を聞かれた中村雅哉氏は、自らデパートの屋上に回転木馬を設置して創業をされた頃を懐かしく語り始められた。

その後、中村雅哉氏が送り込まれた更生管財人代理が現在のH社の社長であるS氏である。大阪大学工学部の御出身であり、当時、F社が米国のインフォーカス社との間で取引を開始しようとしていたプロジェクター用ランプの開発を指導し、取引を一挙に拡大し、見事会社を更生させられた。その間のさまざまな手法に私は感動を覚えたが、会社の舵取りをされるようになってからは、唯の一人も自ら馘首(かくしゅ)されることがなかったということは、大きな驚きであった。

再上場後しばらくして、御縁があって、私は監査役に選任された。

[追記] 中村雅哉氏は、2017年1月22日永眠され、同年3月21日に帝国ホテル東京で「お別れの会」が開かれた。献花台でカーネーションを備えた後、氏の写真パネルがたくさん展示された大広間に案内され、余計なセレモニーもなく、各自、思い思いに、氏を偲ぶことができるよう工夫されていた。戒名は「夢創院法遊日雅居士」。

58 私的整理によるN社の再建

2015年6月24日（水）

　昨日、H社の株主総会とその後の取締役会等の予定がつつがなく終了した後、事務所にいったん立ち寄り、顧問先のM社と仮差押え事件の打ち合わせ等をして帰宅の上、河内長野東ロータリークラブ（7月1日に新年度が開始する）の本年度の最終例会に参加する。

　M会長主催の最後の例会なので、O会員が営むレストランで開催することになっており、例会終了後、懇親会を開催し、その目玉として、会員が持ち寄った品物のオークションを実施する予定であった。私が出品したのは、ボッテガ・ヴェネタの財布、JAL内で発売されたミキモトの時計、K10ガーネット・ダイヤリング、ティファニーのSVのペーパーナイフと、花器7点であった。花器以外の4点は、前顧問先のN社から購入したものである。

　N社の前身を仮にA社と呼ぶことにするが、A社は過去に中小企業再生支援協議会の支援を受けて再建された会社であったが、債権の一部減免を受けることはできなかったので、再建計画による弁済原資を官民合同のファンドから調達したものの、その返済が困難となり、結局再倒産した会社である。私は、A社から事業継続のための相談を受けて、もはや資金繰りがタイトで、民事再生のための裁判所への予納金や運転資金の導入が困難であると判断し、かつ、仮に外からそうした費用を導入したとしても、事業再生の余力は失われていると考えた。

　そこで、レジャー用品の販売事業と、古物営業の部分とを分離し、それぞれの事業をスポンサーに売却して、その代金を債権者に分配することを内容とする私的整理の業務を受任して、二つの事業の買い手を探した。その結果、古物営業については同業者を集めて行うオークションの実績を積んできた会社であったことに、あるファンドが興味を示し、デューデリ後、利害関

係のないフィナンシャルアドバイザー（FA）の事業鑑定書を徴求の上で、新設分割会社であるN社を設立し、その株式を全株売却する方法により、当該営業を引き取ってもらった。また、レジャー用品の販売事業については、当該部門の責任者でもあった取締役が、新会社を設立の上で、やはり利害関係のないFAの事業鑑定書を徴求の上で、各種資産を適正価格で買い取ってくれた。いわゆるMBOである。

その上で、私は、債権者に対して、私的整理の開始通知を発信するとともに、会社の貸借対照表と財産目録とを開示し、かつ、株式売買契約書や事業譲渡契約書と各事業鑑定書の写しを送付した。古物営業の譲渡に伴う株式売却代金は一括現金で回収したが、レジャー用品の販売事業の方はMBOであり、新役員はA社からの従業員部分の退職金以外にはみるべき資産を持たず、事業譲渡代金を5年の分割で受領することとしていたので、私的整理の配当は5年間にわたって分割で実施する方針であることも説明した。この私的整理の作業は、さしたる支障もなく推移し、継続中の民事訴訟も解決し、すでに4回配当を実施し、今日に至っている。

そのようなわけで、かつてA社の代表者であり、現在はN社の代表者であるK氏に依頼して、数万円の予算で、オークションに出品するにふさわしいブランド物の調達を依頼したものである。

私は、ブランド物その他高価な装身具や時計には関心がなく、それらの価値を知るべくもなかったが、オークションでの人気は意外に高く、いずれも高額で売却できた。

こうした販売代金は、クラブの社会奉仕基金に積み立てられることになっていたが、この基金は、東北大震災の際の義捐金のように大災害時に被害者と連帯するために備えること等を目的とする基金である。

[追記]　A社の私的整理は、2015年12月中に最終配当を実施し、手続を無事に終えることができた。

59 米国の黒人差別

2015年6月25日（木）

　このところ、河内長野発の指定席のある特急電車で出勤しているが、目標としている午前9時16分の便ではなく、午前8時の便を利用することが増えていることを反省し、今日は客先にお願いして、前者を利用した。

　事務所に着いた後、若干の事務整理の上で、午前10時30分依頼会社の担当者とともに、取引に伴う損害賠償案件の処理について、同社が付保している損保会社の顧問弁護士らと会うために、その事務所を訪問する。事実の経過についての認識を共有するために小一時間打ち合わせを行い、当面の行動計画を取り決めて散会する。

　その後、上場会社であるG社に向かい、社外取締役として取締役会に参加し、いったん事務所に帰って、外出中にたまった事務処理を済ませ、午後2時30分からは、北浜の証券会館3階の「北浜フォーラム」で株主総会のリハーサルを行い、終了後は、今般債権仮差押えを受けたばかりの、かねてからの顧問先会社の社長と、対応策の打ち合わせを行う。

　さて、今日は、米国では白人警官による黒人の虐待が問題化し、メリーランド州ボルティモアで暴動が発生するなど人種間の緊張が高まっていることについて、触れてみたい。

　なお、2014年12月5日国連は、米国の人種差別に対する懸念を発表している。そして、少数者問題に関する国連特別報告者のイザック氏は、声明の中で黒人を殺害した警官に関する米国の裁判所の二つの陪審団の見解に触れ、最近のアフリカ系米国人2名の死に関与した警官の不起訴を、「マイノリティが犠牲となった事件の被疑者に対する、事前に定められた法例に基づく処罰免除の典型だ。」と非難している。なお、これ以前に、国連のパン事務総長も米国の人々に対する警察の暴力や人種差別の撤廃を要請している。

すなわち、2014年8月9日、武器を携帯していない18歳の黒人少年マイケル・ブラウンさんが、ミズーリ州ファーガソンで、白人警官により殺害された。また、同年7月17日にも、ニューヨーク市警は、税金を支払うことなくタバコを販売していたとして、43歳の黒人男性エリック・ガーナーさんを逮捕し、彼に対して粗暴に振る舞い、その結果ガーナーさんを死に至らしめた。しかし、ミズーリ州とニューヨーク州の大陪審は、殺人に関与した警官2人を不起訴処分としている。

　これらの措置を受けて、米国全土の人々は警察の有色人種に対する暴力行為に対して、大規模な抗議運動を行い、その結果数百人の人々が逮捕された。抗議は、ワシントンやニューヨークなど米国各地で、同年12月5日まで3夜連続して行われ、人種差別と黒人を殺害した警官の不起訴が非難された。

　しかし、同日にも、アリゾナ州の警察が34歳の黒人男性ルーメイン・ブリスボンさんを殺害したと伝えられた。警察は、「警官は、ブリスボンさんが武器を携帯していると想定したが、薬のビンを持っていただけだったことがわかった。」と表明している。

　米国の警察は多くのケースにおいて、理由もなく黒人に対して暴力を行使し、彼らを傷つけており、米国の黒人に対する人種差別的な法律の適用は、常に人権団体の抗議を受けているが、一向に事態が改善される傾向はみられない。

[追記]　2016年7月5日、ルイジアナ州バトンルージュで、黒人男性アルトン・スターリングさん（37歳）が白人警官2人に取り押さえられた上射殺され、翌6日、ミネソタ州ファルコンハイツ、セントポール郊外で、車を運転中の黒人男性のフィランド・カスティールさんが、停止を命じた警察官に銃撃されて死亡した。

　10月29日には、ニュージャージー州パターソンで41歳の黒人男性ラリー・ブーイさんが丸腰であったにもかかわらず、警察官に銃撃され、重体と報道された。

2015年6月25日（木）

　これらの映像の投稿を見た多くの人は、警察が武器を持っていない黒人男性を日常的に殺害していることにショックを受け、各地で抗議集会が開かれている。

　しかし、白人警察官による罪のない黒人の射殺事件は、過去から何度も繰り返されてきたにも関わらず、警察官を罰することもままならず、事件の再発を防止することもできない、米国の恥部ともいうべき問題であり、黒人のフラストレーションは一挙に高まったと考えられる。

　そして、ついに、7月7日夜、米南部テキサス州ダラスで、警官の暴力に対する抗議デモ中に、それらの報復と思われる発砲事件が発生し、地元警察は銃撃を受けた11人の警官のうち5人が死亡したことを明らかにしている。一般市民2人も銃撃を受けて負傷したという。

　犯人は、昨年まで米陸軍予備役だった同市在住のマイカ・ジョンソン（25歳）であり、犯罪歴や過激派組織との関連はないが、黒人である同市警察のデービッド・ブラウン署長は、「容疑者は、最近の警官による黒人に対する銃撃事件に憤り、白人に対して怒りを感じており、白人、特に白人警官を殺害したかったと話した。」と述べ、容疑者が殺害される前、交渉人に対して犯行の動機をうかがわせる内容の話をしていたことを明らかにした。

　米国では、多数の警察官が狙われた今回の事件も大きな衝撃を持って受け止められているようであるが、米国社会の貧富の格差に加えて、人種間のストレスも無視できないまでに増大しているのではないか。ちなみに、2014年〜2016年にかけて米国で警察に殺害された黒人の人数は月平均25名前後であり、その中には警察官による「殺人」の犠牲者が含まれる。

　なお、ジョンソン容疑者の銃殺も、2000年に死刑を廃止しているテキサス州で、警察官の殺害の報復のために彼を死に追いやるための、権力による殺人と評価すべきではないか。

　死刑廃止への世界の潮流にも反している。

⑥⓪　マタタビ酒

2015年6月26日（金）

　今朝のドライブは妻がパスしたので、私は、母とレモンを乗せたフィットで、河内長野界隈の山道をめぐることにした。実は、先日マタタビの実を見つけたことから、マタタビ酒を造ることを思いつき、実のたくさんなった蔓の所在を確認しておこうと思い立ったのである。

　先日我が家の花瓶に入れていて育ったカボチャ型の実と、山の中で確認したドングリ型の実とは形が違っていて、前者はやがて形を変えると思っていたが、一向にその気配がないことに妻が気づいて、調べてくれた。その結果、ドングリ型が正常な果実であり、カボチャ型の実は、マタタビの花の開花時期に「マタタビアブラムシ」が寄生し、果実が正常に成長せず「コブ」状になったものであり、むしこぶとか「虫エイ」と呼ばれていることがわかった。

　この二つの実は、偏った実のつけ方をし、ドングリ型の実のなる木は、ほとんどドングリ型、「虫エイ」のなる木は、ほとんど「虫エイ」だけがなるようである。「虫エイ」の実は、8月中頃から落下し始めて、9月終わりにはほとんどが落下してしまう。一方ドングリ型は、落下することなく、10月頃まで木に付いて完熟し、黄色になり、食用にもなるが、1個で舌が痛くなり、たくさん食べられるものではなさそうである。

　「虫エイ」は、正常な果実や、葉、茎に比べてマタタビ酸の成分の発散が少なく、これを果実酒にしたものは「マタタビ酒」と呼んで重宝され、また正常な果実は、塩漬け、味噌漬けなどに利用されたり、やはり果実酒としても利用もされているようである。両方を混合して入れるマタタビ酒も見受けられるとされる。

　ドライブ中に、マタタビの蔓を見つけては停車し、葉裏をのぞいてみた。

2015年6月26日(金)

　どちらかというと、河内長野界隈の山道では、「虫エイ」の方が多いように思われた。8月初め頃には、妻と一緒に収穫のために出掛けたいと思う。

　さて、本日のG社の株主総会は、最近にない好決算でもあったことから、総会議長である社長が、営業等の報告と議案の説明後に株主に質問を促しても発言がなく、思わず、社長は「せっかく準備したのに。」と失言、笑いの漏れる会場で1名の株主が挙手し、質問してくれた。

　東北大震災をきっかけに、海岸立地の多いG社の電炉の津波被害の防止策や被害が発生した場合の復旧策について、具体的な検討ができているかという質問と、経済産業省が発表している電炉業界の再編という課題についての会社の方針を問う質問であった。

　社長自身がこれに答弁し、議案の決議に移り、会社提案はすべて可決承認された。私も取締役として再選されたが、今回の役員選任議案は、従前と大きく異なり、取締役を大幅に減員して6名とするものであった。そして、うち2名は社外役員とし、従前取締役であったが、今回退任された方の多くは執行役員に就任し、日常業務を担われることになった。なお、取締役のうち3名は執行役員にも選任されている。

　この体制は、取締役会は少数で会社経営上重要な問題について、いろいろな角度から検討を加えていくものとし、日常の事業運営は、代表取締役と執行役員に任せることによって、役員会による監督の実効性を上げようという狙いに出たものである。委員会等設置会社に近いガバナンス体制であると考えると、私たち社外取締役の責任は重くなったと考えられる。

[追記]　2016年6月28日開催されたG社の株主総会では、取締役数はさらに1名減員、5名となり、うち2名が独立社外取締役となった。監査役も5名、うち3名が社外監査役である。

2015年6月27日（土）

61 ロータリークラブの次期理事役員会議

　最近も、朝のドライブ中にゴルフの打ちっ放しの練習場に立ち寄ることがある。今期は、久しぶりに天野山の練習場に立ち寄る。

　先日のH社の株主総会開催前、参集された株主の一人であるHさんと言葉を交わすうちに、私と年齢はさほど変わらないのに、ドライバーの飛距離は約230ヤードを保っているとの話を聞き、その秘訣を尋ねると、「バックスイングの際に、腕を後ろに引くのではなく、腰を右に回転するのである。」とのこと。

　その秘訣を自分のものにしたいとの欲があっての練習であったが、なぜか、飛距離は変わらない。なかなか思うようにはいかないものである。

　今日は、午後2時から、梅田のリッツカールトンホテルで、河内長野東ロータリークラブの次期理事役員の会議が予定されていた。エレクト（7月1日に会長となることが予定されているNさん）を囲む会であるが、ワインのソムリエの資格を持つNさんは、定期的に同ホテルでのワインの勉強会に参加されているようで、今回も勉強会を兼ねることで、リーズナブルな価格で、美味しいフランス料理とワインとを提供してもらうことができた。

　さて、世界最初のシカゴ・ロータリークラブ（RC）が設立されたのは1905年2月、1910年に全米ロータリークラブ連合会が結成され、1912年に国際ロータリークラブ（RI）に改組、模範的RI定款の中に、RCの目的が掲げられた。その1は、「すべての合法的職業は尊重されるべきであるという認識を深め、各会員の職業を社会に対する奉仕の機会を提供するものとして品位あらしめること」、その2は、「事業及び専門職種の道徳的水準を高めるよう奨励すること」であった。1923年の国際大会では決議23-24が採択され、ロータリーの指針に、"service above self"（超我の奉仕）と、"He profits most who serves best" とが併記され、1950年の国際大会で、ロータリーの公式モットーにもなる。創生期のロータリークラブは職業奉仕に大きな関心を抱いていた。

　しかし、河内長野東ロータリークラブの設立後、とりわけ最近の約20年間でRIは大きく変貌した。2001年に一業種一人の会員制が修正され、2007年に推奨ロータリー細則にCLP（職業奉仕、社会奉仕、国際奉仕の三大奉仕活動を一つの奉仕委員会で運営できるとする制度）が導入され、職業奉仕は、「奉仕プロジェクトの一部門」に埋没し、職業人以外の地域社会のリーダーも正会員として入会も許されることになった。2008年版のロータリー章典からは決議23-24の記載が消滅し、2013年には非職業人も正会員として認められることになった。

　社会奉仕においても、"I serve"（私が奉仕する）か、"We serve"（皆で奉仕する）かという初期の議論が忘れられ、現在のRIのありようは後者に偏っている。

　要するに、「会員はロータリー財団に寄付しなさい。財団が有意義な国際奉仕活動を行います。」という仕組みに変わってしまったのである。日進月歩とは言うものの、万古不易であるべきものもあるはずで、ロータリークラブが、個よりも集団を大切にするようになれば、ライオンズクラブとの差別化ができなくなる。1997年から2015年までの間に日本のロータリアンが約13万人から9万人弱にまで減少したのは、RIの変身にも原因の一つを求めることができると思う。

　私たちの河内長野東ロータリークラブは、RI創生期の文化を継承しており、この文化を大切にし、長引いた地区の混乱を超越し、常に、親睦を重視し、和やかでいて、お互いの職業を尊重し合い、職業人として高め合い続けるとともに、有益な社会事業をも実施し続けられるクラブであり続けたいと願っている。そのような思いを共有する仲間との懇親会であった。

62 升田幸三著『勝負』

2015年6月28日（日）

　今年の梅雨は男性的である。降るときは激しく降るが、そうでないときは晴れあがり、爽やかな日もある。今朝はまさしくそのような一日であった。
　ところで、私は河内長野駅の駅舎のある建物に出店している「天牛書店」の古本売場を眺めるのが好きである。古本の定価はその日によって違うが、均一に付けるというビジネス・モデルを採用しており、昨日は一冊500円（消費税別）であった古書の中に、久しぶりに升田幸三著『勝負』（中央公論社2002年）を見つけたので買い求めた。以前にも入手したが、他に寄贈して手元になくなった途端惜しくなり、再度入手する機会を待っていたのである。
　弁護士の仕事にも役立つ含蓄に溢れており、実に興味深い本である。
　今日は第三章の「勝負」に照らしながら、弁護士の業務を紹介してみたい。
　私も若い頃に「正念場での自己暗示」（68頁）をよくかけた。ヤクザや右翼と交渉する前には、仏壇の前で手を合わせた。無神論者であり、神頼みするわけではないが、いざというときに知恵が回り、先祖が幾度ともなく困難を乗り越えたように、自分も乗り越えられるに違いないという思いを新たにするためである。
　「先手より"あとがええ"」（75頁）将棋も人生も先が読める人が失敗することがある。先手の様子をみてから行動する老練な弁護士の方が、あながち先が読め過ぎて足元を見損じる若手弁護士より怖いことがある。
　「物事に徹する」（80頁）仕事に惚れ、事業に惚れ、それに徹したやつは、やはり一途なものが表へ出てくるというのは、弁護士にもあてはまる。底の浅い弁護士には、難局を踏み越える知恵は湧いてこない。
　「読みとひらめき」（83頁）普通の将棋では手数より筋を読むそうである。

2015年6月28日（日）

　こうなればこうゆくという過去のいくつかの組み合わせが一つの局面から次々と浮かんできて、それを読んでいくのだそうである。過去の経験の蓄積こそがその局面の打開の原動力になることは、弁護士業務の場合も、変わりがない。

　「警戒心の臆病を」（89頁）ひるむ臆病はいらないが、警戒心を持つ方の臆病は、勝負には不可欠であるという。再確認、再々確認しながら勝負を進めるという注意心、謙虚さがミスを防ぎ、勝利に導いてくれる。

　「腹をたてるとき」（91頁）将棋でも人生でも腹を立てると損することが多いが、腹を立てるべきときもあり、その際は「大ばら」を立てることである。大悟一番、どうしても負かしてやるんだ、俺の体がつぶれてもやるんだというくらいに腹を立てないと天下を取れない。民事事件で勝訴したり、刑事事件で無罪判決を取ることもできない。

　「勝負師」（95頁）勝負師とは、ゲタをはくまで勝負を投げない者をいう。とにかく生ある限り抵抗し、挽回を図る。そういう持久力のある、忍者みたいなのがホントの勝負師である。弁護士も然りである。

　「ばくちと勝負」（96頁）ばくちには、技術と体力と資本が必要である。そして、相手の腹を立てさせたり、じらしてみたりすることもある。それでだめならゴマかして引ったくる、最後は相手を殺す。しかし、勝負にはルールがあるのだから、それに即して事故の起きそうな点をシラミつぶしに検討しておいて、これなら間違いないという底辺を作ってから手をだすものである。法廷での弁護士の活動も変わるところはない。

［追記］　その後、天牛書店の河内長野駅中店が閉店して久しい。難波地下鉄街の店舗も閉店した。

　これは明治40年創業の天牛書店の経営問題によるのではなく、最近の「本離れ」の傾向がもたらしたものであろう。夕方帰宅前に古本を選ぶ楽しみが奪われてしまった。

2015年6月29日（月）
63 個別労働紛争のあっせん手続

　今年もムクゲの開花時期を迎えた。例年に比べて花が大きく、特に白い花が目立つように思われるがいかがであろうか。私の住んでいる大師町でもよく見かけるが、ドライブの途中に立ち寄る烏帽子形公園のムクゲだけはいまだ蕾が固い。枝葉が勢いよく伸びているので、開花したときが楽しみである。

　今朝は、O労働局で個別労働紛争の解決の促進に関する法律に基づく、あっせん事件への関与が予定されていたので、早めの電車で出勤する。

　この法律は、平成13年10月に施行されたが、縁あって当初相談員に就任し、その後、あっせん委員を仰せつかって今日に至っている。O労働局の場合には、年間500～600件のあっせん事件があり、私が担当するのは、そのうち10数件程度である。

　解雇問題、雇止め、労働条件の切り下げ、出向、配転、いじめ等の問題について解決を図るために、労働者または使用者が、労働局にあっせんの申立てをし、労働局が申立ての相手方にあっせんに応じる意思の有無を照会して、「有る」と回答された場合には、あっせん手続が始められる。

　したがって、あっせん期日が指定された場合には、申立人は相手方にもあっせん手続による問題解決の意思があると期待するし、労働局もそのように考えるのであるが、使用者の中には、しばしばあっせんに応じる意思が全くないのに、自らの正当性を労働局に説明しようと考えて、「有る」と回答する者がいる。そのような事例では、申立人が問題解決を期待してあっせん期日に労働局を訪れたのに、それが無駄足となって、肩を落として帰られる姿に接することになる。とりわけ、弁護士が使用者の代理人となって、得々と会社の正当性を主張されるような場合には、「無意味な業務を引き受けて手

2015年6月29日（月）

数料をもらったのか。」と下司の勘ぐりをして、「あっせんをなんと心得る。」と叱りたい心境になる。

　本日のあっせん事件も、従業員からの申立てに対して、使用者側の労務担当者が、あっせんを断るための説明を目的として出頭したものであった。もっとも、私からのあっせん手続に関する説明と、申立人側の大幅譲歩の結果、出頭した担当者は紛争を解決する意義を理解してくれて、電話で使用者と連絡をとり、説得の努力を払ってくれたが、あっせんを打ち切らせるために彼を送り込んだ使用者の意思を覆すに至らず、あっせん不成立となった。

　ところで、長年あっせん委員を続けていると、個別労働紛争に巻き込まれる労働者は、社会生活を送る上でのハンディキャップを持っておられる方が少なくないように思われる。感受性に富み、傷つきやすいとか、自我意識が強く、周りから誤解されやすいとか、逆におとなし過ぎていじめの対象となりやすい等である。しかし、それらの性格を個性として捉えると、事業の発展のために不可欠な多様な能力の一部として尊重されるべきもののように思われてならない。

　確かに、日本の事業会社は、新入社員教育によって、金太郎飴みたいな社員を作って、お互いに安心して働こうとする傾向が強いが、そうした「和の経営」が、今日ニュースを騒がせている東芝の事例のように、信じられないほど馬鹿馬鹿しい粉飾決算で、500億円ともそれ以上とも言われる損失を抱え込ませる原因となるのである。

　そして、さまざまな個性を包括できることが、職場の働きやすさや、コンプライアンスの確保、さらには事業の発展性に結びつくのではなかろうか。お互いを大切にする心が、取引先を大切にすることにもつながることは言うまでもない。

　［追記］　私は2015年9月2期目の任期満了により、あっせん委員を退任した。大阪弁護士会の推薦委員会が、それ以上の再任を認めないことにしているためである。

2015年6月30日（火）

64 生き返ったアル・シャバブ

　本日は、今年前半の最終日である。この日記も、3カ月間継続して綴ってきたことになる。

　さて、チュニジア中部の保養地スースで今月26日に発生した観光客を狙ったテロの状況が詳しく報じられるようになった。犠牲者はチュニジア人、英国人、ドイツ人、ベルギー人等39人であり、現場はスースにある5つ星ホテルのビーチで、襲撃犯の男はビーチパラソルに隠していた小銃で観光客らを銃撃したようである。また、クウェートでも26日にイスラム教シーア派のモスクでの自爆テロが発生し、その犠牲者は少なくとも27人となっている。両事件では、イスラム教スンニ派の過激派組織「イスラム国」に忠誠を誓う武装組織が犯行声明を発表しているようである。

　ところで、ソマリアでも、今月26日に南部レゴでアフリカ連合（AU）の平和維持活動（PKO）部隊の基地が襲撃された事件では、PKO部隊50人が死亡し、イスラム過激派アル・シャバブが犯行声明を出している。アル・シャバブは、今月21日にも首都モガディシオで、軍情報基地を狙った自動車爆弾の自爆攻撃を敢行し、自爆攻撃者1人を含む犯人3人が死亡しているが、これらの事件は、他の二つと事情が異なり、ソマリアの一部を支配する勢力が起こした事件である。

　今日はソマリアの混乱について考えてみたい。

　アル・シャバブは、ソマリア南部を中心に活動するイスラム勢力で、2011年頃アルカイーダへの参加を表明している。かつて、ソマリア中部と南部を支配下に収め、イスラム国家の建設を目指していたソマリアで最も有力なイスラム勢力であったが、2011年にアフリカ連合（AU）やケニア軍が介入し、ソマリアの首都モガディシオや南部の港湾都市キスマヨからの撤退を余儀な

くされ、ソマリア暫定連邦政府とそれを支援するエチオピア、米国、アフリカ連合などと対立している。

　2013年にもケニアの首都ナイロビのショッピングモールを襲撃し、67人を殺害しているが、このようにソマリア国外での残虐行為を繰り返すのは、国内では衰退が始まっているためだとされていた。

　そこで、調べてみたところ、興味深いのは、イエメンのシーア派組織フーシ派が同国南部に進出することを阻止しようとして、激しい空爆を繰り返しているサウジアラビアの動きについて、本年6月6日に、フーシ派のメンバーがファールス通信とのインタビューに答えている内容である。

　すなわち、フーシ派に拘束されたサウジアラビア軍の将校が、「サウジアラビアの情報機関は、イエメンのテロ組織アルカイーダに対して、イエメンでテロ作戦を実行するよう要請し、ソマリアの海賊に武器を移送させている。」旨述べていると言うのである。

　そうすると、サウジアラビアは、隣国のイエメンにシーア派の政権が樹立されることを防ぐために、アル・シャバブを生き返らせていたことになる。ソマリア海賊を資金源とし、密接な関係を有する同国のアル・シャバブもまた、そのようにして戦力補強することができたと推測できる。

　ソマリア人には、アル・シャバブを支援する人も多いが、その理由として、ソマリア南部をイスラム法廷会議が支配していた時期には治安が安定していたため、それに共鳴する者が少なくないからであると指摘されている。

[追記]　ロイター通信は、2017年7月30日、アル・シャバブが、駐留しているアフリカ連合平和維持部隊の車列を攻撃し、24人を死亡させたと報じている。

> 2015年7月1日（水）

65 谷口安平先生とシンガポール国際商事裁判所

　本日午後6時から、東京の如水会館で谷口安平先生のシンガポール国際商事裁判所の裁判官の御就任を祝賀するパーティーが開催されたので、出席した。同国の高等裁判所内に設立し、従来の民間仲裁機関より透明性を高めたものとされ、外国人裁判官を多く登用したのも特徴で、日本からは谷口安平京都大学名誉教授（80歳）が選任された。

　1934年京都府生まれ。京都大学法学部、カリフォルニア大学バークレー校やコーネル大学修士課程と法学博士課程とを卒業。京都大学法学部教授のほか、ハーバード大学等世界各国の大学にて客員教授を務め、WTO（世界貿易機関・ジュネーブ）上級委員会委員および同委員長、国際商業会議所（ICC）世界ビジネス法研究所理事、（社）日本仲裁人協会（JAA）理事長（現任）等にも就任されている。御経歴は華麗であるが、多趣味かつ洒脱な方だと聞いている。

　私が招待いただいたのは、大学時代谷口先生の講義を受けたことがきっかけで、弁護士登録後も何かにつけて御指導をいただいたためである。

　私の思い出は、まず大学時代に遡る。訴えの利益に関する講義の後に、「給付訴訟においては訴えの利益を考える余地はないのではないか。なぜなら、給付訴訟は原告・被告間における請求権の有無を裁判するのであるから、有無を決めればよいのであって、決める利益を問う余地はないはずだ。」という疑問を抱いたからである。唐突な私の質問に対する谷口先生の回答は、「そうかな」といったようなもので、甚だ不鮮明であったから、有名な先生だけど、即答いただけなかったことに対する不信感が兆したことを覚えている。

　弁護士登録後、私は、岡山のW弁護士から、会社更生手続に関して学者

に鑑定意見を求めたいので協力して欲しいとの要請を受けた。事案は、更生会社から手形の譲渡担保を取っていた銀行が、更生裁判所に対して更生担保権の債権届出をすることなく、期日に手形を取り立て、その代金を貸付債権の一部に充当してしまっていたので、更生管財人であったW弁護士は、その後更生計画認可決定確定に伴って譲渡担保権が消滅したことに伴い、銀行には手形取立金を更生管財人に返還する義務があると考え、その支払いを求める訴訟を提起していたものである。

　私は、早速、谷口先生に鑑定をお願いしたところ、引き受けてもよいが多忙なので、意見書の原案の作成を君が手伝ってくれるか、というお返事であった。私としてもこの機会に論文作成の指導をいただけることはありがたいと考えて、二つ返事でお引き受けした。

　そして、私なりに一生懸命調査して、依頼者の見解を支持する意見書の原案を作成したが、私の説明を聞かばこそ、私の展開した論理の一部に目を付け、「AからBの結論が導かれるとあるけれども、そうですか」と指摘されるのである。実務家として裁判用書類を書くときは、あたり前のこととして触れずに済ませることでも、AからBの結論が導かれる間に、実は、Cが介在していることもあり、鑑定書では、論理の展開が漏れなく記述される必要があるからである。

　当時は、パソコン等はなかったので、何度も提出しては書き直しを余儀なくされ、学者とは大変なものよと、思い知った。学生時代の私の質問時にも、何か思いつかれて、結論に至るまでの思索を凝らされているのをみて、単純に不信頼を抱いたのは己の未熟さ故であったと気づいた。

　筑摩書房から1976年に出版された『倒産処理法』は名著であるが、その後改訂版が出ずに絶版になったことが惜しまれる。

66 新谷一郎作「ひとやすみ」

2015年7月2日（木）

　先日弁護士事務所開設祝いを贈らせていただいたＴ弁護士が、お礼として百貨店の高価なお仕立券を送ってきてくれた。私は、スーツにしろ、ワイシャツにしろ、百貨店では購入しないことにしている。実は、弁護士になりたての頃、「客は本人の持ち物や衣類で、弁護士の品定めをするので、それなりのしたくをしなさい。」と聞いたことから、一度、百貨店でスーツを買い求めたことがある。しかし、運の悪いことに、新調したその日の職場で、机の角にひっかけて破いてしまったのである。裁判官時代、「青山」や「はるやま」等で購入していたのに、無理して高価なスーツを着ようと考えた自分が阿呆らしく思えて、習慣を変えないことにしたのである。

　以後は、お仕立券をいただくようなことがあると、私の妹か、妻の妹の配偶者に交替であげてきたが、すでに二人とも定年退職して悠々自適の生活なので、お仕立券は不要と思われた。

　そこで、正直にＴ弁護士に連絡して、そのような次第であるから、百貨店に行き、お仕立券を同額の商品券に変更してもらって、美術画廊で、記念に残る品物を買わせていただきたいのでお許しいただきたいとお願いした。

　そして、了解をいただけたので、６月29日夕方に妻と待ち合わせて、百貨店に行ったところ、なんと新谷一郎さんの彫刻の展示即売会が開催されているではないか。新谷一郎さんは1956年大阪府生まれ。東京藝術大学大学院を卒業され、彫刻家の道を歩んでおられるが、子どもさんが幼いときにカバの像を刻んだところ喜ばれたのがきっかけで、御自身でも興味を持たれて、空を泳いだり逆立ちするカバを始め、たくさんのカバの造形に挑んでおられる。実は、私は、新谷一郎さんの彫刻を見させていただくのは２度目である。ちょうど２年前にもこの百貨店で展示会が開かれたことがあって、その

2015年7月2日（木）

際には、一番小さいブロンズ製のカバを買い求めて、今もわが家の玄関を飾る小型の彫刻群の中に収まっている。

　妻とも協議の上で、大理石に掘られたカバを購入することとしたが、「ひと休み」という題が付けられており、コスモス法律事務所のサロンに置くのにピッタリであると思われた。

　今日くらいに届くかと、待ち遠しく思っていたが、午後6時過ぎに、私が京都産業大学法務研究科から帰所しても、配達されてはいなかった。きっと、明日には届くであろう。所員を始め、事務所を訪れる方々にお見せするのが楽しみである。

　ところで、先日私はイエメンのフーシ派のメンバーのインタビューに触れたが（**64**参照）、今日は、その際、「サウジアラビアはイスラエルと、イエメン攻撃の影響でサウジアラビアで人々の蜂起が発生するのを防ぐことを目的とした合意を締結している。」とも述べられていたことに触れたい。

　シオニスト政権イスラエルの安全保障研究所も、以前に、サウジアラビアとイスラエルは表面上、正式な外交が存在しないが、双方は地域で共通の利益を有しており、このため、両者は特に安全保障問題に関して緊密な関係を築いていることを明らかにしている。

　そうしてみれば、サウジアラビアは、アラビア半島にシーア派の国ができることを防ぐためイエメンの内戦に介入しているだけではなく、ソマリアの海賊と提携して、イスラム国と提携しているアルシャバブに対して武器を提供し、イスラム国の力を増大させる一方で、イエメン攻撃による自国民の蜂起を抑えるために、イスラエルの力も借りていることになる。

　国際政治はまことに奇怪である。

2015年7月3日（金）

67 ホンルーサンテンでのグルメ会

　我が家の庭には青いアガパンサスが咲いているが、隣家の庭では白いアガパンサスが咲いている。ドライブをしていると、２種類のアガパンサスを混植している所も増えていて、そのコントラストが素敵である。

　コスモス法律事務所は、元子ども服販売会社の代表取締役を勤めておられたＷさんにホームページを作成していただいたが、その際、「フォーラム清風庵」のページを設けていただいた。今のところ、ゴルフコンペとグルメ会の企画を掲載し、ホームページを訪れた人全員に参加を呼び掛けている。

　本日は、その第３回目のグルメ会の開催が予定されていた。場所は、難波三津寺筋にある紅爐餐廳（ホンルーサンテン）であり、ホームページには、「リーズナブルで台湾鍋を頂けるお店です。辛い鍋を想像される方が多いかと思いますが、実際は辛くはなく、石焼のお鍋にごま油を熱して、そこに紹興酒で漬けた豚肉を炒めて絶品スープを注ぐという独特のお鍋です。」と説明され、食べログには、「台湾伝統的な石頭火鍋は、漢方が溶け込んだ旨味のある特製スープと珍しい鍋用の餃子や魚介、野菜など、とてもヘルシーで栄養満点、翌日はお肌プルプル！　その他、春巻や本場の台湾料理も大人気。一度食べたら、絶対また食べたくなる味。」と記載されていることが掲載されていた。

　本日の参加者は16名であった。

　初参加者の一人にＫさんがおられた。数日前に突然電話をいただくような機会があり、私の方から御参加を要請したのである。

　今から30年以上も前に、多額の取り込み詐欺に遭った際に、加害会社に対する仮差押えを依頼されたことがある。調査してみると、取り込み詐欺を働いた会社の本店事務所の土地建物は、自己所有物件ではあったが、多額の債務のために担保設定がなされており、担保余剰は認められなかった。しか

し、取り込み詐欺会社である以上、事業停止に伴って不動産の任意売却を試みることが予想されたので、そのような場合における回収の可能性を残すために、不動産の仮差押えを試みることになった次第である。

ところが、世の中には信じられないようなことが起こり得るのである。仮差押え命令に基づく不動産登記の嘱託書面が管轄法務局に到達したちょうどその時、目的不動産の担保設定登記が消えていたのである。詐欺会社が不動産の任意売却をすることになり、担保は抹消したが、所有権者の住居変更登記が未了であったので、その表示変更登記ができるまで、暫時買主への所有権移転登記を行うことができなかったのである。ともかく、仮差押えの請求債権額の全額について、有効な不動産仮差押えができてしまった。

その後解決までには日数を要しなかった。取り込み詐欺師を含め、事件屋を相手に闘う場合には話は早い。仮差押えがなされたことを知った取り込み詐欺の加害会社の担当者自らが、私の所属していた事務所を訪れた。「このままでは売却できないので、仮差押えを取り下げていただきたいのだが、どうさせていただけば宜しいか。」と丁重に切り出されたので、請求債権額を支払ってもらえれば、仮差押えを取り下げると答えた。彼らは、司法書士が業務過誤に備えて契約した賠償責任保険から回収を図る心算であることが予想された。Kさんに請求債権額を支払っても損はしないのである。

その支払いを得たKさんは、窮境を脱することができたのである。

[追記] 2016年4月6日は、第5回清風庵ゴルフ大会の開催日であった。

「フォーラム清風庵」に設けたゴルフコンペ参加者募集に基づいて、聖丘カントリー倶楽部で、28名の参加を得て開催することができた。桜の名所として知られ、毎年4月上旬の桜の季節は予約で一杯であり、当日も300人を超える利用者があったようである。

私の成績は111、相変わらず百獣の王であるが、成績は兎も角、最近は、ゴルフらしいゴルフができるようになったと、自らを慰めるばかりである。

2015年7月4日(土)

68 マスコミの怠慢

　朝のドライブでは、金剛山の登山道の入口近くにある店で、木綿豆腐を買ってくることにした。アジの季節が到来したことから、ヒヤ汁を食べたくなったためである。固めの豆腐でありこの料理には最適である。

　ところで、中近東の情勢等を調べていて思うのは、紛争によって人目に映らないものがあるということである。2008年に出版された、大阪大学国際公共政策研究科の准教授ヴァージル・ホーキンスによる学術書『ステルス紛争』はそのような問題提起をしている。

　欧米を中心とする政府やメディア、国際協力機関などの関係者は、ホーキンスの表現を借りると、一つの同じボールを追うことを好み、救援組織すら、忘れ去られた紛争のためには資源を使おうとはしない。1998年から1999年にかけて2000人が死亡したコソボが1999年に得た援助金は、紛争にさらされたアフリカ全土へのそれよりも多かったし、国際赤十字委員会は、イスラエルとその占領地域に、コンゴへの援助の２倍を与えているとされている。

　有色人種が巻き込まれた紛争はとかく「ステルス紛争」として無視されがちなのである。

　メディアは、現実を映し出す信頼に足る鏡ではなく、他の関係者に対する番犬ともなり得ず、この二重の使命には応えられていないとする。第二次世界大戦後に世界の紛争に関連した死者数の88％はアフリカで起こったもので、アジア６％、中東４％であるが、メディアによるニュースとしての価値付けはまったく正反対のようである。

　この間違いは、はっきりと見分けがつく「良い側」がいない紛争には、メディアは興味をなくすることにも起因している。そうなると、メディアは手を抜いて、古臭い民族対立やカオス状態の暴力について話し始める。世界の

2015年7月4日（土）

　紛争を理解するのに必要な、歴史や政治、経済を検討するよりも、文化的アイデンティティーや民族的属性に基づいた紛争が自然なものであると決めつけることの方が楽である。

　米国の陸軍士官学校のウェストポイントにおける2009年の研究「Deadly vanguards（死の最前線）」では、2004年から2008年までのテロの攻撃について調査した結果、調査対象年の死者数の88％は非西洋人で、ほとんどがイラクの人々であった。アルカイーダの暴力の対象は、彼らが「戦う」と主張する西側権力ではなく、ムスリムの人々であった。メディアのもたらす洪水のような情報がわれわれの間に溢れているが、受け手がそれを詳細に注視することを怠ると、情報の価値は著しく低くなる。

　2010年にジョナサン・ストレイが「ニーマン・ジャーナリズム・ラボ」に寄せた原稿によると、彼が同一のニュースについて800本のインターネット記事を調査したところ、121本の記事以外はすべて同一であり、何らかの言及をした記事は13本、自身の報道による作業を主体としたものはたったの7本（0.9％）。他のものは、編集にまわすことなく、お互いの記事を書き写し合ったジャーナリストにより作成されたものであったという。

　この日記を書き始めてから、私は、報道だけで理解できない事柄について週末を中心に調べるようになった。そのことにより、初めて理解できたことが少なくはない。

　本当は、マスメディア自身が、積極的に、情報の裏側を研究し、奥深い真実を世間に知らしめるべきところであるが、ホーキンスたちの研究に照らせば、かなえられるべくもない期待というほかはないのであろう。

　[追記]　2017年5月27日に、スーダンから、司令部要員を除く派遣自衛隊の全隊員が帰国し、道路等のインフラ整備等の事業を終了したが、整備されたはずの道路がどうなっているのか、日本のマスコミはいまだに一切報道しようとしない。怖くてスーダンに入国できないのであろう。

2015年7月5日（日）

⑲ 踏み出しますか

　今年の梅雨は男性的である。激しい雨の中での朝のドライブの際には、できるだけ山道に近づかないように心掛けているので、自宅から170号線を経由して橋本方面に向かうことにした。紀見峠を越えた後、右折して国道からはずれて林間田園都市駅に向かい、新しく整備された道を京奈和道の出入口に向かって南進する。部分開通のため通行料が不要な高速道路「京奈和自動車道」に入って、和歌山方面に向かい、かつらぎ西ICで降りて、今度は奈良方面行の京奈和自動車道に入り、往路と反対の経路で自宅に帰る。

　今日は、母とレモンが後ろの席でドライブを楽しみ、妻は掃除のため留守番をしていた。レモンは掃除機が嫌いで、彼女がいるときに掃除をすると掃除機に吠え掛かり、挙句は噛付くためである。もっとも、高齢のために耳が遠くなったので、普段は彼女が2階に居るときに1階の掃除、1階に居るときに2階の掃除をすることにしているようである。

　本日、司馬遼太郎の『春灯雑記』（朝日新聞社1991年）を読了した。その中に、「踏み出しますか」という題名の1991年（当時68歳）の講演録に加筆した一文があった。

　あらすじは次のようなものである。同年に死亡した井上靖が死を前にして小康を得たときに司馬遼太郎との対談を希望し、その際に、「日本も組合に入らなければなりませんね。」と言われたことに言及し、その是非について思いをめぐらしたものである。

　まず、文明というものを、各民族が国の枠を越えてそれに参加したいと願っている、一定の普遍性を有する価値ないし基準として捉え、遣唐使や明治の留学生により文明を取り入れた日本の側から、中国文明やヨーロッパ文明に言及し、さらには、今日のアメリカ文明に触れ、講演当時の日本は、米国

の開放的な市場経済に参加し、自らも市場開放を行っているが、アメリカ文明の一員となる資格が本当にあるのかと、問題提起をする。

　文明の一員となるためには、労働市場の開放や、他国民の受け入れに不可欠な前提条件となる農業生産力の充実が必要である。また、日本は、国民一人ひとりが「となりも、むこう隣りも、そして町内の半分が、外国系である。しかも、法によって平等である。」と考えられるかが、試されたことがない（筆者は悲観的判断をしていると私は思う）と指摘する。

　また、戦後憲法から44年の今、統帥権というようなあやしげなものは持っていないか、いつ日本に自然国家（過去の亡霊を意味すると考えられる。）が甦るか、世界が用心深く見つめていると述べる。

　含蓄の深い講演録である。現在、我国は国連の常任理事国入りの宿願を有しながら、国際的にはこれを本気で支援する国が現れないということは、今日の世界で文明国家としての責任を何一つ果たせていないからであることを鋭く示唆している。

　単一民族主義を墨守しているとしかみえない我国の出入国管理政策は、移民の受入れはもとより、難民の受入れについても、先進国らしい貢献は何一つできていない。

　日記でも再三言及しているように、第二次世界大戦において被侵略国住民に対して働いた戦争犯罪の責任について、ともすれば否定しようとする自民党が政権党であり、このたびの日本の産業遺産の世界遺産としての登録をめぐる日韓の鞘当てなど世界中がウンザリしているであろう。

　そして、今日の日本の軍事力の整備状況と政治情勢の保守化は世界から警戒の目を向けられているのである。

　司馬遼太郎は、日本の文化は経済だけが優位に立つつまらないものであり、多様性に堪えられる精神的体力を作ってからでなければ、組合には入れないのだと指摘しているのであろう。

2015年7月6日（月）

70 ギリシャ問題とチプラス首相

　庭の朝顔の中に、白いくっきりとした縁取りのある赤い花と、青い花が咲いているのを見つけた。今年妻が買い求めた苗はさまざまな花を咲かせそうで、楽しみである。

　昨日ギリシャにおいて、財政緊縮策の受け入れを争点として実施された国民投票は、EUなどが金融支援の条件としている財政緊縮策を受け入れるかどうかを問うもので、開票率93.1％で、緊縮策の受け入れに「反対」が61.29％、「賛成」が38.71％と反対が賛成を大きく上回った。

　チプラス首相は、「民主主義が勝利した。」として勝利を宣言し、今回の国民投票で示された民意を後ろだてにEU側と金融支援をめぐる協議に臨む考えを示している。

　我国のマスコミは逆の投票結果を予想するものが多かったが、ギリシャの経済危機の国民生活への影響は余りにも深刻であった。5年にわたる緊縮策によって景気が低迷し、若者の2人に1人が失業していた。今回の国民投票の結果は、緊縮策の継続は、経済の再生ではなく、国民生活のさらなる窮乏化でしかないとの判断にもとづくものであると思う。

　チプラス首相は、「優先事項は銀行を再開することと、ギリシャの経済システムを安定させることだ。」と強調しており、EU側に緊縮策の見直しと追加支援を迫り、預金の引き出し制限などの資本規制をできるだけ早く終わらせたいとの意向を示している。今回の結果を受けて、ユーロ圏の各国はギリシャへの対応を話し合う予定であるが、ギリシャへの最大の支援国のドイツの閣僚からは合意は難しくなったとの声が早くも上がっている。

　しかし、ギリシャがチキンゲームによって破滅の道を爆走しようとしているとみるのは間違いだと思う。ユーロ圏の支援が得られなければ、年金給付

2015年7月6日（月）

等を、政府が支払いを約束する債券等の通貨代替物によって支払うか、EUを離脱して独立の通貨の発行に踏み切るか、中ロの支援を取付けるかといった道を歩むことになるが、前2者は、国民の最低限度の生活の確保を図りながら、ハイパーインフレを進行させる道でもある。

　その結果、ギリシャの商工業者や国内に資産を抱えている富裕層は、蓄積した資産を失うことになる。しかし、これまでの貧困層も富裕層も、平等に経済競争の再スタートラインにつくことになり、政府の力強い経済振興策があれば、新しい競争の勝利者によって、ギリシャの経済の建て直しの機会が訪れると私は思うのである。日本が、第二次世界大戦後、深刻なインフレを克服しながら、奇跡的な復興を遂げたのは、リセットのおかげだと思う。

　ギリシャの国民は、現在の国内の経済活動のリセットを覚悟の上で、困窮者の生活を守ることを選択した。私は、国民は民主主義を選択したのだと思う。しかし、ギリシャが単独で経済の再生に成功した場合には、EUの通貨統合がドイツのような経済的競争力に富む国にのみ利益をもたらすことが白日の下に晒されることになり、EU圏自体の落日が始まるであろう。

　賢明にもEU圏がギリシャへの支援の継続を決意したとしても、過去に緊縮策を受け入れたことで、現在のギリシャ以上に国民が困窮している国々からも一斉に見直しが求められるであろう。ギリシャではなく、EU圏の通貨統合そのものが危機に瀕しているのである。

[追記]　2016年7月7日、ギリシャ中央銀行は、欧州中央銀行が緊急流動性支援（ELA）を通じて同国の銀行に供給できる資金の上限を25億ユーロ引き下げ586億ユーロとしたと発表したが、これは、民間セクターの預金流出が収束し、国内銀行セクターの流動性が改善していることを反映した措置であると説明し、ギリシャ国民の選択に基づくEU圏の支援の効果を明らかにした。

　ところで、浜矩子『どアホノミクスへ最後の通告』（毎日新聞社2016年）は、緩やかな結束の統合欧州であろうとすれば、単一通貨ユーロは消滅が基本であり、ユーロを残すなら各国に金融政策の独自運営を認めるやり方があるとする。

2015年7月7日（火）
71 明治日本の産業革命遺産の世界文化遺産登録

　2011年の今日、私は、南海電車の中で脳梗塞の発作を起こした。発症したのが小脳であったこと等から、自覚するような後遺症害は残らず（少し阿呆になったかも知れない？）、今日に至った。『弁護士日記秋桜』と『弁護士日記すみれ』も出版することができた。闘病生活や弁護士としての業務再開にあたって、多大な御支援をいただいた方々に対し、心から感謝している。

　ところで、ドイツのボンで開かれているユネスコ（国連教育・科学・文化機関）の世界遺産委員会は日本時間5日夜、「明治日本の産業革命遺産」（福岡など8県、23資産）の世界文化遺産への登録を、韓国も含む21委員国の全会一致で決定しており、8日に正式登録される。

　今回登録されたのは、①萩の反射炉や造船所跡、たたら製鉄遺跡、松下村塾等、②鹿児島の旧集成館（旧集成館反射炉跡、旧集成館機械工場、旧鹿児島紡績所技師館）や寺山炭窯跡等、③韮山の韮山反射炉、④釜石の橋野鉄鉱山、⑤佐賀の三重津海軍所跡、⑥長崎の小菅修船場跡、三菱長崎造船所第三船渠、高島炭鉱、端島炭鉱（軍艦島）、旧グラバー邸、⑦三池の三池炭鉱、三池港等、⑧八幡の官営八幡製鉄所、遠賀川水源地ポンプ室等である。

　「産業革命遺産」の審議は当初4日に予定されていたが、審議での発言内容などをめぐり日韓の対立が続いたため、1日遅れで行われた。日韓は5日の審議直前に合意に達したものである。合意に沿い、日本代表団は登録決定後、構成資産の一部について、1940年代に、意思に反して連れて来られ、厳しい環境で労働を強いられた朝鮮半島出身者が多く存在したことへの理解を深めるための措置を講じる方針を表明。被害者を記憶にとどめるための情報センターの設置を検討するとも述べた。日本側が事実上、譲歩した形だ。

　それらの「産業革命遺産」には、江戸時代末期の文化遺産や、薩摩、長州

2015年7月7日（火）

　両藩などが幕末に手掛けた反射炉等の産業遺産等のほかに、明治という我国の資本主義の勃興期に生まれ、その後昭和に至る戦争の時代までの長い期間我国の産業を支えた遺産まで、極めて雑多なものが含まれている（三菱長崎造船所の大型クレーンに至っては、今日なお、稼働している。）。

　なお、2014年には、「富岡製糸場と絹産業遺産群」（群馬県）が、2007年には、「石見銀山遺跡とその文化的景観」が世界文化遺産に登録されている。

　ところで、今回の世界遺産登録について、各地の関係者が歓迎の声を上げているが、その背後に世界から観光客が集まるという皮算用がみえる。加えて、中には、強制連行の歴史を根拠として、長崎の軍艦島が含まれているとして登録に反対した韓国への非難を展開する報道もある。

　しかし、明治期における我国の資本主義の生成、発展過程で、まず、日本人の労働力と環境とがいかに犠牲となったか。次にそうして形成されていった資本が、帝国主義的拡大に向かう中で、韓国等アジアの国々にどのような犠牲を強いたかということに、今思いを寄せるべきではないだろうか。

　たとえば、2013年我国最初の世界文化遺産に登録された山本作兵衛の記録画、日記等計697点からは、最下層の労働者が、過酷な奴隷生活を強いられ、命を虫けらのように奪われていたことがわかるし、足尾銅山鉱毒事件と田中正造について書かれた城山三郎の『辛酸』（角川書店1979年）等を読むと、日本の国土がどのように簒奪されてきたかがわかる。

　明治時代の反省を欠くことが、今日の深刻な原発問題の背後にもあることを真摯に考える絶好の機会であり、韓国からの警告も真摯に受け止めなければならないのではなかろうか。

72 医師の法律と倫理

2015年7月8日（水）

　7月5日（日本時間6日）、バンクーバーのスタジアムで行われたFIFA女子ワールドカップカナダ2015の決勝で、なでしこジャパンは米国と対戦し、2対5で敗れて準優勝となり、米国は1999年大会以来初の、史上最多の3回目の優勝を飾った。

　前回の女子ワールドカップは、入院中の病院で観戦した（『弁護士日記秋桜』14 参照）が、女子選手をめぐる環境はその時と変わりがないそうである。

　すなわち、今回のW杯準優勝メンバーも働きながらサッカーをする選手が少なくなかった。海外移籍組も、億単位の給料を手にすることができることもある男子選手の海外移籍組とは異なり、年俸は国内とほとんど変わらず、海外でプレーすることで協会から支給される年250万円程度の収入によって、アップが見込めるにすぎないという。

　閑話休題、本日は、京都産業大学の学生を対象とする講座「法律家の仕事」の1コマを担当し、「医師の法律と倫理」というテーマで講義をした。本年5月に、厚生労働省が、患者の死亡事故があった東京女子医大病院と群馬大病院について、「特定機能病院」の承認を取り消したこと（49 参照）を紹介した上で、神戸市の民間病院「神戸国際フロンティアメディカルセンター」で生体肝移植を受けた患者が死亡している問題にも言及した。

　日本肝移植研究会等から、事故防止のための提言と一時手術の停止を提言されながら、同病院では、田中紘一医師によって、致死率の高い手術が繰り返されていた。5人目の死亡患者は、こうした批判が公にされた後に手術を受けたのであるが、遺族は医師に感謝していると語っている。肝臓病のために死を間近にし、患者も死を覚悟で手術を受けたものと推測される。

2015年7月8日（水）

　私は、「仮に万が一成功する可能性のある生体肝移植であって、患者が死の確率を知らされながら手術を真摯に希望した場合には、患者が死亡しても、医師は責任を免れるか。」と受講者たちに質問した。生と死に関する興味深い問題であると考えていたが、学生が示した反応は鈍かった。

　致死率の高い手術を受けてたちまち生命を失うことと、手術を受けずに、自らの寿命の最後を家族や知人に囲まれて過ごすことの、いずれが幸せであろうか。また、その判断を患者に委ねるというが、極限状態にある患者が自らにとってより賢明な決断をなし得る状態にあるのであろうか、また、医師が成功率50％と考えたとしても、その蓋然性判断は正確なものといえるか等々と考えていくと、この問題は、医学だけではなく、法律や、心理学や宗教等とも関連してくる問題のように思われるのである。したがって、患者に依頼されても、そのような手術をするか否かは、個別に、病院内外の医師のほか、宗教家や心理学者、さらには法律家も委員として加えた倫理委員会の討議と判断に委ねるべきではないかと、私は考えている。

　そうした慎重な手順を省いて、致死率の高い手術を続けると、自殺関与罪や嘱託殺人罪、場合によっては殺人罪に問われる可能性まであると、考えられる。

　［追記1］　2016年1月26日に手術10例目の患者の死亡が、翌2月6日に手術7例目の患者の死亡がそれぞれ確認された結果、生体肝移植を実施した患者10人のうち7人が1年以内に死亡したことになる。

　センターは、2015年11月27日、診療の停止を発表していたが、2016年3月30日神戸地方裁判所に対し、自己破産申請をし、破産手続開始決定を受けるに至った。神戸国際フロンティアメディカルセンターが賃借していた建物は、その後神戸大学が新設した「国際がん医療・研究センター」が新たに賃借し、2017年4月17日から診療を行っている。

　［追記2］　私は、2016年6月22日にも京都産業大学の公開講座の講師を務めた。生殖補助医療における、倫理と法に関する諸問題について、親子関係をテーマに話すことにした。以下、その記録である。

生殖補助医療は、①人工授精、②母の卵子と第三者提供精子による授精、③第三者卵子と夫の精子との受精卵を母の子宮に入れる、④第三者同士の受精卵を母の子宮に入れる、⑤夫婦の受精卵を第三者女性の子宮に入れる（代理出産）、⑥夫の精子を第三者女性の子宮に入れる（代理母）方法があり、日本産科婦人科学会は、①と②の一部（第三者精子を妻の子宮に注入）のみを認めている。平成22年の出生児107万1304人のうち、我国で許されている人工授精による新生児は2万8945人であり、3％弱にあたる。

　生殖補助医療により出生した子は、両親が婚姻している場合には、民法772条が、「妻が婚姻中に懐胎した子は夫の子（嫡出子）と推定する」と定めているので、この推定を否認しようとする父は、出生を知った後1年以内に限り訴えをもって争えるが、その後は、仮にDNA鑑定によって父子関係が否定できる場合でも、原則として親子関係を否定することができない。

　上記②によって出生した子も夫が第三者精子による受精に同意した限り嫡出を否認できないし、夫が同意していない場合でも、嫡出否認による場合を除いて父子関係を否定できない（最高裁平成26年7月17日判決・判例タイムズ2235号59頁）。

　母子関係については、民法が、妻の子宮から生まれた子を母の子と定めていると解することができるから、①から⑥までの生殖補助医療で生まれた子は、いずれも懐胎した女性が母となる（最高裁平成19年3月23日判決・判例タイムズ1239号120頁）。ただし、特別養子縁組の制度により、養母との母子関係のみを形成することもできる。

　そうした法律と判例状況を紹介し、その背景となる社会や文化、子の福祉等について触れた上で、夫死後の人工授精により出生した子の父子関係にも言及した。未婚の女性が、死亡した男性が遺した凍結精子を用いて人工授精により出産した場合、産まれた子に相続権を認めても良いかという問題でもある。最高裁平成18年9月4日判決（判例タイムズ1227号120頁）は、妻が出産した場合でも、親子関係を否定している。

2015年7月9日（木）

73 ボスニア・ヘルツェゴビナ紛争

　今朝のドライブの車中から眺めた河内長野は、深い霧の底に沈んでいた。過日、湯布院温泉に一泊した後、別府へと向かう途中で、100メートル先を見通せない濃霧の中を走ったときの不思議な異常感覚を思い出した。千早赤阪村や河南町にも足を延ばし、南河内一帯の霧の世界を堪能した。

　さて、国連安全保障理事会は8日、1995年内戦下のボスニア・ヘルツェゴビナ東部スレブレニツァで発生した、セルビア人勢力によるイスラム教徒約8000人の虐殺事件から20年になるのに合わせ、事件をジェノサイド（大量虐殺）として非難する英国主導の決議案を採決したが、常任理事国ロシアの拒否権行使により、否決された。

　1963年に国号を改称したユーゴスラビア社会主義連邦共和国は、5つの民族、4つの言語、3つの宗教、2つの文字によるモザイク国家であったが、チトー元大統領のバランス感覚とカリスマ性とによって統一を保ち、スロベニア、クロアチア、ボスニア・ヘルツェゴビナ、セルビア、モンテネグロ、マケドニアの6つの共和国と、セルビア共和国内のヴォイヴォディナとコソボの2つの自治州が、1974年に制定された憲法によって、完全に同等の立場に置かれ、各地域には一定の自治権が認められ、多くの民族を包含していた。国内最大の都市であったベオグラードは、現在のセルビア共和国の首都でもある。

　1991年6月、クロアチアの独立宣言によりクロアチア警察軍とユーゴスラビア連邦軍との間で武力衝突が勃発したことに端を発するユーゴ解体の流れを契機とし、ボスニア・ヘルツェゴビナに住むボシュニャク人およびクロアチア人は、1991年10月に主権国家宣言を行い、その後住民投票を経て、ボスニア・ヘルツェゴビナは独立を宣言。4月6日にはECが独立を承認し、5

73 ボスニア・ヘルツェゴビナ紛争

月には国際連合に加盟した。

　そこで、地域人口の一部を占め、この独立に反対していたセルビア人が、大規模な軍事行動を開始した。これが、1992年から1995年まで続いたボスニア・ヘルツェゴビナ紛争の発端である。

　1995年7月には、ボスニア・ヘルツェゴビナ東部のスプレニツァにおいてセルビア人によるスルプスカ共和国軍が、ボシュニャク人に対する大量虐殺を行い、8000人が殺害されたとされる。一方、同月、クロアチア軍が同国内のセルビア人居住区を急襲した「嵐作戦」では、わずか3日間の戦闘により、セルビア側発表では最低でも婦女子を主体とする2600人が虐殺されたとされ、このとき、主にボスニアのセルビア人支配地域を経由してセルビアに流出したセルビア人難民は15〜20万人と見積もられている。この作戦を指揮したクロアチア軍将軍アンテ・ゴトヴィナは、旧ユーゴスラビア国際戦犯法廷から訴追されている。なお、このときクロアチア軍は米国に拠点を置く民間軍事会社ミリタリー・プロフェッショナル・リソーシズによって訓練を受けていたとされる。

　ボスニア・ヘルツェゴビナ紛争は、1995年10月13日には停戦が実現し、11月に43カ月間にわたった内戦終結のための平和協定に仮調印し、12月14日にはパリで和平が公式に合意（デイトン合意）・調印されて戦闘は終息した。

　合意により、クロアチア人・ボシュニャク人がボスニア・ヘルツェゴビナ連邦、セルビア人がスルプスカ共和国という、それぞれ独立性を持つ国家体制を形成し、この二つが国内で並立する国家連合として外形上は一国を成すこととなった。領土配分は、スルプスカ共和国が約49％、ボスニア・ヘルツェゴビナ連邦が約51％とされ、両国はそれぞれの主体が独自の警察や軍を有するなど、一先ず高度に分権化された。

　1992年にいち早くボスニア・ヘルツェゴビナの独立を承認した米国やEUは、当時ボスニアにおける多民族的共存が成功する妥当な見通しがあると判断したのであろうが、ボスニア政府とボスニア指導層が、クロアチア人とボシュニャク人とによる国家を樹立し、セルビア人を排除していることを看過

した。そして、ボスニア・ヘルツェゴビナの中の自分たちが多く居住する地域の独立を目指したセルビア人勢力を支援するユーゴへは制裁を加え、1995年4月10日以降、北大西洋条約機構（NATO）はセルビア人勢力に対し空爆も行っている。ボシュニャク人・クロアチア人勢力に対しては武器が輸出され、米軍からの軍事援助も開始されている。

　インターネットに掲載されたチャールズ・G・ボイド（前欧州駐留米軍・副司令官）の「ボスニアの真実」（フォーリン・アフェアーズ日本語版1995年11月号）は、米国のアプローチは、「この戦争が、善と悪の戦争、侵略者と被侵略者の間の戦争だ」という、間違った認識を前提としており、その結果、国連やNATO（北大西洋条約機構）は、平和維持（防護）軍を守るためという中立的な表現を用いながら、その実、一方を罰して、戦争の行方を左右しようとしたと批判する。

　ボスニア政府は、セルビア人を攻撃するに際して、安全地帯、飛行禁止空域、除外地帯、非武装地帯などの、国連やNATOの管理下にある地域を盾として利用しただけでなく、この地域の防衛を国際コミュニティの保護に依存することで、戦力を他の戦略作戦地域に回すという戦術をとった。今日では、ボスニア・ヘルツェゴビナ紛争による苦しみの一部は、ボスニア政府自身が演出し、国際社会にセルビア人のもたらす災禍を宣伝する材料としていたことがわかっている。

　そして、最終的に、セルビア人の暮らしていた地域に、スルプスカ共和国（通称セルビア人共和国）が建国されることで、初めて解決が図られたのである。国連やNATO、米国の介入は、事態を深刻化させたにすぎない。

　当時、最終段階での、平和をもたらすためのカードとして、バルカン半島の問題に対して慎重な態度に終始していたロシアの介入が期待されたことを思い起こすと、先日の国連総会でのロシアの反対は、重みをもって理解されるべきであろう。

2015年7月10日（金）

74 最高裁長官による裁判官の独立の侵害

　昨夜は京都の旅館に泊まった。午後、京都産業大学の法務研究科で授業があり、本日も午前10時から補講が予定されていたためである。昨日は、卒業生らと食事をし、旅館に帰ってから、たっぷりと授業の準備のための時間をとることができた。

　本日の法曹倫理の授業のテーマは、裁判官の独立の問題であったので、最高裁判所の長官であった田中耕太郎が、自衛隊違憲の判断を示した伊達判決で有名な砂川事件の上告審の審理中に、裁判の進行経過等を在日米大使館主席公使に対して漏えいしていた問題について言及した（『弁護士日記すみれ』128 参照）。

　米国大使館東京発（発信日1959.8.3）で国務長官らに送られた（国務省受領日1959.8.5）秘密書簡の内容は、次の通りである（布川玲子・新原昭治両名が共同執筆し、インターネット上に公開した資料による）。

　「共通の友人宅での会話の中で、田中耕太郎裁判長は、在日米大使館主席公使に対し砂川事件の判決は、おそらく12月であろうと今考えていると語った。弁護団は、裁判所の結審を遅らせるべくあらゆる可能な法的手段を試みているが、裁判長は、争点を事実問題ではなく法的問題に閉じ込める決心を固めていると語った。こうした考えの上に立ち、彼は、口頭弁論は、9月初旬に始まる週の1週につき2回、いずれも午前と午後に開廷すれば、およそ3週間で終えることができると確信している。問題は、その後で、生じるかもしれない。というのも彼の14人の同僚裁判官たちの多くが、それぞれの見解を長々と弁じたがるからである。裁判長は、結審後の評議は、実質的な全員一致を生み出し、世論を揺さぶる素になる少数意見を回避するようなやり方で運ばれることを願っていると付言した。」

これによると、田中耕太郎裁判長は、進行中の裁判の経過と自らの訴訟指揮の予定を、米国側に対して開示していたことが明らかであり、それが司法の独立に反する行為であったことは言うまでもない。

当時、社会党、共産党などの諸政党、労働組合、民主団体等々を結集した「安保条約改定阻止国民会議」の行動が発展しつつあり、そのほぼ1年前、警察官の権限の大幅強化を狙った警察官職務執行法「改正」案は立法化に至らなかったという事実がある。

伊達判決が当時の日本国民の広範囲の支持を得ていたことは、米国にとっても脅威であったが、日米安全保障条約の改定によって、両国の軍事同盟を強固なものとすることは、日米の政府にとって最重要問題であり、その調印のためには、伊達判決が最高裁によって覆されることが必要であった。

日米安保条約改定の交渉が条約や関連諸取決めの形をとって、両国代表による調印により両国間の公式の外交文書となったのは、交渉開始から15カ月後の1960年1月であった。そして、「核密約」として有名な事前協議の運用法を秘密裏に生々しく取り決めた裏協定である秘密「討論記録」は、1959年6月に完全に仕上がっていながら半年間放置され、マッカーサー駐日米大使と藤山外相により東京でイニシャル調印されたのも、半年後の翌1960年1月6日のこと。ワシントンでの改定安保条約調印の13日前である。

それらの調印は、田中耕太郎裁判長の逐次の情報漏えいにより、予定され、延期され、同年12月16日最高裁が伊達判決を破棄差し戻したのを受けて行われたのである。このとき、司法は、司法権の独立を自ら放棄し、自ら行政に仕えているのである。

[追記] 明神勲著『戦後史の汚点』(大月書店2013年)は、1950年8月17日田中最高裁長官は、ホイットニー将軍と会談し、マッカーサーによる指令がアカハタおよびその後継紙の発行停止に限定されていることを確認しながら、占領軍から裁判所がレッドパージの解釈指示を受けたと偽ることによって、レッドパージに対する下級審の違憲判断を封じることに成功したとする。

75 原子力規制委員会の前委員長代理の法廷証言

2015年7月11日（土）

　朝のドライブの機会に、しばしば妻をゴルフの練習場に連れて行っているが、ラウンドに誘う機会に乏しかった。間もなく盛夏を迎える気配であり、脳梗塞を患った身ゆえ、いよいよ妻にラウンドを許してもらう機会も少なくなると考え、本日、天野山カントリー・クラブのミニ・コースでのラウンドを強引に誘い、午後3時頃からスタートした。

　私の成績は、12ホールで10オーバー。妻は24オーバーであったが、妻のショットは、ウッド、アイアンともになかなかであった。今秋にはゆっくりとラウンドを楽しませてあげたいと思う。

　ところで、神戸合同法律事務所の辰巳裕規弁護士が、インターネット上に、「東電福島第1原発事故に伴う避難者らが国と東電に慰謝料などを求めた集団訴訟の証人尋問が10日、千葉地裁（広谷章雄裁判長）であり、原子力規制委員会の前委員長代理の島崎邦彦東大名誉教授が原告側証人として出廷、『どの程度の津波が来るかは予測できた。有効な対策は可能だった』と、震災前の国や東電の対応を批判した。規制委委員を務めた専門家が原発事故に関する訴訟で証言するのは異例。厳しい指摘は、国や東電の対応に影響を与えそうだ。島崎氏は02年、揺れの割に大きな津波を伴う津波地震が、太平洋側の東北沖で『30年以内に20％程度の確率で発生』との評価をまとめた。」と書き込んでいる。

　千葉日報ウェブにも、2015年7月11日10時21分提供のニュースとして、同様の情報に加え、「島崎氏は政府の地震調査研究推進本部で、津波などの長期予測を担当。2002年、東北沖の太平洋で、揺れは大きくないが大津波を起こす「津波地震」が起きる可能性を指摘。島崎氏は『東電は（大津波が来ると）分かっていたはず。対策を取る必要があった』と主張した。また、島崎

2015年7月11日（土）

氏らが同年にまとめた評価を公表した国が、今回の訴訟で大津波は予測できなかったと主張していることに『自己矛盾が生じている』と述べた。」と報じている。

　さらに、千葉日報ウェブは、「元原子炉設計技術者で、解散した国会事故調元委員の田中三彦氏も原告側証人で出廷。福島第1原発の図面や空撮写真などを使い、原発の仕組みや構造を解説したうえで、電源設備が地下などの低層階にまとめて設置されていたことを指摘した。『原発事故では、ほとんどの電源が水没して使用不可となった。津波に配慮がなかったということ。津波や地震をよく考えて設置するべきだった』と述べた。」とも報じている。

　ところで、私が6月24日姫路で朝を迎えた際に買い求めた神戸新聞には、「8メートル津波で完全浸水予測」と題する記事があり、それには、「国会事故調査委員会で協力調査委員を務めたサイエンスライターの添田孝史さんが内閣府に情報公開請求をし、明らかになった」事実として、「東京電力福島第1原発事故が起きる10年以上前、福島沖で大地震が発生すれば8メートルの津波で同原発1～4号機が完全に浸水する、とした『津波浸水予測図』を国土庁（現国土交通省）が作成していたことが分かった。」と報道されている。1999年に作成された浸水予測図は企業にも活用を呼び掛けられたが、東京電力は、2002年、同原発の津波高の最大を5.7メートルと想定し、対策に生かさなかったが、その想定が、折から政府の地震調査研究推進本部が示した津波予測をも無視したものであったことになる。なお、2011年3月11日の東日本大震災で同原発を襲った津波は約13メートルであったとされる。

　訴訟の方は、今後反証が試みられるのであろうが、国や東電にとっては厳しい訴訟となるであろう。

　[追記]　千葉地裁の裁判の審理は2017年9月22日に判決予定であるが、先に審理終結していた前橋地裁は、2017年3月17日、国、東電ともに津波を予見できたと明確に断じて、原告勝訴の判決を出している。

> 2015年7月12日（日）

76 米国とキューバの国交回復

　昨日のドライブの際にマタタビの実を収穫し、お手製のマタタビ酒を造った。ムシエイ（瘤付）と普通のマタタビとを、それぞれホワイトリカーに漬け込み、残りをブランデーに漬け込んだ。6カ月以上寝かせるとのことなので、来年の初春に味わえるのが楽しみである。

　米国とキューバとは本年7月1日、54年ぶりに国交を回復させることで正式合意し、オバマ大統領は、ホワイトハウスで「歴史的な一歩だ。」との声明を発表し、議会に対し、速やかに経済制裁の解除に向けた議論を進めるよう訴えた。本日、両政府は大使館を再開させる。

　我国のマスコミの中には、米国議会の多数を占める野党・共和党から、キューバとの国交再開は時期尚早だとの批判も出ているとして行方を危ぶむ向きもあるが、オバマ大統領の動きは、米国資本のキューバ進出意欲を背景としており、ポーズは別として、共和党が経済制裁の解除を完全に阻止することはできないように思える。

　キューバは共産党独裁の政治体制がとられ、キューバの国家元首は、現行憲法の規定により、国家評議会議長が務めることになっており、1976年の議長職設置以来フィデル・カストロが、2008年2月24日に弟のラウル・カストロがその地位に就いている。

　政情不安であったキューバでは、フルヘンシオ・バティスタが1952年に軍事クーデターによって政権を獲得したが、親米政策をとりつつ独裁体制の強化を図ったために、次第に反政府活動が激化し、バティスタは、1959年の元日にドミニカ共和国へ亡命を余儀なくされた。

　ハバナを制圧して勝利が確定した革命軍は、その当初より社会主義革命を目指したわけではなく、カストロは、米国との友好的な関係を保持しようと

2015年7月12日（日）

試みたが、ドワイト・D・アイゼンハワー大統領が、冷戦下において革命政権を「容共的」と警戒したことから、革命政権側も、ニキータ・フルシチョフ首相率いるソビエト連邦との接近を深めることになった。また、ユナイテッド・フルーツなどの米国資本の支配下にあった農業の改革を目的に農地改革法を制定したほか、米国および西側を中心とした諸外国の所有するキューバ国内における財産を1960年8月6日に国有化する等社会主義的な政策を矢継ぎ早に導入するに至った。

米国は対抗策としてキューバとの通商停止を行ったほか、1961年より米国大統領になったジョン・F・ケネディは、同年4月にピッグス湾事件を起こすが、失敗に終わった。

こうした情勢を受けて、革命政権は、5月に、キューバ革命を「社会主義革命」として位置づけ、ソ連や東ドイツ、ポーランドなどの東側諸国との関係を強化していった。経済的窮地も、東側諸国とのバーター貿易により凌いでいたが、1991年のソ連崩壊後にソ連を継いだロシアは経済的困難に陥っていたために支援を減らし、革命政権は、一時苦境に立たされた。

しかし、1990年代からキューバとの国交を回復する国々が増え、さらに、国力が回復し、米国に対して強硬姿勢を採るロシアのウラジーミル・プーチン政権が急速にキューバとの関係を回復し、再び経済的、軍事的にキューバを支援するようになってきている。

米国としては、地政学的に米国に近いキューバとロシアとの緊密化をこれ以上放置できないし、米国資本がキューバでの経済活動に再開するタイミングも今を措いてはないと考えられる。

[追記]　米国による経済制裁が続く中で、キューバの2015年の経済成長率は4％であったと発表されている。

強いカリスマ性でキューバを導いてきたフィデル・カストロ前国家評議会議長が、2016年11月25日午後10時29分（日本時間26日午後0時29分）死去したと、実弟のラウル・カストロ議長がキューバ国営テレビを通じて発表した。90歳であった。

2015年7月13日（月）

77 寂しい熟年離婚

　朝のドライブ中、木々にそら豆の実のようなものがたくさんぶら下がっているのを妻が見つけ、停車してよく確かめてみると、藤の実であった。考えてみると花の時期は約3カ月前、実りの時期が訪れるのも当然である。自然は、いつも着実に歩みを進めている。

　ところで、20年ほど前に、私を訪ねて来られた女性は、60歳くらいだったと記憶しているが、用件は夫と別れたいということであった。理由を問うたところ、夫と同じ墓には絶対入りたくないという。高齢になり、いつ死ぬかも知れないと前置きした上で、「子どもも社会人となり、妻としての務めを果たしたが、夫は、私を女として優しく扱ってくれたことがないし、妻に対する感謝の言葉をかけてもらったこともない。夫と暮らした自分の人生は、ただ奴隷か召使のようなものであった。そのような扱いしかしてくれなかった人と、あの世でまで一緒に過ごすことになることは、耐えられない。」ということであった。

　離婚後の生活設計をうかがったところ、自分の両親はすでに死去しているが、幸いある程度の遺産を相続しているので、老後の生活には何の心配もないとのことであった。経済力に乏しい妻が離婚をする際は、時に財産分与を多く得ることを望むのであるが、この女性は、「相手の財産の高も知れているし、自分は、一銭も財産分与を受ける考えがない。」とのことであった。

　ところで、女性であれ、男性であれ、相手方に対する信頼の糸が完全にプツンと切れてしまった後は、再び、添い遂げることに翻意することは、まずあり得ない。しかし、男女が罵り合っていても、お互いに相手方に対する未練の気持が残っている場合には、案外、復縁できる場合がある。その見極めが大切であるから、その女性に、どうしてそのような気持になったのですか

と、直接のきっかけを尋ねた。

　そうすると、その女性は、「結婚以来、私は夫から優しい言葉や感謝の言葉をかけられた記憶がなく、自分の結婚生活、ひいては自分の人生は一体何であったのかと、疑問を覚えるようになり、ついにある時、夫に対して、『私はあなたにとっては召使でしかなかったの？』と聞いてみたところ、夫は『それ以下だ』と答えた。」と説明された。

　お前には文句を言う資格がないということであろう。夫は、その返事をしたとき、自分の優位を確認し、愉快ではなかったろうか。

　しかし、このような最後のサインを見落としての失言は致命的である。この女性は、この一言でプッツンし、自らの人間性の回復のために離婚を決意してしまったのである。その後は決して決心が揺らぐことがなかった。

　ところで、離婚の手続には当事者の話し合いによる協議離婚のほかに、家庭裁判所における調停による離婚と裁判による離婚とがあり、後２者については調停手続がまず行われることになっている。ちなみに、調停は相手方の住所地を管轄する裁判所で行われることになっている。

　ところで、このようなワンマン亭主との離婚交渉は、案外簡単である。妻側の弁護士から離婚の申出を受けると、大体の場合、「あんな女には、自分の方こそ不満がある。妻が自分の有難さをわからないというのであれば、自分の方から離婚の申出をしたい。」ということになる。

　このときも、私から離婚交渉を受任した旨通知すると、憤然として来所され、その場で、離婚届出書に所定の事項を記入して渡すと約束してくれたのである。

　その後の夫の余生の寂しさを考えると気の毒になる瞬間でもあった。

78 共産主義の退潮がもたらしたもの

2015年7月14日（火）

　庭の鉢植えのカンナが開花した。濃い橙色をした花は小振りであり、燃え立つような勢いがないのは、不作のせいであろうか。

　さて、共産党独裁国家が、権力者以外の一般国民にとっては自由な社会でも平等な社会でもないことに、私が気づき始めたのは、1968年に成人を迎えた頃である。1970年安保の際の反対運動が、1960年安保のそれと比べ盛り上がりを欠いたように思えるのは、共産党政権に対する幻想から覚醒する人たちが少なくなかったからであろう。

　今振り返ると、私たちは、その後も、革命による共産主義国家の樹立は独裁国家を招くが、議会制民主主義の下で社会主義的国家に移行すれば、民主的国家が実現するのではないかと、なお漠然と考えていたような気がする。私だけではなく、55年体制下の社会党は政権奪取を夢見ていたし、共産党への支持をやめた多くの国民が、社会党への支持に回ったような気がする。

　しかしながら、私たちは長い間、社会主義的国家が樹立されれば、さまざまな社会問題が解決するという信仰に身を委ねていただけで、資本主義社会の下で深刻化する諸問題に目を向けることを忘れていたように思われる。資本主義のもたらす問題を個別に解決していくための政策提言がそのつどなされていれば、来るべき社会のあるべき姿がボンヤリとでも見えていたかもしれない。

　しかし、当時社会党の支持母体である労働組合は、組織率を高めることに活動の主眼を置き、外部の一般国民の取込みを図ろうとしなかった。我国の労働組合は企業別組合であるため、便宜供与を受けやすかったし、労使の利害が一致しやすく、それと対立する環境問題その他の社会問題に関して、むしろ、被害者切捨てを望む会社側の立場に立つことが多かった。

2015年7月14日（火）

　非正規労働者等の雇用問題についても、彼らの犠牲の上で、組合員である正規労働者の雇用条件が保障されるという意味で、労働組合は、長く無視してきたように思われる。

　かつて革新の中心にいたインテリ層も、我国の資本主義が発展していく過程で引き起こされるさまざまな矛盾を是正する方策を提言したり、そのための運動を指導することができなかった結果、社会への影響力を急速に失っていった。

　自民党に変わって政権党となり得ると一時国民から期待された社会党の国会議員も、選挙区の利益代表者として働くことにより当選を勝ち取るために、利益誘導型の政治活動をすることが少なくはなく、また、自民党の政策に対して熱心な反対活動をしているように見せかけながら、適当なところで手打ちをするという敗北主義的な行動を繰り返して、政権党である自民党からのおこぼれにも預かってきた。また、社会党は、支持母体である労働組合の連合体の利益代表でもあるという性格から、労働者と利害が一致している企業利益には背くことが絶対にできないという限界を有していた。これこそが55年体制の限界であった。

　そして、2009年9月、社会党に代わって民主党が自民党から政権を奪取して、新時代を迎えたやにみえたが、失政続きで2012年下野し、2016年には党名変更にまで追い込まれている。

［追記］　2016年10月16日、新潟県知事選で米山隆一知事が当選したが、原発再稼働に対して消極的態度をとっていたことから、所属の民進党の公認や支持を得られず、その後、民進党の蓮舫代表が選挙運動に協力したことから、野田幹事長が新潟県連に謝罪に赴いている。

　原発に慎重な一般国民ではなく、東京電力の労働組合や電気労連の機嫌取りに躍起である。民進党の姿は、かつて国民の信を失った社会党のそれとダブる。蓮舫代表は、民進党からの離脱が相次ぐ連合系の議員を切り捨て、国民政党としての再出発を図るべきである。

　しかし、蓮舫代表は2017年8月2日代表辞任を発表した。

2015年7月15日（水）

79 不当利得返還請求訴訟

　随分昔のことであるが、台風一過の御坊煙樹ケ浜海岸近くで、倒れて無残にもバラバラになっていたサボテンに気付き、せめて何節かでも助けてやろうと考えて持ち帰り、鉢植えにしたところ背丈ほどに成長した。プラスチックの鉢の中で育てたので、鉢を壊して地植えにすることもならず、台風が来て傾くたびに、鉢を真っ直ぐにするのに苦労していた。

　ところが、今春、妻はサボテンの葉を間引いているうちに、つい夢中になり、気がつくと、すべての葉をむしり取ってしまっていたという。真っ裸のサボテンから、新しい葉が出てくるだろうと期待したが、いつまでも変化が見られず、むしろ、サボテンの傷口が次第に乾いて、枯れ木の風情を見せるようになっていて、日一日と希望が薄れていった。しかし、この1週間ほどの間に、小さな芽が1個顔を見せたと思うと、連日これを追いかけるように芽を出すようになり、次第にその葉も大きくなってきた。どうやら生き返ったようである。

　今朝は、東京の神田Ｇホテルのベッドの中で目覚めた。インターネットで9平方メートルのバスなし、トイレ付きの部屋を予約していたが、チェックインの際に、宿泊代を100円増やせば広い部屋に移れるとのことなので、変更してもらった。しょせん、眠るだけなので、そう変わりはないと思うが、つい、セールストークに乗ってしまった。

　神田Ｇホテルに宿泊したのは、昨日、午後3時15分から東京家庭裁判所で離婚調停の手続があり、本日は午前10時から消費者金融業者に対する過払金の不当利得返還請求訴訟の弁論期日があったためである。後者は弁論が終結し、判決宣告期日が指定された。

　今日の裁判は、過去に15年ほど被告である消費者金融業者と利息制限法超

2015年7月15日（水）

過の取引をしていた私の依頼者である原告が、いったん債務を完済したが、その後、被告から「債務を完済した方へ」というパンフレットが届き、取引の再開を勧誘されたので、再び利息制限法を超過する利息での取引を5年ほど行っていたというものである。

　最高裁は、「利息制限法を超過する過払利息は不当利得返還請求することができる（判例1）」との判例を示したが、「取引が2回にわたる場合には、最初の取引の不当利得金と、後の取引の不当利得金は、別々に返還を請求できるが、最初の取引が終了してから10年を経過しているときは、特別な事情がある場合を除いて、その時の不当利得返還請求権は時効で消滅する（判例2）」という判例も出している。

　この裁判も、取引が2回にわたる事例であり、私は、①せっかく取引が終了したのに、被告の方から、利息制限法に違反する取引の再開を勧誘したのであり、②また、未返却の当初交付されていたキャッシング・カードで再開後の取引も行われたのであるから、二つの取引を一体のものとして過払金の元本充当計算をして、250万円ほどを返還せよと訴えた。これに対して、被告は、前記最高裁判例があてはまるとして、最初の取引で発生した不当利得金の消滅時効を援用して、2回目の取引の40万円ほどの不当利得金しか返せないと争っていた事件である。

　私は、判例1と判例2とは、貸し借りが反復して繰り返されることを前提とする消費者金融に限らず、街金と事業経営者との単発の取引がたまたま複数回繰り返された場合にも適用されるので、判例1の適用にふさわしくない場合を排除するために判例2が示されたと考えており、本件のような消費者金融取引の場合には、上記①、②の事情があれば、判例2は適用されないと確信し、新判例を取得しようと提訴したものである。

[追記]　事件については、弁論再開後の2015年8月11日の口頭弁論準備期日において、私の主張を一部認めた上で、金額を調整する裁判上の和解が成立した。

2015年7月16日（木）

80 立憲主義の危機

　鉢植えのカサブランカが開花寸前である。明日には台風11号が日本を襲うとの予報があり、夜間玄関に避難させる。カサブランカは、1970年代にオランダで作出されたヤマユリ、トカラ列島口之島原産のタモトユリなどを原種とする百合で、香り豊かで優雅な花を咲かせる。結婚式の際のブーケを始め、主に贈り物の花束として喜ばれる花である。しかし、トカラ列島口之島原産のタモトユリは、今や自然界ではほぼ絶滅してしまっているそうである。

　ところで、本日の衆議院本会議で、与党の安全保障関連法案が可決され、参院に送付された。仮に参院での採決が行われなかったとしても、9月14日以降は「60日ルール」の適用で、今国会での成立が可能な情勢だという。

　しかし、2015年7月4日の衆院憲法審査会では、参考人として呼んだ3人の有識者全員が集団的自衛権の行使容認について「違憲」を表明している（㊼参照）。参考人の中には、自民党や公明党が推薦した人たちが含まれていたのであるから、自ら推薦した学者に違憲と言われながら、法案を撤回しないことは理屈が通らない。

　多くの政治家だけではなく、我国のマスコミの多くが「憲法学者が何と言おうと必要な法律である以上安全保障関係法案は合憲だ。」等と語っているが、それは立憲主義国家とは相容れない議論である。安全保障関係法案がどうしても必要なら、憲法を改正した上で、改正憲法と抵触しないような法案を採択すればよいのである。もっとも、憲法9条改正の要否については、ここでも措くこととする。なぜなら、日本の平和と安全を守るためには、日米安全保障体制の堅持が必要か、それとも、脱却が必要かという問題を初めに、余りにも多くの論点に関連するからである。

2015年7月16日（木）

　実は、ドイツも、第二次世界大戦後戦争を放棄する憲法を制定したが、欧米が参加する安全保障体制の中に加わるために、憲法を改正し、しかる後に、それに参加している。憲法は、不可侵であるが故に、民主主義の砦にもなり得るのである。

　法的安定性は憲法を頂点とする法体系や解釈、適用を頻繁に変えずに安定させ、人々の法に対する信頼を守る法治国家の大原則であり、時の権力者が勝手に憲法解釈を変えるなら、憲法が権力を制限する「立憲主義」は崩れる。

　安保法案の衆議院での審議の過程で、法案が過去の自民党政権の法解釈との間で齟齬を来たしていることを野党から攻撃されながら、そのようには考えないとの抽象的な説明と、集団的自衛権の行使に参加する外交的必要の説明だけで、法案を可決してきた安倍政権の本音は、はるか以前から明らかとなっている。すなわち、安倍首相は、2014年2月14日の衆院予算委員会で、集団的自衛権行使の憲法解釈を自らの一存で変更できるとする立場を示し、その後撤回はおろか釈明もしていない。

　[追記]　礒崎陽輔首相補佐官も、2015年7月26日の講演で、安保法案に関連して「法的安定性は関係ない。時代が変わったのだから政府の（憲法）解釈は必要に応じて変わる。」と述べた。この発言をめぐって、与野党幹部や閣僚までが31日の記者会見で批判を強めた。

　石破茂地方創生担当相も、礒崎氏が安全保障担当の補佐官として法案作成の実務を担ったことを踏まえ「（発言は）適切ではない。今回の法案に責任を負う立場の礒崎氏がそうした発言をするのはよくない。」と苦言を呈した。自民党役員連絡会では、加藤勝信官房副長官が礒崎氏の発言について「御迷惑をかけた。」と陳謝したと報道されている。

　礒崎陽輔首相補佐官の発言は、60日ルールの下での安倍政権幹部の緊張感のなさを露呈している。

2015年7月17日（金）
81 上場会社の経営不振に翻弄される下請企業

　台風11号は、今朝高知付近に上陸し、いったん瀬戸内海に抜けた後、その後、午前6時頃倉敷付近に再上陸して、ゆっくり北上中である。河内長野では暴風雨の警戒警報も解除された模様であったので、家族でいつものドライブに出掛ける。多分休みだろうと思いながら2カ所の打ちっ放しをのぞくが、いずれも臨時休業。しかし、私のような物好きもいて、ひっきりなしに、やってきてはUターンする車が見られた。

　帰路、妻が、「本日開店予定のセブン・イレブンに行ってみようか」と提案したので、立ち寄る。開店時間の午前7時を2分ばかり過ぎただけなのに、台風の中、すでに10台近くの車が止まっている。500円の福袋等に加えて、私の昼間の弁当代わりに特価の「親子丼」等を買い求める。

　コスモス法律事務所では、前日の午後12時に警戒警報が出ていれば午前休、当日午前8時に警戒警報が出ていれば午後も休みと決めてある。事務所のスタッフのうち3名は神戸や明石方面に居住しており、警戒警報が出ていて一日休となった。堺方面のスタッフは出勤されたが、地元では警報が解除されたものらしい。

　私は、午前11時に来客があったので、いつもの特急列車に乗って午前10時に重役出勤した。

　その来客の相談は、次のようなものである。

　40年来、A会社を経営し、社長職にあり、これまで、上場会社であるS会社のある製品向けのソフト開発を請け負ってきたが、S会社の業績が下降一方であり、親友が連鎖倒産を心配して、私を紹介してくれたという。よく聞いてみると、社長は、親から相続した家に住んでいるが、すでに奥様に贈与済みであり、手元には、若干の現金しかなく、今更、倒産対策をすべき財

産もないという。加えて、御子息さんも大会社で要職についておられ、万が一の際の両親の面倒をみることについて、何の支障もなさそうである。

「社長さん御自身は、格別の準備は必要ありませんね。」というのが、私の診断である。社長もそれは心得ていて、万が一の際に従業員の生活に困難が訪れることを懸念され、従業員のためにとるべき措置を教えて欲しい、また自分は80歳を超えているので、事業は後継者に引き継ぎたいというのが、本日の相談の眼目であったようである。

私は、社長の会社が営んでいる主な事業別に、取引先、取引規模、関係従業員数等をうかがい、会社から独立して存続できる事業については、たとえば、会社分割の方法で独立させ、新会社の株式を適正な価格で、代表者に就任する従業員に譲渡する方法があることを説明した。

その場合に、従業員に適格者がいない場合には、代表者候補を外に探すだけではなく、新会社の株式を購入してくれる事業家を他に求める方法があると説明した。

他方、独立して採算を確保できる事業でなくても、Ｓ会社以外の安定した取引先を確保していて、担当従業員が当該取引にとっても大切な技術を保有している場合にも、外部の技術者派遣会社に事業譲渡することも考えられるとも説明し、事業譲渡がかなわなくても、技術者派遣会社は、再雇用の受け皿にもなってくれることがあることも説明した。こうしたいくつかの対処方法を説明した後、会社の従業員でありながら取締役にも選任している方々と、近く御一緒にお越しいただくようお願いした。

この種の法律相談は一回限りで終了することが多い。会社の経営者は、自らのなすべき事柄を十分理解できているのに、なお、判断の誤りがないか不安であるため、セカンドオピニオンやサードオピニオンを求めるのであろう。

無責任経営体制のＳ会社の経営は、今も低迷を続けている。

> 2015年7月18日（土）

82 急速に貧困化する日本

　台風11号も熱帯性低気圧に変わり、台風一過と言いたいところであるが、いまだ近畿地方は雨雲に包まれている。その中で、昨日開花したカサブランカの鉢が、庭で強い香りを放っている。

　日本では、1970年代以降、国民の多くが「一億総中流」と意識するまでに至ったが、2012年版「厚生労働白書」は、バブル経済崩壊後の1990年代から所得格差が拡大し、「公正」（Equity）に関する指標を各国と比較した日本の特徴として、①相対的貧困率が高く増加傾向にある、②ジニ係数も OECD 諸国の平均より高く推移している、③就業率の男女差が大きいこと等を指摘している。また、非正規雇用者の増加も深刻な問題である。

　厚生労働省が2014年7月にまとめた「国民生活基礎調査」によると、等価可処分所得の中央値の半分の額にあたる「貧困線」（2012年は122万円）に満たない世帯の割合を示す「相対的貧困率」は16.1％であり、これは、日本人の約6人に1人が相対的な貧困層に分類されることを意味する。OECD の統計によれば、2000年代半ばの時点で、OECD 加盟国30カ国のうち、メキシコ（約18.5％）、トルコ（約17.5％）、米国（約17％）に次いで高いのが、日本（約15％）であった。日本の相対的貧困率は、2000年代中頃から一貫して上昇傾向にあり、OECD 平均を上回っている。

　ジニ係数（Gini coefficient）は、社会における所得分配の不平等さを測る指標として、統計学者、コッラド・ジニが考案した係数である。世帯数の累積相対度数を横軸に、所得の累積相対度数を縦軸にとり、原点と各点を結んだ線をローレンツ曲線という。ジニ係数は、ローレンツ曲線と均等分配線によって囲まれる領域の面積と均等分配線より下の領域の面積の比として定義され、均等分配線より下の領域からローレンツ曲線より下の領域を除いた分の

2015年7月18日（土）

面積を2倍したものである。OECDが2012年4月に発表したグラフによると、2000年代後半の我国のジニ係数は、税引き前で約40％、税引き後で約32.5％程度であり、後者は大半のOECD諸国より大きい。

内閣府男女共同参画局のホームページによれば、2012年の全国の労働力人口は6555万人で、男女別にみると、男性が3789万人、女性は2766万人であり、2012年の労働力人口に女性が占める割合は42.2％となっているが、女性の25〜54歳の就業率を他のOECD諸国と比較すると、我国は30カ国中22位である。また、生産年齢に達している人口のうち、女性の年齢階級別の労働力率は、現在も「M字カーブ」を描いており、M字の底となる年齢階級も上昇しているが、女性労働力率のM字カーブは欧米諸国ではすでにみられないようである。

さらに、正規の職員・従業員が役員を除く雇用者全体に占める割合を男女別に見ると、女性は1985年に67.9％であったが、2012年には45.5％にまで減少している。男性についても、1985年は92.6％であったが、2012年には80.3％に減少している。男女ともパート・アルバイト等の非正規雇用者の割合は上昇傾向にあり、特に女性はその割合が1985年の32.1％から2012年には54.5％にまで上昇しており、過半数を占めるに至っている。また、男女別・年齢階級別に非正規雇用者の割合の推移を見てみると、女性の25〜34歳を除くすべての層で50％を超えていること、男女の若年層（15〜24歳、25〜34歳）や男女の高年層（55〜64歳）で上昇傾向となっていることが特徴的である。

日本は急激に貧困化している。

[追記]　森田実＝雨宮処凛『国家の貧困』（日本文芸社2009年）は、これからはオランダモデルを目指せと主張する。かつてオランダ病と言われた国が資本主義の暴走を止め、制度疲労なき成熟社会として生まれ変わったことが注目されているが、文化や歴史の差を超えて導入するには、多くの努力と知恵が必要と思われる（長坂寿久『オランダモデル』日本経済新聞社2000年参照）。

2015年7月19日（日）

83 日本の貧困化を意欲した人々

　我が家の門の北側、道路側に、植木を植えるのための場所を少し設けており、ヤマボウシと蠟梅（ろうばい）をメインとし、その脇に茶の木を数本植えて、茶畑の真似事をしている。その茶の木の間に、野生の万両が生え、すでに茶の木の丈を越え、今ちょうど花を咲かせている。実と同じように小さな花であるが、白く丸い5枚の花弁が愛らしく、中央に黄色い雄蕊が集まり、その中に雌蕊が収まっている。茶畑を台無しにしているが、野生とはいえ、抜き難く、今日に至ったものであり、花の後には次々と青い実ができていて、秋からの赤くなる季節が楽しみでもある。

　昨日、日本は格差社会になったと記したが、私は、以前、格差社会が国際金融資本から強制された構造改革がもたらしたものと述べたことがある（『弁護士日記すみれ』21 参照）。

　米国は、対日貿易赤字を食い止めるため円安ドル高の是正を図って、1985年のプラザ合意に漕ぎつけたが、その後の円高にあっても日本企業は合理化や海外への工場移転などで高い競争力を維持したため、米国の対日赤字は膨らむ一方であった。その日本企業の競争力の背景に、日本の市場の閉鎖性（非関税障壁）があるとして、米国議会は強力な報復制裁を含めた新貿易法・スーパー301条を通過させ、政府に対し対日強行措置を迫った。そのため、日米貿易不均衡の是正を目的として1989年から1990年までの間、計5次開催された2国間協議である日米構造協議が行われ、1990年6月28日に最終報告が取りまとめられ、その後4回にわたるフォローアップ会合を経て、1993年の「日米包括経済協議」、1994年からの「年次改革要望書」「日米経済調和対話」への流れが形成された。

　そうした中で、1997年独占禁止法が改正されて、持株会社が解禁され、

2015年7月19日（日）

　1998年大規模小売店舗法が廃止されて、大規模小売店舗立地法（2000年施行）が成立し、1999年には労働者派遣法が改正され、さらに2004年には製造業派遣も可能となり、2003年日本郵政公社が成立し、2005年日本道路公団が解散して、分割民営化される。2007年新会社法の中の三角合併制度が施行される等の法改正が実現される。こうした各制度の改正は、貿易摩擦を契機としているが、次第に米国企業が我国でビジネスを営むための環境作りの色合いを濃くしていった。なお、1999年2月1日にもサービサー法が施行されている。

　こうした動きは、米国を中心とするグローバル資本が日本国内で事業を営む上での支障を取り除くためのものであったが、この間に進行した我国の貧困化の事実に照らすと、我国の富裕層が、グローバル資本の圧力を追い風として、自民党政府に対して構造改革の推進を迫り、積極的に自らの所得の拡大を図り、その結果、我国の格差を拡大させたものと考えることもできるように思う。

　その証拠に、プラザ合意前の所得税の最高税率は70％であったが、1987年に60％、1989年に50％、1999年に至っては37％にまで達している。そして、逆累進性があるとも言われる消費税法が1989年4月1日から施行されるに至ったほか、小さな政府が叫ばれ、社会保障関係の予算も逐年削減されていったのである。この時代に、経済のグローバル化の名に隠されて進行していった国民の貧困化は、我国の財界が招き入れたものでもある。

　貧困化率が高くなったことは、我国の収入格差が拡大したことを物語るし、ジニ係数の増加は、一握りの富裕層が所得の独占化を進めたことを物語っている。

　昨日の日本経済新聞の朝刊は、我国でも1億円以上の報酬を得る会社役員が408名に達したと報道している。

　[追記]　所得税と住民税の最高税率を合計した数字は、私が弁護士に転進して5年後の1986年で88％であったのが、1994年には65％、2006年以降は50％となっている。

2015年7月20日（月）

84 天皇の戦争責任

　半夏から2週間以上が経過し、南河内の田に植えられた稲は大分生長し、夏の風にそよいでいる。終戦記念日まで1カ月を切ったので、戦争に関する書籍を読んでおこうと、まずその第1冊目として、井上清著『天皇の戦争責任』（現代評論社1975年）を選んだ。

　はしがきには、東京裁判の裁判長ウィリアム・フラッド・ウェッブの次のような個人的意見が紹介されている。

　「天皇の権威は、天皇が戦争を終結されたとき疑問の余地の無いまでに立証されている。（中略）検察側は天皇を起訴しないことを明らかとした。（中略）私は、天皇が処刑されるべきであったというのではない。これは私の管轄外であり、天皇が裁判を免れたことは、疑いもなくすべての連合国の最善の利益に基づいて決定されたものである。」

　昭和天皇崩御の際に、彼の人格を高く評価したマッカーサーとの信頼関係が訴追を免れさせたと盛んに報道された。しかし、占領政策を円滑に進めるため（半藤一利『マッカーサーと日本占領』（PHP研究所2016年）参照）と、その後東西冷戦が進む中で、日米軍事同盟の成立、強化のために天皇を利用することが、日米両国政府で合意されたからこそ、天皇制度が延命させられたのである。前述の報道は、米国の意図を隠蔽するために作られたアリバイにマスコミが操られた結果である。

　同じように、「昭和天皇は君臨すれど統治せず。慣習として政府又は統帥機関が決定し、裁可を求めた事項を却下することはなかった。したがって、戦争責任はすべて政府又は統帥機関にあり、天皇にはなかった。」という見解も意図的に作られたロジックにすぎない。

　「天皇の責任」は、京都大学人文学研究所教授でもあった著者が、戦争中

の多くの重要な局面での天皇の言動を、膨大な資料と照合して究明し、天皇が実際に唯一絶対の統帥権者であったことを論証したものである。第二次世界大戦前から終戦に至るまでの重要な出来事ごとに調査・整理した結果にもとづいて執筆されている（占領政策に関しては半藤・前掲参照）。

　さて、今日私が触れたいのは、天皇の責任問題ではない。彼が絶対的な権力を持ち得た、言い換えれば、彼を利用できる者が日本の運命を左右させることができた所以である。

　大日本帝国憲法は、第1条に「大日本帝國ハ萬世一系ノ天皇之ヲ統治ス」と定めていたが、その解釈において、東京帝国大学教授で当時貴族院議員でもあった美濃部達吉教授は、「統治権は法人たる国家にあり、天皇はその最高機関として、内閣をはじめとする他の機関からの輔弼を得ながら統治権を行使する。」とする天皇機関説を採り、それまでの我国の通説であった。

　ところが、軍部の台頭とともに国体明徴運動が起こり、思想・学問の自由は圧迫されていき、天皇機関説は国体に反するとして攻撃を受け、美濃部達吉教授は排斥され、「統治権は国家ではなく天皇に属する」とする天皇主権説が我国で許される唯一の考え方になったのである。そして、天皇を利用できる者に権力が集中されたのである。

　自由民主党が2012年4月27日に決定し発表した憲法改正草案は、日本国憲法の第1条に、「日本国の元首であり」という文言を挿入しようとしているが、君主制の国家では皇帝・国王などの君主、共和制の国家では大統領が元首とされることが多く、天皇が元首とされると、行政機関の長、ないし国権の最高機関とする説が生ずる余地を与えることになる。

　米国との癒着により基盤を形成し、岸信介を中心とする戦犯たちの利用により日米軍事同盟を強化してきた自民党が、いよいよ、戦前への回帰を本格化するための憲法改正を企図していることを、私たちは忘れてはならない。

　[追記]　天皇を元首とすることは、現行憲法を露骨に嫌悪する日本会議の悲願でもある（青木理『日本会議の正体』（平凡社新書2016年）参照）。

2015年7月21日（火）

85 不思議な国キューバ

　庭のあちらこちらで、鬼百合が咲いている。花はカサブランカより小さいが、濃い橙色で黒い斑点を見せ、花弁がクルリと反対側に反り返っている姿や、茎の葉の生え際にギッシリとムカゴが付いているところは、元気一杯のイメージを与えてくれて、流石に夏の花だと思う。

　先日キューバと米国の国交回復に触れた（76 参照）。これに関するニュースを見ていて興味深いのは、キューバ人の反応である。マクドナルドのハンバーガーを食べることができるといった類の、米国の文化に直接接触できるという喜びの声はあっても、生活が豊かになることを期待する声や、「民主主義国家」への社会改革を期待する声は見られないことである。

　キューバでは、首都ハバナを中心に1950年代の「古きよきアメ車」がそこら中を走り回っているが、それは1959年のキューバ革命後アメ車が入ってこなくなったためである。キューバ国民の1カ月の平均給与額が20ドル（約2400円）程度なのに、新車でプジョー4008が約2500万円、プジョー508が約2660万円と、欧州での市場価格のほぼ5倍となる高値が付き、中古車の価格もプジョー206が約920万円だそうである。生活の程度はむしろ著しく低い。

　しかし、キューバが統計上、日本をも上回る世界トップの識字率を誇り、平均寿命も80歳近くという途上国らしからぬ長寿国であり、医療、教育費の無料化は1959年のキューバ革命以来、革命政権の目玉政策として、今日まで脈々と引き継がれていることを忘れてはならない。

　米国では、現在およそ5000万人近くが無保険者である。総人口がおよそ3億人であるから、約16％、6人に1人が無保険ということになる。しかも、低所得者用の公的医療保険制度の下で受けられる医療には制限があるので、医療の無料化が実現されているキューバの方が医療事情では進んでいること

2015年7月21日（火）

になる。現在の両国の平均寿命はほぼ拮抗しているが、今後、差が開いていく可能性すら否定できないのである。

　また、インターネット上の Murray Hill Journal の報告によれば、米国の学費ローンの総額はすでに1兆ドルを超えていて、米国のクレジットカードでの借入残高よりも大きい。公立大学で学士号を得て卒業した学部生の56％が卒業時に平均2万2000ドルの借金を、私立大学卒業生の場合は65％の学部生が平均2万8000ドルの借金を抱えているという。2009年度の学費ローンのデフォルト率は全米で8.8％に増加したとされるが、不況で卒業しても職が見つからない学生もいて、学生の実に4分の1から3分の1が卒業後の最初の支払いをミスっているとも言われている。

　米国では、かつて、学費ローンも破産免責の対象となっていたが、連邦破産法改正により非免責債権とされた経緯があり、それによって、学費ローン産業が今日の隆盛を招くに至ったことは、いかにもロビイスト活動の盛んな米国らしい出来事である。

　キューバでは、高等教育も含めて教育の無料化が徹底しており、したがって、大学はすべての若者に門戸が開かれているのである。

　中谷巌の『資本主義はなぜ自壊したのか』（集英社2008年）には、「こうしてキューバやブータンの人々の生活ぶりに直接触れたことで、私はマーケット・メカニズムに任せておけば世の中は良くなるという単純な改革思想には大きな疑問を抱くようになった。」、「資本主義は人類に富と繁栄を用意したかもしれない。しかし、そうした資本主義の進歩は、同時に人間同士のつながりや文化伝統、さらには私たちの生存そのものを支える自然環境をも破壊しつつある。」と記されている。

[追記]　2016年7月現在、キューバへの欧米からの観光客こそ増加しているが、米国資本の流入、経済の一体化等はほとんど進んでおらず、キューバ国民はあくまでも冷静のように見える。

　2017年6月16日、トランプ米大統領は、キューバ制裁の強化を発表したが、やはり、キューバ国民に動揺は見られない。

2015年7月22日（水）

86 東芝の不正会計問題

　本日は永島杯ゴルフコンペが天野山カントリー・クラブで開催されるので、午前7時15分の集合時刻に間に合うように自宅を出る。社会福祉法人河内長野事業財団の旧理事長であられた観心寺の永島龍弘御住職と、同財団の新旧の理事、関係者によるコンペである。晴れとの天気予報が外れた大雨の一日であり、午前中のハーフは57と不本意な成績であったが、午後のハーフは48とまずまずの成績であったと思う。

　さて、本日の朝刊は、「東芝では、21日、組織的に利益を水増ししていた不正会計問題の責任をとり田中久雄社長、佐々木則夫副会長、西田厚聰相談役の歴代3社長が同日付で辞任したと発表した。辞任したのは、取締役8人と相談役の計9人に達し、東芝の不正会計問題は、取締役16人の半数が引責辞任するという異例の事態に発展した。室町正志会長が9月に開く臨時株主総会まで暫定的に社長を務める見通しで、新たな経営陣は8月中旬に公表する方針だ。」と報じている。

　利益の水増しを指摘した第三者委員会の調査報告書は、東芝では「チャレンジと呼ばれる過剰な業績改善要求が、経営トップから事業部門に繰り返され、事業部門が利益の水増しに至った。」と認定しているが、不正会計の背景には東芝社内の派閥抗争があるとの指摘も社内では上がっていた。

　利益の水増しが組織的に行われていた背景には「上司に逆らえない企業風土」があるとも指摘されていた。

　東芝は、1875年、東京銀座に田中久重が創設した電信機工場「田中製造所」が前身である。日本初の白熱電球や電気扇風機など家電を開発する一方、発電機などの重電や半導体も手掛ける総合電機会社。2006年には米原子力プラント大手「ウェスチングハウス」を買収し、子会社化した。子会社、

関連会社は約800社、グループ従業員は約20万人に上る。
　ところで、東芝は、1948年大労働争議のため労使が激突し倒産の危機に陥り、当時の社長の懇請により翌年社長となったのが石坂泰三であり、レッド・パージを強行して6000人を人員整理し、東芝再建に成功する。そして、1956年に石川一郎経済団体連合会会長辞任を受けて、後任の経団連会長に就任する。
　石坂泰三は、1956年には日本商工会議所会頭の藤山愛一郎とともに、鳩山一郎首相に対して退陣を求める等政治にも関与し、1960年の60年安保闘争では、安保改定阻止国民会議を中心とする反対運動の盛り上がりによって、アイゼンハワー米国大統領の訪日が中止されるという緊迫した状況を受けて、時局に対する危機感から、経団連など経済四団体で声明を発している。日本社会党の浅沼稲次郎委員長が殺害されたのは、まさにそのような時期であった。
　1959年に東芝の社長を引き継いだ土光敏夫もまた、自社の労働運動への締め付けを強め、1969年には、日本共産党党員および同調者を排除するための非公然組織「扇会」を社内に作っている。労働組合にも、その骨抜きを図るために、扇会の会員が送り込まれ、電機連合委員長、連合副会長を歴任した鈴木勝利も、扇会の会員であったと言われている。
　中央労働委員会は、2004年11月4日付で、労働組合活動による差別の是正を求める不当労働行為救済申立事件について、「特定の思想を持つ従業員の組合活動を労務管理上格別に注視し、東芝扇会を活用のうえ、これら従業員を『問題者』として排除していく中で、Ｘらの資格等について不利益な取扱いをしたことによるものであると認められる。かかる不利益取扱いおよびこのことに伴う組合に対する支配介入の行為は、不当労働行為に該当するものと解するのが相当である。したがって、これを労働組合法第7条第1号及び第3号の不当労働行為であるとした初審判断は相当である。」との命令を出している。
　近年では、社員の自殺や過労死等が労災と認定される事例が頻発してい

た。いわば東芝では、今日まで会社と扇会とが不当労働行為を繰り返し、労働者には過重労働を強いてきたのである。

最近、上場会社の内部統制がやかましく言われているが、案外、無能な社長以下の役員が、会社発展のための長期計画を策定し、実現していく能力のないままに、自ら掌握する権力を無駄に振り回しているケースが多い。そして、内部からの批判が封じられている場合には、内部統制制度が機能することなく、当該企業は瞬く間に劣化してしまう。東芝もその典型である。

［追記］　東芝は、2016年4月26日、連結最終損益が4700億円の赤字であると発表していた。2月に発表した7100億円の赤字予測と比較すると経営が改善されたように見えるが、東芝メディカルシステムズをキャノンに売却して得た5900億円の特別利益があったためであり、米原子力子会社ウェスチングハウスのノレンの減損処理等で実質的な赤字は拡大している。

東芝の粉飾決算は昨年発覚し、年内に新日本監査法人に対して21億円の課徴金も課されているのに、東芝内部ではいまだに適切な会計処理がなされていなかったことは、経営者の無能と、それを許す社内文化の異常性を物語っている。そもそもウェスチングハウスの買収には問題があり、担当部署の従業員は、早い段階で減損処理必至と見ていたが、経営陣がそれを許さなかったと言われている。

それにも増して疑問なのは、現経営陣は、東芝を何によって再建する心算なのであろうか。白物家電の統合先はシャープが鴻海傘下に入ったことで白紙に戻ったし、我国で新しく原子力発電所が建設される見通しは立たず、収益事業であり、将来発展が期待されていた医療部門は売却してしまった。

2017年3月期の正式な連結決算は、同年8月10日に、監査法人からの「限定付き適正」意見の下に発表されたが、連結最終損益は9656億円の赤字であり、5529億円の債務超過となった。

87 家裁に後見事件処理の能力があるのか

　朝のベッドの中でヒグラシの鳴き声が聞こえた。孵化する蝉の種類も増えている。
　ところで、民法は、意思能力のない者がした意思表示は無効とするが、法律行為ごとに有効・無効を判断する煩雑さの回避のために、かつて、禁治産宣告の制度を置いていた。しかし、これは明治時代の制度であり、家制度の廃止された日本国憲法下の民法に合致しない等と批判されてきた。
　そこで、介護保険法の制定準備の一環として、意思能力がない者との介護契約締結を可能とする必要もあったので、1999年の第145回通常国会に成年後見関連4法案が提出され、同年12月に第146回通常国会において成立し、2000年4月1日、介護保険法と同時に施行されることになった。
　ところが、法定後見の後見人や任意後見の場合の後見監督人の選任にあたる家庭裁判所の監督能力について、最近私は疑問を感じている。その一例として、次のような事件がある。
　私は、先輩から紹介されて若い頃によく通った新地のスナックのママが急に老け込んだとのことで、その弟から相談を受けた。会ってみると、意思能力はあると判断できたが、営業の継続は早晩難しくなるかもしれないと考え、本人とも協議の上、店を閉め、家主その他の取引先との関係も整理した。そして、老後の生活設計を相談する中で、ママは、「自分の親族は弟とその娘だけであるが、弟は貯えもないので、今後、自分のマンションで一緒に住むことにするが、自分が耄碌(もうろく)することがあれば、定額の生活費を渡してあげて欲しい。」と言い出した。
　そこで、将来施設介護を受けるようになれば、月額13万円宛扶養料を支払うという定期金給付契約書を作成し、双方に調印してもらった。そして、マ

87 家裁に後見事件処理の能力があるのか

マが意思能力を喪失したときのために任意後見契約を締結することになったが、私は脳梗塞から生還して間がなかったので、必要な時期まで生きられる自信がなく、知人の若手弁護士に後見人をお願いし、私はそれまでの事務の委任を受けることにした。

ところが、いよいよ後見開始のために後見監督人の選任を申し立ててもらったところ、家庭裁判所は扶養料の支払いを停止せよという。後見開始までの代理人を引き受けていた私は、後見業務を円滑に開始してもらうために、一時支払いを留保したが、弟さんに「後見開始後には、後見人に対して、扶養料支払いを求めて提訴しなさい」とアドバイスした。

弟は、私のアドバイスどおりに提訴したが、受訴裁判所は、私の証人尋問もせずに、「①私が事後扶養料支払いをしないことを通知し、②かつ、その通知で義務は消滅した。」との判断を示して、請求を棄却した。①は事実に反している。

家庭裁判所が選任した後見監督人が、事実の確認もせずに、裁判所の意向にしたがって、扶養料の停止をさせたことを正当化するために、勝手な作文をし、受訴裁判所がこれに追随したのである。

さて、家庭裁判所の裁判官の言い分は、月額13万円宛支出していくと、本人が85歳になる頃には、被後見人の財産が枯渇してしまうということにある。

しかし、自分の財産が途中で枯渇しようがすまいが、前後関係を十分に理解して、家族のために自己の財産を使うことを決めた本人の意思に優先すべき利益は一体どこにあるのか（89 参照）。裁判所の決定する後見人と後見監督人の報酬を減額することによっても事態は改善されるのに。

[追記]　平成28年11月18日本件の控訴審である大阪高裁は、原審の事実認定の誤りを正し、原判決を破棄し、原告の請求一部認容の判決を下した。

2015年7月24日（金）

88 観心寺七郷

　今朝もドライブの際に、金剛山の登山道入り口付近にある豆腐屋で買い物をすることにし、住宅地を出て河合寺付近で国道310号線に入り、石見川沿いに、五条方面に向かって走る。途中、小深のマス釣場付近の三叉路を左折して、金剛山の登山道入り口に向かう。絹ごしと木綿の各豆腐を買い求めたが、この週末に味わう予定である。

　ところで、河合寺を過ぎて、葛の口に至ると、やがて中世の観心寺の寺辺領に入る。旧領地は、石見川から少し外れる鬼住村（現在の神ガ丘）、さらに外れる上岩瀬と下岩瀬のほかは、石見川沿いにあり、門前の寺元、鳩原、太井、小深、石見川と並んでいる。

　836年に官符により寺領15町が与えられ、874年に荘園が施入されたことが機縁となり、鎌倉時代に観心寺七郷（門前である寺元以外をそのように総称する）が成立した。

　石見川沿いの田畑を掘ると、各時代の遺物が出土し、11世紀から14世紀頃の瓦器や土師器、14世紀頃の青磁、備前や常滑等の国産陶器、14世紀から15世紀頃の瓦質土器等が出土し、経済的には先進地帯であったことを物語っている。

　ところで、それらの遺物は建物跡等の生活の痕跡と一緒に、田畑の下から出てくるのであるが、なぜ、生活の遺跡が田畑の下に埋没するのであろうか。それは、中世においては、子は元服すると親元を離れ、新しい所帯を持つと自らの住まいを他の場所に求めるので、親が死ぬと住む者がいなくなり、荒れ果てて、やがて地の底に沈むのだそうである。その場所にもいつか新しい所帯を持とうとする者が現れ、田畑を開墾するのだそうである。

　ところが、江戸時代になると、小深の山本家住宅（『弁護士日記すみれ』

[101] 参照）のように、今日に姿を残す住宅が建築されるようになる。百姓が土地に縛られ、親の住居に子が居住するようになったためである。日本の社会と文化は、このときに一大転換期を迎えたことになる。

延宝1（1673）年に分地制限令が出され、名主、農民に対して20石または10石あるいは1町歩以下の農地を分割相続することを禁止したが、それは、農地の零細化による貢租収入の減少を防ぐことを目的とするものであった。そして、惣領は親の耕した農地に縛り付けられた。村は、惣百姓を近隣ごとに五戸前後を一組とする五人組に組織され、各組に組頭などと呼ばれる代表者が定められて名主や庄屋の統率下に置かれた。連帯責任、相互監察、相互扶助の単位であり、領主はこの組織を利用して治安維持、村（町）の中の争議の解決、年貢の確保、法令の伝達周知の徹底を図っている。

五人組帳という帳簿が作成されたが、それは、逃散等を防止するためのものでもあった。

また、江戸幕府は寺請制度を確立させ、民衆がどのような宗教宗派を信仰しているかを定期的に調査する宗門改を実施し、宗門改帳を作成したが、改帳には家族単位の氏名と年齢、檀徒として属する寺院名などが記載されており、事実上の戸籍として機能し、土地を離れる際には寺請証文を起こし、移転先で新たな改帳へ記載することとされた。こうした手続をせずに移動（逃散や逃亡など）をすると、改帳の記載から漏れて帳外れ（無宿）扱いになり、居住の制約を受けるなどの不利益を被ることになる。そして、これらの人間は非人と呼ばれた。

日本の社会は、上下関係の厳しい秩序を保ち、しきたりを墨守し、よそ者は受け入れようとしない排他的なムラ社会だと言われるが、江戸幕府によって土地に縛り付けられた民衆が、閉鎖的な社会の中のストレスを最小限にするための知恵が村八分であったのかも知れない。

こうして島国根性が形成されていったのである。

89 成年後見制度における家裁の限界

妻が朝のドライブ時に犬ビワの青い実を見つけた。そこで、いろいろな果物を調べてみると、何と河内長野の民家の庭や、畑などに植えられた柿の木や栗の木が、いまだ青いものの十分存在を人に感じさせるだけの大きさに育っている。

成年後見制度については、家庭裁判所が監督機能を担っている。

しかし、後見人に選任された者による横領等を理由に国家賠償責任を追及される事例が相次いでいて、家庭裁判所は、不祥事の防止に躍起になっている。

そのため、家裁の裁判官は、自ら信頼する特定の弁護士や司法書士を後見人に選任することで、家裁の意向を後見人の職務に反映させる一方、後見人に対する親族からの批判等は家裁がブロックしようとする弊害がある。

しかし、ある事件で、私は、後見人の業務報告書の内容に関する疑義について、上申書を提出したことがある。その事件は、当年度の業務報告書には、前年度のそれの財産目録に計上されていた定期預金が欠落していたので、単なる計上漏れか、資産形態が変化したのか、あるいは特定の目的で預金払戻金が支出されたのか確認したかったのである。それを私に指摘した依頼者は兎も角、私自身には必ずしも後見人に違法行為があったとして、直ちに糾弾する意図はなかったのである。

しかし、経済に疎い家裁の裁判官等は、不都合な情報は無視するばかりで、後見事務状況報告書の謄写申請すら拒否されてしまった。裁判所か後見人が、上記の点を釈明すれば簡単に当事者からの疑惑を晴らせる問題に過ぎなかったのに。

こうしたことの繰り返しが、不祥事の温床となっていると私は確信する。

また、家裁は、不祥事からの財産の保全を優先しようとする余り、後見開始前に被後見人を中心に営まれていた円満な家庭生活の継続をあまりにも軽視する弊害も、現れるに至っている。
　成年後見制度の利用者は年々増加しているとされてきたし、国も任意後見制度の積極活用を推奨しているが、実は、後見開始に限ると、平成24年度をピークに開始件数が逐年減少している。家裁には、被後見人が後見開始以前に自己決定した事柄を尊重する考えが皆無のためでもある。
[追記]　その後の産経新聞の情報によると、成年後見制度に詳しい国学院大学の佐藤彰一教授（権利擁護）は「家裁には、財産管理という視点しかない。『お金を使わせない』ことが前提で、たとえ本人がお金を使いたいと思っても、その意思は尊重されていない。」と指摘しているようである。
　2016年5月には、成年後見制度利用促進法が施行された。同法の付帯決議でも「本人の自己決定権が最大限尊重されるよう現状の問題点の把握に努め」とされている。
　しかし、佐藤教授は「財産管理を厳格化する余り、本人の思いがないがしろにされては意味がない。」「本人の意思を尊重しようと思えば、家族や介護施設の職員など関係者を集めて、『本人だったらどういう判断をするだろうか』ということを基礎に考えなくてはならない。だが、手間暇がかかる作業であり、今の裁判所にはそのノウハウも、時間をとる余裕もない。」と話す。
　もっとも、昭和56年から8年間任官していた私の経験に照らせば、現在の家庭裁判所に時間的余裕がないとは思えない。簿記等も任官前に学ぶ機会があるはずである。
　私たちの時代には、家裁調査官や書記官からの事件処理についてのアドバイスを参考にしたが、今の家裁には、若くて社会的に未熟であるにもかかわらず、天上天下唯我独尊の姿勢を採ろうとする裁判官が多いように思えるのである。

2015年7月26日（日）

90　藤岡一郎先生

　暑さのためか、愛犬レモンの食欲が減り、それに伴い排便の回数も減っているが、今朝は、久しぶりに烏帽子形公園に立ち寄り、レモンを散歩させた。母は、散歩を嫌い、その間、妻と一緒に車の中で待っている。昭和元年生まれの89歳なので、好きなようにしてもらえば良いと考えている。烏帽子形公園でも、ようやくピンクと白のムクゲが花開いた。赤の花は、一叢のムクゲに1個だけ咲いていた。河内一帯では1カ月ほど前から見かけるのに、今年の烏帽子形公園の開花は随分遅い。

　ところで、京都産業大学の法学部と法務研究科では、研究論文集として「産大法学」を発刊している。今月末が原稿締切日となっていたのは、藤岡一郎先生の退官記念号（49巻第1・2号）である。

　京都産業大学は、法科大学院発足当時、新入生の半分以上は社会人等、法学部で法律を学んだ人以外、すなわち未修生から選びなさいという制度に忠実な学校としてスタートしたが、司法試験そのものが既修生でなければ合格できないようなものであったために、多くの学校がなりふり構わず、早くから、自校の法学部生のうちの優秀な人たちの囲い込みを始めた。

　私たち実務家教員は、これに対して危機感を抱いて、試験対策の必要性を主張したが、当時の学者教員を説得しきれずに、ビジネス・モデルを変更しないままに運営を続けたこともあって、合格率が低迷するようになった。

　そうした折に、藤岡一郎先生は、京都産業大学法務研究科の学科長として、また、その後、大学の学長として、法務研究科の存続のために学内を説得し、温かい目で見守ってくださった。しかし、昨年、先生が学長を去られた後、法務研究科をめぐる空気は一変し、本年4月、来年からの募集停止を余儀なくされるに至った。

おそらく、近く創立50周年を迎える学校が、記念事業を推進していくためにも、法務研究科潰しに狂奔している監督官庁である文科省に逆らうことができないために、そのような運びになったものと推測するが、それだけに、先生のこれまでの御苦労が偲ばれる。
　そこで先生に対する感謝の気持を込めて、私も寄稿することとし、これまで寸暇を惜しんで書き進めていた論文を整理して投稿することにした。
　タイトルは、「私的整理の研究 Part2」であり、法人の清算人の破産申立義務の範囲を絞り込むことを目的とする研究である。
　我国の一般社団法人および一般財団法人に関する法律や会社法は、それらの法人や株式会社が債務超過の場合には、清算人に対して破産申立義務を課しているが、現実には、申し立てられることは稀である。しかし、そのような義務が法定されている結果として、債務超過会社の事業が破たんした場合には、相談を受けた弁護士は、破産手続開始の申立てを勧め、自ら清算人の代理人として、私的整理の手法で会社を清算することは敬遠しがちである。
　そのため、破産手続を敬遠する多くの事業家は、弁護士の支援を受けることなく廃業に向けての作業を行うことになるので、ここにも弁護士との接近障害がある。
　そこで、清算人に破産申立義務を課している法条について、立法の経緯や、会社法や破産法等の改正の経緯や実務の動向等の各方面から検討し、清算人の破産申立義務が免除される場合があることを論証し、そのための要件を探った研究である。
　この論文が、私的整理の手法による清算業務を多くの弁護士が遂行し、弁護士との接近障害の一つが解消されるようになるきっかけとなれば嬉しいのだが。
　[追記]　2017年の加計学園の獣医学部新設問題の発覚を通じて、京都産業大学が、2015年当時獣医学部の新設を考えていたことが、明らかになっている。

91 遺言書作成の依頼者

　我が家の庭でも、早朝から蝉しぐれが本格的な夏の訪れを告げている。ふと、庭木に蝉の抜け殻があるのではと思い立って、探してみたところ、7個見つけることができた。早速インターネットで抜け殻の種類の見分け方を調べてみたが、必ずしもわかりやすいものではなかった。取りあえずはミンミンゼミということにしておいて、これから拾った抜け殻を保存し、季節の移ろいと、抜け殻の変化を追いながら、分類の勉強をしてみようと思う。

　本日は、公正証書遺言の作成に立ち会った。これまで、たくさんの遺言の作成に関与してきたが、中には、想い出に残るものもある。ある事業家の方は、配偶者に先立たれ、子どもにも恵まれなかったために、遺産の一部を親族に遺贈し、また、住居については自分の兄弟に相続させるほかは、かねて関係してこられた社会貢献事業に対して今後数十年継続できるだけの資産を寄付するほか、出身地の学生のための奨学金を地方公共団体に寄付する等、公共のためにすっかり使い果たす内容の遺言書の作成を依頼された。

　また、先祖代々の素封家の当主が、自分が相続した財産を、自分の死後、長男に引き継ぐべき財産と、それ以外の子らに相続させる財産とに分けたが、その際、当然全部相続できると信じている長男と、生活のためにある程度は自分ももらえると思っているそれ以外の子との間で紛争が起こらないようにと、悩みぬかれた末に、祈るようなお気持で、遺言書を残された方もおられる。

　一代で事業を築き資産を作ったものの、事業会社の代表権を譲ったばかりに、長男にないがしろにされつつ、それでも長男やそれ以外の子どもらの将来を案じる余り、悩みに悩みながらいまだに遺言書の作成には至れない方もおられる。

91 遺言書作成の依頼者

　日本は均分相続の国であるが、案外と資産家や事業家の長男は、多くの財産を自分が承継するものと思っていることが多い。家の財産を承継し、維持していくことに責任を感じるとともに、いつしか、自分の物であるという観念をも形成してしまいがちである。その結果、長男以外の子どもも同じように可愛い父や母は、その生活も成り立って欲しいと願いつつも、承継者の意思も尊重してやりたいと迷うことが多いのである。

　また、子どものいない夫婦が、それぞれ遺産をすべて配偶者に相続させる内容の遺言を作成していた場合、先に夫が死亡すると、その遺産は将来妻の兄弟やその子らに相続されてしまうが、妻が先に死亡すると、それにより相続した財産も含めて、その遺産は将来夫の兄弟やその子らに相続されることになるというようなわけで、夫婦の財産が夫方に行ったり、妻方に行ったりすることが、全く偶然に左右されることになるので、夫婦が相談の上で、財産をそれぞれの兄弟に分配するような形で遺言書を作成することがある。

　あるいは、兄弟やその子は、遺言者自身の妻子とは異なり、遺言書で他の者に全財産を与えても、法定相続人として遺産の一部を取り返す遺留分と呼ばれる権利を持っていないので、夫婦を一番大事にしてくれた甥または姪に全財産を分与することを内容とする遺言書を作成することもある。

　遺言の作成を依頼される方の中には、その時々で全財産を相続させる相手を変えられる方もおられる。複数の遺言書がある場合は最後の遺言書だけが有効である。その時々に自分が恃みとする人の歓心を買っているのであろう。

　人生模様はさまざまであるが、私は、遺言の作成を依頼された場合には、ひとまず、その方の希望に沿うことにしている。その方の人生の一里塚であり、他人が干渉できる問題ではないからである。

　そして遺言執行時に、法定相続人間に争いが生じたときは、遺言者の意思を尊重しつつも、遺言によって生まれた関係者の間の利害対立の調整にも意を尽くし、円満な解決を期することにしている。

92 朝鮮出身の特攻隊員たち

　ここのところ、暑い日が続いている。今朝の河内長野の気温も28度程度であり、日中は35度前後に達する模様。全国的には、関東、東北の最高気温は関西地方より2度ほど高いようである。猛暑日の中、私の家族とコスモス法律事務所の仲間はつつがなく過ごしている。幸いなるかな。

　鮎川信夫の遺稿集である『最後のコラム』（文芸春秋1987年）は、面白い時事評論集であるが、その中に、「朝鮮出身の特攻隊員たち」という1965年に執筆された文章が収められている。飯尾憲士のノン・フィクション小説『開聞岳』（集英社1989年）をもとに記述されたものである。

　朝鮮出身特攻戦没者は概数で15、6名に上る。

　植民地支配の屈辱を受け、勤め先から帰宅途中の青年や、田で働いている者が、憲兵の腕章を巻いた男から呼ばれ、停めてあるトラックの荷台に押しあげられて、家族に知らせることもできず、釜山港から日本内地に続々と連行され、あるいは、創氏改名を強要される中で、特攻隊を志願した者がいたが、彼らが一体、どのような気持で特攻隊を志願したのか、ということに鮎川は関心を寄せている。

　崔貞根（日本名・高山昇）は、「俺は、天皇陛下のために死ぬようなことはできぬ。」と言いながら、昭和20年4月2日に沖縄周辺の洋上にいた敵艦に特攻攻撃を仕掛け、散華している。

　朴東薫（日本名・大川正明）は、「俺は、朝鮮人の肝っ玉をみせてやる。」と言い残し、金尚弼（日本名・結城尚弼）は、「自分は、朝鮮を代表している。逃げたりしたら祖国が嘲われる。」と答えて、死地に赴いている。

　特攻機が敵艦に当たる確率は6％以内（特攻開始時の命中率は至近命中を含み27.3％とする報告もある）、彼らをそのような無謀な賭けに追い込んだ挙句、

戦没後も、本名ではなく日本名のままで靖国神社に祀ることにより、死者を辱めていることに対し、韓国人の父親と日本人の母親とを持つ飯尾憲士は、彼らのすべてを代弁して、「特攻を命ずることが外道であるだけではなく、日本帝国そのものが外道の精神の所有国であったのです。」とまで言っている。

1944年6月のマリアナ沖海戦の敗北により、制海権、制空権を完全に失った日本軍は、最早、戦機を挽回することは不可能であったが、敗戦に至る1年間、あたら大勢の命を、ただひたすら消耗させるだけの愚劣な戦争を継続することになる。特攻攻撃決断の最終責任者は、大西瀧治郎（1891年6月2日～1945年8月16日）であるが、日本軍幹部の多くが生き残っており、あまつさえ自衛隊の中で昇進を遂げている者もいる中で、大西自身が終戦時に割腹自決を遂げていることは、多くの特攻戦没者の遺族にとり、せめてもの心の救いであろう。

ともあれ、特攻攻撃は、米国の経済力の前では、次第に色あせたものになっていく。

米軍は、まず最初に、特攻機が出撃する飛行場を連続的に攻撃して滑走路を使用できない状態にし、次いで、米空母の艦載機についても、急降下爆撃機や雷撃機などを減らす代わり、戦闘機の数を増強させる等の機動部隊の編成の変更により、対空砲火と空中哨戒機を集中するようにしている。また、多数の科学者や大学教授を動員して、艦隊の回避運動を研究し、さらには、特攻機が一定の距離に接近すれば勝手に爆発するVT信管まで開発して装備させた。その結果、特攻機の命中率が極端に減少したのである。

第二次世界大戦が経済力も含めた総合力の戦争であったことの象徴が原子爆弾でもあるが、最後まで、竹槍で国土を守ろうと呼びかけるような幼稚な精神論や神がかり的考えで対抗しようとした日本軍の愚劣さがもたらした不幸を、最近の日本人が忘れつつあることに私は危惧を覚える。

93 宇宙探査機ニュー・ホライズンズと冥王星

2015年7月29日（水・朝）

「ヒグラシが鳴いている」という妻の声で目覚めた。夢か現か、「カナカナ」という鳴き声が耳に残っている気がしたが、ベッドから立ち上がると、もう、聞かれなくなった。庭に出てみると、「ジリジリ」というアブラゼミの声に、「シャッシャッ」というクマゼミの声も交じっている。朝の一時、賑やかな蝉しぐれを楽しむことができた。

ところで、アメリカ航空宇宙局（NASA）は18日に、2006年に打ち上げた宇宙探査機ニュー・ホライズンズが送ってきた、人類初の人工衛星にちなんで「スプートニク平原」と名付けられた冥王星の平原の画像を公開した。打ち上げ費用は、ミッション全体の人件費まで含めて約800億円である。発射後9時間で地球から約38万キロの月軌道を通過し、13カ月後に木星をスイングバイした。原子力電池と1930年の冥王星発見者の遺灰等が搭載されている。冥王星軌道の通過後はエッジワース・カイパーベルト内の別の他の天体の探査が計画されている。

冥王星は海王星軌道の外側で発見され、長い間太陽系の9番目の惑星とされてきた。その発見は海王星の発見の話につながる。

1840年代、ユルバン・ルヴェリエとジョン・クーチ・アダムズが、天王星の軌道における摂動の分析から、当時未発見の惑星だった海王星の位置を正確に予測し、ヨハン・ゴットフリート・ガレが海王星を1846年9月23日に発見した。ところが、海王星の観測から、海王星の軌道もまた他の未発見の惑星によって乱されていると推測されるに至り、1930年2月18日ついに、クライド・トンボーによって冥王星が発見された。しかし、離心率や軌道傾斜角が大きいこと等から、冥王星は、他の8つの惑星と性質が違っており、当初から「変わった惑星」だと考えられていたほか、地球よりはるかに小さい天

体であることも判明した。その結果、1992年以降、冥王星を公式に惑星と呼ぶべきかどうかをめぐり常にさまざまな議論や論争がなされてきた。1990年代後半以降同様の天体がさらに次々と発見され、太陽系外縁天体ではないかという意見が有力になり、冥王星を惑星とみなすことに疑問を抱く声が高まっていった。望遠鏡の技術が進歩し続けたことにより、21世紀にはさらに多くの太陽系外縁天体が発見できるようになり、2005年7月29日には、後にエリスと命名された外縁天体の発見も公表され、この天体は冥王星よりやや大きいと推測された。

冥王星を惑星とした根拠の一つに巨大な衛星カロンを有することがあったが、外縁天体が衛星を持っていることも判明した。そして、2006年8月14日からチェコのプラハで開かれた国際天文学連合（IAU）総会で、8月24日に採択された議決において「惑星」、「準惑星」、「太陽系小天体」の三つのカテゴリーが定義されることになり、冥王星は、軌道上の他の天体を排除していることという惑星の条件を満たさない、準惑星であるとされるに至った。

当時、ニュー・ホライズンズの主任研究官アラン・スターンは、公然とIAUの決議を嘲笑したが、冥王星の価値が下がった（ようなイメージが広まる）ことによる冥王星探査計画への予算面での影響を恐れたからだと考えられている。NASAの今回の冥王星の探査計画が最初に発表されたのは2001年、探査機ニュー・ホライズンズが発射されたのは、2006年1月19日のことであった。

2015年7月14日、NASAは探査機による測定で、冥王星の直径を2370キロ、衛星カロンの直径を1208キロと発表している。

[追記]　2017年7月14日、ニュー・ホライズンズは冥王星に約1万3700キロまで近づいてスイングバイした。最接近時に7台の観測機器によって得られた情報の送信が完了するのは2018年の予定とのことである。

94 ランプ亭からぎやまん亭に

　夕方、M先生が事務所に来られることになっていた。事業再編実務研究会の有力メンバーであり、いったん終了した研究会の再開の相談のためである。しかし、今日お会いする目的はもう一つあった。昔、裁判所の近くにあり、4年ほど前に突然閉店されたカレー屋の「ランプ亭」の店主御夫妻が、森ノ宮で「ぎやまん亭」を営んでおられることを教えてくれて、今日御案内いただくことになっていたのである。「ランプ亭」のカレーライスは、普通のものと、ジャガイモ追加のものと、ビーフ追加のものとがあるだけで、ほかには、野菜サラダが一品、ただし好みのドレッシングで提供してくれるという店であった。カレーの辛さは、他の素材とマッチしながらも、それなりの強さをもっていて、1カ月に一度程度は食べに行きたくなる店であった。

　御一緒しての感想。御自宅の一階を店に改造して、居酒屋を営まれ、締めにカレーうどんを提供していた。カレーの味は昔のものと似ているが、少し異なる。伺うと、以前は御主人が作っていたが、今は、奥様が作っており、カレーの中に、ある特別な材料を加えて、コクと甘さとまろやかさを加えているとのこと。以前のスッキリとした辛さはライスとよく合っていたが、このたびのカレーは確かにうどんとよく合っていた。出し汁と合わせる一般的なうどん屋のカレーとは似て非なる一品であり、癖になりそうである。

　ところで、私たちが、共産主義国家の幻想から目が覚めた後に残されていた経済制度は資本主義のみであったが、中谷巌が『資本主義はなぜ自壊したのか』（集英社インターナショナル2008年）が紹介するところによると、ウィーン生まれのポランニーが第二次大戦中に執筆した「大転換」では、「資本主義とは個人を孤立化させ、社会を分断させる悪魔の碾き臼である」ことが強調されているそうである。近代以前に行われていた交易は、異なる経済圏

が接する周縁部であり、一つの経済圏の内部では交易のための貨幣は必要ではなかった。ところが、近代になって登場した市場経済は、資本主義の形を採るが、その発展の中で、本来交易の対象としてはならない三つのものに価格を付け、取引を行うようになった結果として、社会の仕組みを歪ませ、最終的には人間性をも破壊してしまうというのである。

それは、労働と、土地（ないしは環境）と、貨幣（株などの疑似貨幣を含む）であるが、売れても再生産可能なもの（生産物や製造物）以外は、本来商品とはなり得ないという。

労働は、賃金を得ることによって、生活し、レジャーを楽しみ、英気を養うことで、再生産されると説かれることがあるが、賃金労働者になるために、今まで属した社会から切り離されることによって、経済生活が破たんした場合のセーフティネットを自ら放棄させられている。

土地も、私有化によって、大資本によって買い占められる。零細地主が土地を失ったのは、18世紀以降のイギリスのエンクルージャーだけのことではない。ここでも人々は、自己の所属した社会と切り離されて孤立化するが、さらに、その土地で営まれる事業が公害を引き起こすことによって、人々の健康も侵されるに至る。

貨幣も本来は、交換手段として、高い信用力を補完する仕組みが必要であるが、各国の管理通貨制度の下では、そのような制度は存在しなくなり、また、貨幣自身がマネーゲームの目的となり、リーマンショックのような金融恐慌まで引き起こすに至っている。恐慌時には多くの人々がたちまちにその資産を失ってしまう。

そして、今日では経済のグローバル化の名の下に、資本の集結を極限まで進めた多国籍企業等が、自ら活動しやすい経済環境を世界中に作り出し、労働と土地とを収奪し、貨幣を蓄積していっている。

資本主義は、単なる経済システムであって、それを制御するには、倫理、宗教等に支えられた政治思想が不可欠と考えるべきである。

2015年7月31日（金）

95 厚木基地騒音被害の高裁判決

　昨日、神奈川県にある厚木基地の周辺の住民が騒音の被害を訴えた裁判で、東京高等裁判所は、夜から早朝にかけての自衛隊機の飛行の来年末までの差し止めと、将来の被害の分も含めて94億円の賠償とを国に命じる判決を言い渡した。

　神奈川県にある厚木基地の周辺の住民6900人余りが、米海軍と海上自衛隊の飛行による激しい騒音で健康に被害を受けているとして、国を訴え、1審は、2014年5月21日、夜から早朝にかけてやむを得ない場合を除き、自衛隊機の飛行差し止めを命じるとともに、およそ70億円の賠償を国に命じていた。

　東京高等裁判所の齋藤隆裁判長は「騒音による睡眠妨害は相当深刻で、金銭では回復できない。国の平和と独立を守る自衛隊の任務は重要だが、住民の被害の方が大きい」と指摘した。その上で、将来の見通しに触れ、「厚木基地に駐留するアメリカ海軍の航空団が山口県の岩国基地に移転するまでの間、こうした騒音は続く」と判断し、来年末までの間、午後10時から午前6時まで、防衛大臣がやむを得ないと認める場合を除いて、自衛隊機の飛行差し止めを命じた。さらに、やむを得ない場合かどうかは、大臣の主観的な判断だけではなく、災害や領空侵犯への対応など客観的にやむを得ない事情があるかどうかで判断すべきだと指摘した。賠償については、将来の被害の分も含め94億円の支払いを命じた点が異例であるが、同種訴訟で損害賠償請求が認容されても、加害が中止されない現状を糾弾する措置である。

　今回の裁判では、騒音を測定したデータをもとに地域ごとに生活環境への影響を評価する「うるささ指数」が被害の指標として使われた。「うるささ指数」が75以上になると生活環境として望ましくないことは国も認めてお

り、住宅の防音工事の費用を助成するなどの対応を取ってきた。基地の騒音をめぐる裁判でも、指数が75以上の地域の住民については、国の対応は不十分だとして、賠償を命じる判断が、地裁段階では定着してきた。防衛省と国土交通省によると、全国の基地や空港の周辺で指数が75以上の地域は50万世帯余りに上っているということで、厚木基地の周辺ではその半数近い24万4000世帯が暮らしており、被害の甚大さを理解できる。

　マスコミは、この判決が基地の騒音をめぐる各地の裁判にも影響を与えそうであると牽制し、不満を漏らしているが、不勉強も甚だしい。昭和38年の日米両政府の合意により、米軍は、原則として、午後10時から午前6時までの間の離着陸などを禁止され、自衛隊も飛行を自粛しているとされるのに、原告らは実際には騒音の被害が絶えないと訴えていたのである。

　裁判長は訓練の必要性を認めない特別な思想の持ち主であり、この判決が自衛隊の訓練の支障になると言わんばかりのマスコミの論調もみられるが、有事に関してはすぐにヒステリー状態となり、好戦的世論を盛り上げようとするマスコミの体質が見え隠れしている。

　これまでの自主規制等の経過と、判決が触れるように、客観的にやむを得ない事情がある場合の夜間や早朝の飛行は許容されていることに照らせば、この判決が、自衛隊の正当な訓練に支障を及ぼす恐れは皆無である。国家権力の行使は、公共の福祉のために必要最小限度の範囲を超えて、人権を侵害することがあってはならないのである。

[追記]　2016年12月8日、最高裁第1小法廷（小池裕裁判長）は、「自衛隊機の飛行には高い公共性と公益性がある」と判断し、夜間・早朝の自衛隊機の飛行差し止めを命じた二審・東京高裁判決を破棄し、差止請求と、将来の損害賠償請求とを棄却した。

　小池裕裁判長は、裁判官出身であるが、いわゆる事務総局出身で、裁判事務の経験に乏しく、むしろ、政治に近い部署にいた人物である。

2015年8月1日（土）

96 共産主義の退潮に便乗する新自由主義

　今夜は、PL教団が光丘カントリー倶楽部で花火を打ち上げる催しがあり、河内長野東ロータリークラブの例会が、サイクルスポーツセンターで開かれ、バーベーキューを楽しんだ後、花火を鑑賞した。昔は10万発と言われたが、今宵の打ち上げ数は2万発と発表されている。

　ところで、1991年12月25日のソビエト連邦（ソ連）大統領ミハイル・ゴルバチョフの辞任に伴い、ソビエト連邦共産党解散を受けた各連邦構成共和国が主権国家として独立し、ソビエト連邦が解体された。その頃すでに、私たちは、北朝鮮が世襲制独裁国家として、国民に過酷な生活を強いていると理解しているし、中国についても文化大革命時の政治的、経済的な混乱を知らされ、共産主義が必ずしも優れた政治、経済体制ではないことを、認識するに至った。

　それを共産主義が敗北したと確信した資本主義各国が、その少し前から、小さな政府を目指し、規制を撤廃し、あらゆる経済活動をマーケット・メカニズムの調整に委ねるようになった。英国では「サッチャリズム」、米国では「レーガノミックス」等と呼ばれ、総称して新自由主義と呼ばれている。

　その結果、所得格差が急速に拡大し、中流階級が消滅していったと言われている。

　米国の場合、上位1％が持つ収入が全米収入に占める占有率を調べると、1982年で約33％であったものが、2009年で約45％となっており、この間の日本のデータは、約32％から約42％となっており、先進国の中では、米国とともに格差拡大の進行が突出している。ちなみに、この間のフランスの所得格差は、約30％から33％に変化しているに過ぎない（以上、竹中正治龍谷大学経済学部教授がインターネット上に公開している、キャピタルゲインを含むデータ

96 共産主義の退潮に便乗する新自由主義

による。)。

　なお、日本固有の所得問題としては、低所得者層の増加と固定化という問題がある。給与所得者のうち所得200万円未満の者が、1995年で17.87％であったのが、2009年では24.41％に増加しているのである。

　英国でも、学者が政府の肝入りで所得格差に関する調査を行ったところ、サッチャー政権期の1980年代には一貫して所得格差は拡大したが、90年代初頭に微減、その後90年代半ばから2007年に至るまでほぼ横ばいの傾向を示している。それは、労働党のトニー・ブレア氏が提唱した自由主義経済と福祉政策との両立を謳った「第三の道」路線が、保守党政権によって拡大した所得の格差に不満を持った人々や、長期政権に飽きていた有権者の支持を集めて、1997年の総選挙で地滑り的な大勝利を収めた結果である。

　新自由主義が提唱されることによって所得格差が拡大したということは、それ以前には、格差拡大が抑制されてきたことを意味する。それは、以前の資本主義国家が、共産主義思想の自国への蔓延を防ぐためにも、福祉の問題を座視できないと考えていたためである。

　米国で見ると、フランクリン・ルーズベルトが行ったニューディール政策や平等社会実現のための諸政策がその代表例であるし、英国で見ると、「揺り籠から墓場まで」の標語の下で、労働党政権により福祉政策の充実と基幹産業の国営化が図られたのがその例である。

　米国では、そうした政策が企業の活動を阻害し労働者の勤労意欲を奪ったと批判され、英国の場合も、国家財政が逼迫し、経済の悪化をもたらしたと批判されたが、資本主義の発祥の国や発達した国でそのような政策がとられていたということは、共産主義を意識する政策こそが資本主義の行き過ぎを防ぐことにつながっていたことを物語っている。

　この脅威がなくなったことで、資本主義の暴走が始まったのである。

97 r＞gがもたらすもの

　秋海棠の成長ぶりを確認しようと考え、今朝のドライブの行先を岩湧寺にした。ちょうど開花したばかりで、花数も少なかったが、岩湧寺手前にある登山客やロッヂ、テント場の利用者のための駐車場の奥に数本生えている栃の木の大木２本に実がなっていて、すでに落下したものもたくさんあったので、拾って持ち帰ったところ、30個もあり、大漁であった。

　実のついていない木もあったので、雌雄異株かと思って、調べてみると、何と雌雄混株であり、時として雌花に雄性器官が発生する、あるいは逆に、雄花に雌性器官が発生する木だとのことである。自然には、私たちの知らない不思議がたくさんある。

　ところで、インターネット上のハーバード・ビジネス・オンラインでは、トマ・ピケティ氏の著書『21世紀の資本論』の核心である「$r＞g$」について、次のように説明している。

　r（資本収益率）がg（経済成長率）を常に上回るという意味であるが、それは、資本と労働によって経済成長、すなわち会社なら利潤が生まれ、利潤の一部は、資本のためにお金を出した株主に渡され、もう一部が労働者の賃金となる。このとき、資本に回る分と労働者の賃金となる分が同じくらいなら、経済成長率、資本収益率、そして労働分配率（労働者の賃金に回る分）は同じになるので、「$r＝g$」となる。

　さて、ピケティが明らかにしたのは、歴史を遡ると、労働者の賃金よりも資本に回るお金の方がずっと多い、つまり、「$r＞g$」であるということであり、ピケティは、資本収益率（r）は平均４％程度に落ち着き、先進国の経済成長率（g）は1.5％ほどになることが実証されたという。

　その結果、資産を持っていれば毎年ある程度の収益を得られるが、経済成

長率が低くなると、低所得者の所得の伸びはほぼゼロ成長となってしまう。

　こうした状態が続けば、とてつもない格差が生まれる。経済学の常識では、「r＞g」の状態になることはあっても、それが続くことはないとされてきたが、ピケティは、300年遡って研究した結果、そうではないことがわかったと説明する。「r＞g」の社会では、ますます富んだ富裕層が、資産を子孫に残すので、所得の格差を決めるのは個人の能力ではなく、世襲で相続した資本となる。1世紀前のような世襲による階級が復活しつつある、とピケティは言う。

　そうなると、レーガノミックスは、市場原理と民間活力を重視し、社会保障費と軍事費の拡大で政府支出を拡大させ、同時に減税を行って景気刺激政策を採用するという考え方であったが、確かに、経済規模は拡大したものの、貿易赤字と財政赤字の増大という「双子の赤字」を抱え、結局福祉切り下げに向かうことになった。

　資本主義に内在する格差拡大の阻止や、所得が一定基準以下になった場合のセーフティ・ネットの構築は、自立経済に委ねていたのでは実現しないことを物語っている。

　安倍政権は、アベノミクスを提唱し、その一は金融緩和、その二は公共事業への財政支出、その三が成長戦略であり、成長戦略は、規制緩和や減税等により、まず富める者を作り、その影響を広く国民に行き渡らせるというものであるが、一はともかく、二は無駄な政策であり、三の効果は、ピケティに否定されていることになる。

　すなわち、新自由主義と呼ばれる経済運営の手法は、経済規模を拡大し、資本家を喜ばせるだけの政策に過ぎず、もたらされる利益が労働者に還元されるというのは誇大宣伝にしか過ぎない。

98 政権を担える野党がなぜ生まれないのか

2015年8月3日（月）

　昨日も庭で蝉の抜け殻を探してみたが一向に見つけることができなかったので、妻にそう言うと、早速庭の草むしりを始めて、あちらこちらで6個もの抜け殻を見つけてきてくれた。早速虫眼鏡で調べてみたところ、4個はアブラゼミ、2個はミンミンゼミのようであった。

　これまで、折々に言及してきたところをまとめると、①共産主義社会がわれわれに希望を与えるものではないことが広く認識されるようになった。②そこで、経済制度としては、今日のところ、資本主義によらざるを得ない。③しかし、資本主義は、必然的に、格差を拡大させ、底辺の層の人口増と、一層の貧困化を招く。④共産主義国家が脅威と感じられた時代には、資本主義諸国は、③の結果を防止し、あるいはその影響を緩和するための政策を採用してきた。⑤しかし、①の結果、多くの国では、④の政策が放棄され、③の資本主義の弊害が増大している。⑥そのため、従来の政党によって維持されてきた民主主義政体そのものが国民の信頼を失いつつあるということになる（米国では民主党が存在し、英国では労働党が存在し、共和党あるいは保守党の政策を牽制し、政権交代もあって、資本の暴走のブレーキの役目を果たしてきたと言われるが、共産圏の崩壊後はその機能は失われてしまったように見える）。

　日本では、自民党保守政権のブレーキの役目を本当に担えた政党が過去に存在したであろうか。

　敗戦後、GHQ指令により、無産政党（日本社会党や日本共産党等）が合法化され、同時に保守政党が乱立した。1951年にいったん分裂した日本社会党が、護憲と反安保を掲げ、1955年に再統一され、これに危機感を覚えた日本民主党と自由党とが保守合同して改憲・保守・安保護持を掲げる自由民主党が誕生し、自由民主党と日本社会党の二大政党体制「55年体制」が誕生し

た。当時の国際情勢はアメリカ合衆国とソビエト連邦による冷戦体制下にあり、これに合わせた日本国内の政治構造であると見られた。

　しかし、日本社会党の一部が、イタリア共産党に端を発する構造改革論を導入して対応しようとした際に、社会主義革命にこだわる左派によって阻止され、その主導の下で「護憲と反安保」にこだわり続けることで国民の支持を失っていった。加えて、支持基盤の労働組合に頼り過ぎたために、1960年代末以降、総選挙のたびに議席を減らし、「長期低落傾向」をみせるようになる。その後、日本社会党の分派が独立して民社党となり、公明党の結成や日本共産党の伸張もあった。そして、日本社会党は、ついに自由民主党に対抗できる政党には成長し得なかった。

　私が大学を卒業したのは1971年であるが、日本社会党の支持基盤である労働組合（企業別組合が多い）は、自由民主党の支持基盤である事業家との間で利害が一致することが少なくはなく、日本社会党は、国会で対立の姿勢は示しても、結局は妥協するという腰砕けの連続であることが痛ましかった。資本主義の弊害を是正する有効な政策を発信することもなかった。

　1983年の総選挙では自民党が敗北し、新自由クラブと連立政権を組むが、日本社会党は、1986年の総選挙で自民党に敗北したほか、1994年に羽田内閣の総辞職後、政権復帰を目指す自民党および新党さきがけと連立政権を組むことに合意し、村山富市日本社会党委員長を内閣総理大臣として組閣したが、革新政党らしい政策を企画・実施することはなく、自民党の復活に手を貸したに過ぎない。この頃をもって55年体制が崩壊したとされるが、崩壊したのは野党側であり、間もなく自民党の一党支配が復活し、ますます強権を発揮しつつある。そして、自民党の採る新自由主義的政策により、我国の貧富の格差は急拡大しつつある。

[追記]　日本社会党が支持基盤としていた総評は、企業内組合をまとめる連合体の集合の形を持っていたが、その前身は、レッドパージで産業別組合体制を崩壊させるのに手を貸した御用組合の民同である。

99 我国の民主党の限界

2015年8月4日（火）

　昨日、Oさんから委任された不動産売買契約の締結と決済を間近に控え、最終的な打ち合わせと、必要書類を点検の上お預かりするために、午後2時頃依頼者宅を訪ねて、ジリジリ陽が照りつける道を歩いているうち、ふとニイニイゼミの鳴き声を聞き、一瞬暑さを忘れた。

　今日は、日本の民主党が、米国の民主党と名前は同じであるが、似て非なるものであることを記しておきたい。

　旧民主党は、自民党と新進党の間で、埋没の危機に瀕していた小政党である新党さきがけと、新進党や社会民主党の一部が、1996年9月29日に参加してできた政党であり、ほかに山花貞夫、海江田万里が所属した市民リーグも参加していた。

　民主党は、1998年4月、旧民主党のほかに、民政党・新党友愛・民主改革連合が合流して結成されたものであり、党の基本理念は「民主中道」とされた。国際組織の民主主義者連盟に加盟し、主に海外メディアからはリベラル・中道左派の政党と位置付けられたが、結党の経緯により、自民党の流れを汲む保守本流・保守左派の議員や旧民社党系の反共色の強い議員も一定数存在し、さらに後に多くの保守派の議員が合流したため、左派政党と位置付けられることに否定的な党員や支持者も存在した。

　民主党の新旧のキャッチコピーは、「生活起点」「地域起点」「暮らしを守る力になる」「生活者起点」「国民の生活が第一」「日本を、あきらめない」「元気な日本を復活させる」「今と未来への責任」等々であったが、長期的な政党運営の基本路線が見えず、国民生活が具体的にどうなっていくのか、さっぱり見えなかった。

　過去の離合集散の経緯に照らせば、民主党の中には、自民党と政治思想を

99 我国の民主党の限界

同じくする派と、日本社会党に近い派と、米国における民主党を志向する派とが混在していたことになる。

　かつて、自民党の国会議員の重要な給源の一つは行政官僚であったが、次第に、国会議員の世襲化が見られるようになり、政治を志向する行政官僚は、民主党から立候補するようになっていた。公明党の太田昭宏国土交通大臣を除いた第2次安倍内閣の自民党出身18人の閣僚のうち、安倍晋三内閣総理大臣を筆頭にそのうち9人が世襲議員であり、その比率は50％であるほか、全衆議院議員480人中162人33.8％、自民党に至っては124人40.8％が世襲議員である。しかし、行政官僚出身の民主党議員は若く、本人たちは政策立案能力について自負するが、国や地方の政府の行政機関において組織や機能の改革を実行する能力には欠けていたと私は考える。

　他方、日本社会党に近い派は、労働組合を政治基盤としているので一定の数を確保できているが、日本社会党と同様の欠点を免れず、国民から広く支持を集められる可能性はない。

　そして、米国における民主党を志向する派も、国民に広くアピールする長期、中期、短期の政策方針等を発信する機会を持ち合わせていない。また、そのような政党が築いていかなければならない支持基盤が那辺にあるかについての検討や、本来発信すべき政策がどのようなものであるかについての研究が、十分に行われているようには見えない。

　自民党との国会ゲームや選挙ゲームに激しているだけのことである。

　資本主義の行き過ぎを修正していく責任の重さの自覚が不足している。あるいは、貧困化が進んでいるという先進資本主義国の最大の課題にすら気づいていないのかも知れない。

[追記]　2016年3月、民主党に維新の会が合流し、改革結集の会や無所属議員も参加して、民進党となったが、2017年7月10日発表のNHK世論調査によると失政続きの自民党支持率が30.7％に減少する中でも、民進党の支持率はさらに下がり、5.8％に過ぎない。

100 原爆症に立ち向かった蜂谷道彦医師

2015年8月6日（木）

　かつて我が家の庭にヤマイモを植え付けたことがある。その蔓になるムカゴを収穫するためである。毎年実りを刈り取るだけで、施肥その他の面倒を一切見ていないので、今年も雑草に交じって細い蔓をヒョロヒョロ伸ばしているが、今朝見てみると、ムカゴがたくさん付いているではないか。夏の日差しの中でもっと大きく成長しろよと、声を掛けたくなる。

　さて、70年前の今日は、広島に原爆が投下された日である。

　その爆心地から北北東約1.5キロの場所に広島逓信病院があり、蜂谷道彦医師は、近くの御自宅の庭で被災された。一瞬のうちに、丸裸になり、右半身傷だらけで、太ももには棒切れが、首には大きなガラス片が刺さり、頬には穴があき、下唇が二つに割れて片方がぶら下り、両脚の傷口からも肉がぶら下がるという姿になった。焦土の中の逓信病院ももちろん爆風で破壊され、火災の被害も受け、ガラス１枚もない吹き通しの病院となっていたが、集まった医師、看護師らによって、被爆直後から被爆者の治療にあたり、蜂谷医師も手術を受け、８月11日抜糸、８月12日からは自らも診療に加わり、13日には県庁衛生課を自転車で訪問して協力要請する等、医師団の一員として原爆症と向き合うことになる。

　当時、世界中に原爆症の知見を知る者はなく、広島逓信病院は、世界で最初に原爆症に向き合った病院の一つである。被爆後１週間程度は、全身倦怠、吐気、下痢その他５症状を主とする胃腸病を疑い、赤痢の蔓延を疑った。その後、壊疽（エソ）性扁桃腺炎の症状を見せ、あるいは皮下溢斑が現れたり、脱毛して死ぬ者が続出し、やがて白血球が減少していることに気づくに至る。

　20日東京逓信病院から顕微鏡を譲り受け、白血球計算をすると、正常人の

100 原爆症に立ち向かった蜂谷道彦医師

　白血球数は単位容積中6000ないし8000であるところ、入院患者の多くは、2000程度、重症者には500程度の患者もおり、中には200しかない患者もいたが採血後間もなく死亡している。

　26日病理解剖を開始、27日広島医科大学の玉川教授によって、本格的病理解剖が始まり、31日剖検所見と臨床所見を突き合わせることで、死亡者はことごとく出血斑が内臓各部に見られ、死因はすべて出血のためであることが判明した。それが、血小板の減少に起因することも明らかになった。

　蜂谷医師は、9月3日には外部の研究者の講演を聞きに行き、自分たちの研究成果と突合する等した後、9月9日産経新聞に掲載するための記事を脱稿する。これは、爆心地からの距離別に、原爆症（当時は原子爆弾症）の様子と予後について触れた上で、治療法として造血組織を刺激し、鼓舞することが必要であり、そのためにはビタミンC等の補給のほか、御馳走をたくさん食べることが回復を早める上で重要であることに言及している（9月12日新聞に掲載）。

　9月14日頃には死者の数が減少するに至り、患者の治療も、やがて、急性期のそれから慢性期のそれへと移っていく。

　蜂谷医師は、8月6日から9月30日までの間、詳細な日記をつけておられ、それを整理の上で、1950年春から1952年の暮れまで「通信医学」に掲載、それを英訳して推敲したものが1955年8月6日に「広島日記」としてノース・カロライナ大学から出版され、その後、ドイツ、フランス、イタリア、スペイン、オランダ、ポルトガル等にも各国言語に翻訳されて出版されている。

　以上は、蜂谷道彦『ヒロシマ日記』（法政大学出版局1975年）による。

[追記]　日本への原爆投下は人種差別によると確信する（『弁護士日記秋桜』35 参照）が、米国の水爆実験も、1954年、非白人の居住地域ビキニ環礁で行われており、被爆医師の肥田舜太郎医学博士は、2013年7月、我国の漁船も、第5福竜丸だけではなく、700数十艇が被爆していると発表した。

> 2015年8月7日（金）

101 日本の労働運動の限界

　朝のドライブのときには、河内長野のそこかしこで、涼しげな芙蓉の花を楽しむことができる。まだ2カ月ばかり楽しめるであろう。

　資本主義の問題の一つが労働を取引の対象としたことにあり、歴史上資本収益率が常に経済成長率を上回り、その結果、労働分配率が経済成長率より低くなることに触れたことがある（94、97 参照）。

　したがって、資本主義の弊害を最小限にするためには、労働分配率を経済成長率に近似させる政策が必要になることは明らかである。

　ところが、日本社会党を支えた日本労働組合総評議会は1950年7月に開かれた結成大会で設立されたが、翌年の大会で平和四原則を決定して、左傾化し、やがて、階級闘争を基本的理念とし、資本主義体制の変革そのものを目標とする路線を明確にした。その後、49産、451万人、全組織労働者の36％を擁する日本最大の労働組合全国中央組織に成長した。

　しかし、日本社会党の地盤沈下とともに、総評と民社党系の全日本労働総同盟ほか2団体の労働4団体の統一への努力が進められ、1982年12月14日の全日本民間労働組合協議会の結成により、相次いで解散してこれに合流、その後1989年までに、協議会、総評、官公労等が日本労働組合総連合会に加入するに至った。2007年6月現在、加盟単産は52単産。組合員数は約670万人であったと言われている。

　それらの組合は、正社員のみを組織対象とした組合が多く、雇用形態の多様化への対応が十分でなく、2007年には、国内のパート労働者1218万人のうち約4.8％である約58万8000人しか労働組合に加入していなかった。

　ところで、日本の労働組合は大多数が企業別組合であり、その連合体が産業別組織を作っている場合が多い。

しかし、企業別組合は、組合員が企業を超えて職業別、産業別に組織される組合と比較すると、労働者全体の統一や団結、あるいは労働基本権の確保、さらには市民の権利保護にとってむしろマイナスに機能することがあり、企業別組合の連合体はこの矛盾を止揚できていない。

企業別組合の組合員資格は、長い間、事実上正規従業員のみに限られ、彼らへの配分を維持する代わりに、非正規社員への分配率を下げるという使用者の方針に迎合的であった。また、大企業の場合、組合の内部組織は、一般に支部、分会等が職制や機構の各段階に対応して作られることが多く、従業員全体の連帯意識が乏しい上、組合役員には、正社員を中心とする組織のヒエラルヒーの中での幹部候補生が選出されることが多く、使用者側から支配介入を受けやすいほか、組合幹部と管理職との癒着が生まれて御用組合化の傾向を帯び、一般的に、個別労働紛争への関与、言い換えれば個々の従業員の労働基本権の保障には不熱心である。

なお、労働者への分配は、当該企業の利益を原資とするから、パイの拡大という共通の利害があり、環境問題等では一般市民の利害と対立することさえ少なくはない

そして、今日の日本労働組合総連合会は、広範囲な労働者を結集させ、同一労働同一賃金の実現を図るとか、ホワイトカラーエグゼンプションに反対したり、派遣労働の拡大を阻止する等の運動の担い手になり得ていない。

資本主義の弊害を最小限にするために必要な基本政策を持つための独立した視点を持てるには至らず、自民党保守政権への親和性すら有している。

[追記] 2017年7月13日連合の神津里季生会長が、所得の高い一部の専門職を労働時間の規制や残業代の支払対象からはずす「高度プロフェッショナル制度」の創設を柱とする労働基準法改正に同意し、またも全国の労働者を裏切るという出来事があった。

102 環境問題を無視してきた政治

　以前、資本主義の問題の一つが土地(環境)を取引の対象としたことにあると、指摘した(94 参照)。資本主義に基づく経済活動を放置しておくと、環境汚染等の弊害が発生するのである。
　今日は、荒畑寒村の『平地に波乱を起こせ』(マルシェ社発行／日本評論社発売1981年)を参考にしつつ、足尾鉱毒事件について触れてみたい。
　現在の栃木県日光市足尾地区の銅鉱山は江戸時代から採掘されていたが、幕末には廃山の状態となって国有化された。明治維新後払い下げられ、1877年に古河市兵衛の経営となる。古河は採鉱事業の近代化を進め、西欧の近代鉱山技術を導入することにより、足尾銅山は日本最大の鉱山となる。当時銅は日本の主要輸出品の一つであった。
　しかし精錬時の燃料による排煙や、精製時に発生する鉱毒ガス(主成分は二酸化硫黄)やそれのもたらす酸性雨、排水に含まれる鉱毒(主成分は銅イオンなどの金属イオン)が、付近の環境に多大な被害をもたらした。
　その結果、足尾町(当時)近辺の山は禿山となり、木を失い土壌を喪失した土地は次々と崩壊した(21世紀となった現在も治山工事と植林事業とが実施されている。)。崩れた土砂は渡良瀬川を流れ、下流で堆積した。このため、渡良瀬川は足利市付近で天井川となり、洪水の主原因となる。鉱毒による被害はまず、1878年と1885年に、渡良瀬川の鮎の大量死という形で現れたが、1885年10月31日、下野新聞が前年頃から足尾の木が枯れ始めていることを報じ、その後、渡良瀬川から取水する田園や、洪水により足尾から流れた土砂が堆積した田園で、稲が立ち枯れるという被害が続出した。この鉱毒被害の範囲は渡良瀬川流域だけではなく、霞ヶ浦方面まで拡大した。1901年には、足尾町に隣接する松木村と、久蔵村、仁田元村が煙害等のために廃村となっ

102 環境問題を無視してきた政治

た。

　1973年までに足尾の銅は掘りつくされて閉山したが、精錬所の操業は1980年代まで続いた。1899年の地元住民が設置した群馬栃木両県鉱毒事務所によると、鉱毒による死者・死産は推計で1064人と推定され、この数値は、田中正造の国会質問でも使用された。1897年、鉱毒被害地の農民が大挙して東京に陳情を行うなど騒ぎが大きくなると、ようやく国は、古河側に対し、排水の濾過池・沈殿池と堆積場の設置、煙突への脱硫装置の設置を命令し、鉱毒被害民に対し免租（その結果、選挙権を失う者が続出、村長が選べない村も出た）を行った。

　被害民の一部は、鉱毒予防工事の効果はないものとみなして再び反対運動に立ち上がり、3回目（1898年9月）と4回目（1900年2月）の大挙上京請願行動を決行したが、4回目の押出しでは、農民側から大勢の逮捕者が出た（川俣事件。農民67名が逮捕され、うち51名が兇徒聚集罪などで起訴されたが、1902年12月25日、宮城控訴審で起訴無効という判決が下った）。

　1901年12月10日、日比谷において田中正造が明治天皇に足尾鉱毒事件について直訴を行ったが、警備の警官に取り押さえられて失敗した。しかし、世論の盛り上がりに慌てた政府は、鉱毒沈殿用の渡良瀬遊水地を作ることにし、谷中村は1906年に強制廃村となり、1910年から1927年にかけ遊水地にされ、渡良瀬川の流れの向きを変えるなどの大規模な工事を行ったが、政府は、1993年に不十分な工事であったと認めている。

　荒畑寒村は、日本社会党に対して、総評の尻馬に乗って議会活動だけに終始し、公害の被害住民等の中に入り、未組織の大衆を組織するための努力を怠っていると鋭く批判している。

［追記］　現在の民進党も変わりがないように見える。

　2016年12月19日米国大統領選挙に当選したトランプ大統領は、翌月から、オバマ大統領の環境保護政策を次々と転換している。その禍根は長い将来にわたって、まず米国国民の上にもたらされるであろう。

103 戦争犯罪である広島・長崎の原爆投下

2015年8月9日（日）

　今日は長崎の原爆の日であるが、2015年6月13日から丸木位里・俊の共同制作「原爆の図」15作品のうち、6作品を展示する展覧会がワシントンD.C.のアメリカン大学美術館で始まっている。丸木美術館とアメリカン大学美術館、アメリカン大学核問題研究所の共同主催である。日本からの移送費用など1000万円は、人々の核廃絶への思いを米国社会に届けるために、日本の多くの市民の募金により負担されている。

　ところで、東京裁判やニュルンベルグ裁判では、第二次世界大戦における日独の責任が問われたが、そこで裁かれたのは、人道への罪、狭義の戦争犯罪、そして、平和に対する犯罪である。人道への罪と平和への罪は、国際法的に見ても事後法である疑いがあり、たとえば、東京裁判の裁判官の中でも、パール判事のようにこれを否定したり、レーリンク判事のように平和に対する罪によっては死刑に処することはできないと考える等、意見が分かれたようである。また、東京裁判と異なり、ニュルンベルグ裁判では、平和に対する罪についてのみ有罪とされたに過ぎない被告人が死刑に処せられた例は皆無のようである（B・V・Aレーリンクほか著・小菅信子訳『レーリンク判事の東京裁判』（新曜社1996年））。

　ともあれ、狭義の戦争犯罪だけは、早くから国際法上認められた罪であったとされるが、それは、戦時国際法に違反する罪のことで交戦法規違反を指し、通常は戦闘員や司令官（交戦者）、あるいは非戦闘員の個人の犯罪行為を対象とする。交戦規則を逸脱する罪が問われる。

　今日では、交戦法規は、主に1977年に署名されたジュネーヴ諸条約第1追加議定書によって規定されているが、その内容は主に攻撃目標の選定と攻撃実行の規則である。

それによると、攻撃を行う目標をどのように選定するのかについての攻撃目標の選定の原則では、まず攻撃目標は敵の戦闘員と軍事目標であるとされる。軍事目標とは野戦陣地、軍事基地、兵器、軍需物資などの物的目標である。そして、攻撃目標として禁止されているものは、降伏者、捕獲者、負傷者、病者、難船者、軍隊の衛生要員、宗教要員、文民、民間防衛団員などの非戦闘員と、衛生部隊や病院などの医療関係施設、医療目的の車両および航空機、歴史的建築物、宗教施設、食料生産設備、堤防、原子力発電所などの軍事目標以外の民用物である。

　次に、攻撃実行においては主に三つの規則が存在する。第1に軍人と文民、軍事目標と民用物を区別せずに行う無差別攻撃の禁止を定めている。これによって第二次世界大戦において見られた都市圏に対する戦略爆撃は違法化されている。第2に文民と民用物への被害を最小化することである。軍事作戦においては文民や民用物が巻き添えになることは不可避であるが、攻撃実行にあたっては、その巻き添えが最小限になるように努力し、攻撃によって得られる軍事的利益と巻き添えとなる被害の比例性原則に基づいて行われなければならないとされ、第3に同一の軍事的利益が得られる二つの攻撃目標がある場合、文民と民用物の被害が少ないと考えられるものを選択しなければならないとされている。

　したがって、米国による広島、長崎での原爆投下や日本の各都市への空襲は、明らかに、戦争犯罪に該当する（レーリンク元判事も同意見である）。

　1998年には、戦争犯罪等を裁く常設裁判所として国際刑事裁判所規程が国連の外交会議で採択されているが、我国はジュネーヴ諸条約第1追加議定書も国際刑事裁判所規程も批准していない。米国の戦争犯罪を糾弾することは、今からでも遅くはないと考えるのであるが。

[追記]　2017年8月3日、広島への原爆投下による韓国の被爆者や被爆二世らが、米国政府を相手として、韓国南部の大邱地裁に対し賠償を求める調停を申し立てた。戦争犯罪を糾弾する快挙である。

104 金融緩和を避けた民主党の罪

　小山田の桃の出荷は最盛期を迎えたが、庭の鉢植えの桃の木が小さいながらも赤い色を付け始めた。昔縁のあった方にもらった鉢植えの木であり、以来、あまり元気がなく成長も遅く、枝葉を茂らせることもなかったが、今年初めて実がなったもので、何となく愛おしい気がする。

　以前、資本主義の問題の一つが貨幣を取引の対象としたことにもあると指摘した（94 参照）。

　今日のテーマは現在の民主党による経済政策の棚卸である。

　安倍政権下で、日銀が大規模金融緩和を始めて、間もなく2年を迎える。景気を底上げするため、「2年で2％」の物価目標を掲げたものの、当面の物価上昇率は0％。日銀は今、民主党や一部エコノミストから「金融緩和が景気を押し上げるというのは幻想」と批判されている。

　物価目標自体は荒唐無稽と思うが、「円高・株安」克服の処方箋が金融緩和でしかないのに、それに踏み切らなかった民主党に批判の資格はない。民主党政権下で日銀総裁の座に就いた白川方明は、バーナンキFRB議長から「ジャンク（屑）」と言われ、ノーベル経済学賞受賞のポール・クルーグマンに至っては「銃殺すべきだ」とまで言ったと言われている。

　当時の財務省は消費税増税を悲願とし、景気が回復して所得税や法人税などの税収が自然に増えることを望まず、日銀に金融緩和を禁じるよう命じていたとの穿った意見はともかく、金融緩和は金利の低下を予想させるが、国債への投資が増加し、その価格が上昇することを通じて、短期的に見れば、長期金利の急上昇などのリスクがあるとして、日銀や民主党が、金融緩和による経済の混乱を恐れたのではないかと推定する向きもある。

　経済企画庁経済研究所長等を歴任した法政大学大学院政策創造研究科教授

小峰隆夫氏は、インターネット上に、民主党は自民党に比べると、政権発足当初からマクロ経済への政策的関心が低かったように思われるとして、その根拠として、政権発足後まず取り組んだのが、補正予算の減額見直しであったことを指摘している。民主党新政権は、自民党政府時代に決定され、執行途上にあった補正予算を見直し、公共事業の削減などを中心に約2兆7000億円の予算執行停止を決めた。

　これは、やがて民主党が掲げたマニフェストを実現するために財源が必要となるため、補正予算による歳出を少しでも減らしておこうという狙いがあったためである。同時に、「景気対策の予算を削っても景気は大丈夫だ。」という認識であったことが強く示唆される。

　しかし、景気の回復が順調には進まず、デフレ傾向が明確になるにつれて、危機感が高まり、結局2009年12月8日に、事業規模24.4兆円、追加補正予算規模7.2兆円の経済対策を実行することとなった。その結果、マニフェストの財源探しも徒労だったことになる。

　以上の通りであり、民主党は金融政策による景気のコントロールも、マニフェストを実行するための財政政策の立案・実行にも失敗しているのである。世界中が金融緩和に踏み切っている中で、現在なお、民主党が金融緩和を否定するのは、反省のないことを物語っている。

　ところで、今日、金融緩和のもたらした潤沢な資金を目当てとして、多くの金融商品が国内で開発され、銀行等から販売に出され、証券会社は市民から、株式の先物取引を勧誘し、大量の個人資金が吸い上げられているが、これらの取引相手となる市民は、金融取引についての理解もなければ、理解する能力もないことが多い。

　我国では、それらの金融機関による不適切な取引を規制あるいは禁止の準備をすべきであったが、民主党はもちろん自民党からもそのような提言はない。両党は、貨幣や金融取引をコントロールする必要性をも認識できていない。

2015年8月11日（火）

105 天吉の創作天ぷら

　サンゴ樹の実の房が大きくなるとともに、だいぶ赤みを帯びてきた。それが完全に朱に染まる頃が、夏の暑さのピークだと私は考えている。
　今日からは、コスモス法律事務所のお盆休暇である。
　そこで、昨夜は、事務所の皆さんと暫時のお別れパーティーを開いて、参加していただける御家族や日頃お世話になっている税理士事務所の方々も招待した。場所は、天吉である。食べログには、「『ちちんぷいぷい』や『モモコのOH！ソレ！み～よ！』など、約20本のテレビ番組や雑誌で取り上げられたり、全国で人気の20店舗に選ばれたりするなど話題のお店！創作天麩羅「天吉」の創作天ぷらコースは5800円で楽しめます‼　意外な組み合わせなのに美味しい！と驚きの品々が味わえます。」と書かれているとおりの店である。現在は、ミナミの八幡筋にあるが、以前別の場所にあって、依頼者に連れて行ってもらったのが最初であった。個性豊かな天ぷらに感激して、その後何度か訪れたが、4年前に脳梗塞に倒れ、厳しい減量を余儀なくされて以来行けなくなっており、現在の場所に移転されたと知らされながら、不義理をしていたものである。
　コスモス法律事務所の食事会は、家族同伴歓迎であり、私の妻も出席予定であったが、思いがけない出来事があって、参加できなくなった。
　愛犬レモンは、生まれてから16年目であり、人間の年齢に換算すると80歳くらいである。私が在宅するときは、私につきまとい、夜は、2階の寝室の私のベッドの足元で寝ている。ところが、2、3日前から、2階への階段を上ることはできるが、下ることができなくなった。何度もチャレンジするが、階段に足を踏み出すことが怖いようである。そこで、一昨日の夜は、私は寝室ではなく、1階の居間のソファにボンボンベッド用の布団を敷いて、

レモンの近くで就寝した。

　昨日私の出勤後、レモンは、おとなしく1階で1日を過ごす予定であった。つまり、妻はそう考えていた。ところが、昼間、私が2階にいると勘違いしたらしく、2階に上がってしまったのである。そうなると、自分では下に降りることができないし、私以外の人が抱き上げようとすると、それを嫌って噛み付くので、妻が下ろしてやることもできない。かといって、妻が留守などしている間に、勇気を出して1階に向かうのはよいが、転落して大怪我しても、獣医院に連れて行ってやれない。

　そのようなわけで、夕方妻から突然の電話があり、かくかくしかじかの理由で行けないということであった。

　食事会の後、事務所の皆さんと別れ、タクシーを飛ばして帰宅し、2階に上がったところ、レモンが尻尾を振り、喜びの表情を満面に表しながら近づいてきたので、抱き上げて1階に下ろしてやる。早速庭に出て小用をはたし、妻も一安心であった。

　妻に聞くと、ちょうど12時間以上、2階で過ごしていたとのことである。その間の排便に関しては、レモンの名誉のために、触れないことにする。今後二度と2階に上がらせないために、階段下に、柵を設置し、私たちが階段を上り下りするときは、柵の真ん中の扉を開閉することにした。

　今晩からは、私と妻とが交代で1階に寝ることになる。以前我が家にいたハッピーの最晩年に痴呆症状が出てからも、そのような生活になったが、その後間もなく死亡している。

　レモンも別れまでの時間が短いような気がする。それまでの間、レモンを見守ってあげたいと思う。

106 経済弱者のための政党とは

2015年8月12日（水）

　ここのところ、河内長野市内は猛暑日が連続しており、全国的にも水難事故が続出しているが、大自然は次の季節に向かって準備を急いでいるようにも思われる。水田の稲にも頭を垂れる稲が見られるようになった。

　東西対立の終焉後の資本主義諸国において、資本主義の暴走が始まったこと、それを人為的に制御しない限り、労働や環境の搾取の度が進展し、マネーゲームの発達と破たんの繰り返しにより、市民の貧困化が進むことについて触れてきた。

　資本主義の進展によって利益を享受する者が、我国の自由民主党を支持するのは理解できるが、その弊害の犠牲者たちはどの政党を支持すべきであろうか。

　共産主義を信奉する者でない限り共産党を支持しにくい。日蓮宗の信者でない限り公明党にも親しみを持てない。維新の党は時代のあだ花の泡沫政党の一つに過ぎないと思う。その他諸々の政党も、自由民主党の対立軸となるために必要な理念や方法論を持っているとは思えない。

　米国や英国の二大政党制は、今日すでに各国の国民からの信認を失いつつあるが、資本主義経済を後押しする政党と、社会福祉の充実を図ろうとする政党とが、交代に政権を担うことによって、一定のバランスを図ろうとしてきた歴史は否定できず、我国には、自由民主党に対立できる野党が存在しなかったことが、政治の閉塞感の原因となっている。

　自由民主党の対立軸になるためのキー・ワードは平等主義だと、私は思う。言い換えれば、すべての人に対し一定の水準での生活を保障することが、対立軸を打ち立てるときに最も大切な理念になると思う。社会のセーフティー・ネットを築き、維持することができれば、資本主義社会の中で必然

的に現われる敗者の生活も保障されるし、将来の生活についての不安が和らぐ。そのことによって、普段の生活にも余裕ができ、ひいては、消費の増大によって、経済の活性化を図ることもできると考えることもできる。

　しかし、民主党からは、平等主義に基づくセーフティー・ネット構築の理念の提唱はない。

　次に、政権政党の対立野党となり得、かつ、成長できるためには、セーフティー・ネットによって守られるべきすべての弱者と連帯できる政党であることが必要であろう。そのような政党は、まず、生活保護その他の社会福祉政策の充実を重視すべきである。

　また、全労働者のために労働政策を立案していく必要があると思う。現在の民主党は、日本労働組合総連合会（連合）を支持基盤とするが、連合の限界についてはすでにふれた。それを超えた労働政策でなければならない。そのためには、連合だけではなく各種の産業別労働組合とも直接提携することを考えてはどうであろうか。連合の支配から脱しない限り、健全野党の成長はあり得ないように思う。

　さらに、資本主義の暴走を止め、秩序ある経済活動を取り戻す必要がある。たとえば、我国の全国の商店街がシャッター街化しているのは、大資本の事業活動が、地方都市の小規模零細事業主の事業継続を困難にし、それら事業主の所得による地方都市における資金の循環が次第に細ってきているからである。地方の小規模零細事業主の保護政策も必要である。

　また、資本主義の暴走によって奪われてきた環境の回復と保全とを図る必要もある。市民が蓄えを簒奪されてきた金融取引に対する市民保護の仕組み作りも必要である。

　そして、それらの新しい政策は、それぞれの弱者がこれまで別々の市民活動として展開してきたさまざまな運動と連帯し、それらの運動の成果を積極的に取り入れることによって、構築される必要があり、各々の運動員を党員として取り込むような政党が目指されるべきであろう。

107 荒畑寒村が望んだ政党とは

　白化したマタタビの葉の白さが退色して、春先のようなキラキラした輝きが嘘のようである。そして、その葉裏では、新しい生命を宿した実が次々と熟しつつあるのだ。

　再び政治の話であるが、我国では、資本主義が土地を商品化した結果引き起こされる環境の収奪について、全くと言ってよいほど、政治が関与してなかった。日本初の公害事件と言われた足尾銅山鉱毒事件を国会で告発した田中正造は、衆議院議員選挙に6回当選したベテランであるが、1900（明治33）年2月13日、農民らが東京へ陳情に出掛けようとしたところ、途中の群馬県下で警官隊と衝突、流血の惨事となり、農民多数が逮捕された川俣事件（102 参照）が発生したが、田村紀雄『鉱毒―渡良瀬農民の苦闘―』（新人物往来社1973年）はこの事件の経緯を詳細に報告しているが、当時存在した各政党は全く興味を示さなかったと指摘している。

　この事件発生の2日後と4日後に、田中は国会で事件に関して、「亡国に至るを知らざれば之れ即ち亡国の儀につき質問書」により、日本の憲政史上に残る大演説を行ったとされるが、当時の総理大臣・山縣有朋から答弁の拒否に合い、演説の途中で当時所属していた憲政本党を離党している。富国強兵路線を国是として、公害問題に目を向けようとしない藩閥政治とこれにぶら下がる政党政治家に愛想をつかしたのである。

　その後1907（明治40）年に、当時20歳の荒畑寒村は、足尾銅山鉱毒事件の最も深刻な被害地である谷中村が公害対策のための遊水地を造るという名目で、強制破壊、廃村の憂き目にあったことを知って、『谷中村滅亡史』（平民書房1907年）を著わしている。

　荒畑寒村は、1887（明治20）年生まれの社会主義者・労働運動家等として

知られ、日本共産党と日本社会党の結党に参加するが、のち離党。戦後1946年から1949年まで衆議院議員を務め、1949年1月の総選挙で落選し、以後評論家として活躍している。

　荒畑寒村の講演等をまとめた『平地に波乱を起こせ─公害からいまを撃つ─』（マルジュ社1981年）の中で、彼は、1970年頃の政治情勢を喝破する。「労働組合はみな企業別組合ですから、（企業と組合の）利害が同じだっていうような迷信があるんですね。企業に有害なものは、自分たちにも被害が及ぶと思っちゃうんです。」「大きな組合の役員になるということは、先が保障されているようなもんですよ。組合の委員長や書記長を何期かつとめて任期が終われば、参議院議員にでも立候補しようか、ということになる。資本家と、組合をあげて大格闘するなんて勇気は出ないですよ。こういう組合の上にアグラをかいているのが社会党ですからね。」

　そして、既存野党に代わる革新政党の出現を期待する。「公害問題は、階級闘争をやって社会主義政権をつくるという問題じゃなく（中略）、自分自身の問題、自分の親なり子なりの生命の問題なんですからね。青年諸君は（中略）、大衆と実際問題のために活動して、その活動を通じ大衆に結びつくことです。共産党だ、社会党だといっても組織されている国民は九牛の一毛にすぎない。（中略）そういう人たちとの結びつきが、本当の革新政党をつくる近道じゃないかと思います。」

　この本の巻末に追悼文を掲載している石牟礼道子が告発した水俣病についても、荒畑は、水俣病と闘う運動の意義について、水俣病の問題が資本主義の害悪を端的に現わしているのだから、これと取り組むことは、資本主義制度の改革と密接に関係していると述べている。

[追記]　2017年5月7日に実施されたフランス大統領の決選投票では、二大政党による既存の政治体制からの脱却を掲げ、支援政党のない有権者の票を集めることに成功したエマニュエル・マクロンが勝利し、大統領に就任した。

108 安倍首相の戦後70年談話

2015年8月14日（金）

　ここ10日ほど前から、月見草が美しく咲いているのが目につく。一年草または多年生草本植物であるアカバナ科マツヨイグサ属に含まれる植物は、待宵草と総称されている。原産地はチリやアルゼンチンで、嘉永年間（1848年～1853年）に日本にもたらされ、当初観賞用として植えられていたものが逸出し、昭和30年代に繁茂するようになったと言われている。花弁が小さく、茎の丈も高くないものがマツヨイグサ、大柄なものはオオマツヨイグサだそうである。花の白いのを月見草と呼ぶとか、マツヨイグサ属に含まれる植物全部を月見草と呼ぶといった諸説があるが、竹久夢二の待宵草の歌（待てど暮らせど来ぬ人を　宵待草のやるせなさ　今宵は月も出ぬそうな）や、大正8年に岡本扇一が作詞した三高寮歌の月見草（月は東の空に出で　曠野の果ての月見草　一人咲くべき戀の夜に　可憐の乙女何を泣く）の歌と、幼年時代に見た丈の低いマツヨイグサが、私の心の中の待宵草であり、月見草でもある。

　本日午後の閣議で、安倍首相は、戦後70年の首相談話を決定し、これを世界に発信した。

　この種の談話の最初のものである村山談話は、終戦の日から50年経った1995（平成7）年8月15日に、内閣総理大臣の村山富市が、閣議決定に基づいて発表した声明であり、以後の内閣にも引き継がれ、日本政府の公式の歴史的見解とされてきた。談話は主に、今日の日本の平和と繁栄を築き上げた国民の努力に敬意を表し、諸国民の支援と協力に感謝する段、平和友好交流事業と戦後処理問題への対応の推進を期する段、植民地支配と侵略によって諸国民に多大の損害と苦痛を与えたことを再確認し、謝罪を表明する段、国際協調を促進し、核兵器の究極の廃絶と核不拡散体制の強化を目指す段からなる。

ダイヤモンド・オンラインに掲載された、同談話の原案を書いた元外務官僚・谷野作太郎氏の説明では、戦後50年という節目の年を迎えて、国内で第二次大戦をめぐるさまざまな意見が見られるようになった機会に、「戦前、戦後の日本の歩みを総括し、将来に向けて日本の目指すところを国内外に発表する」ことの必要性が認識されるようになり、自社連立内閣であったこともあって、当時の自民党の有力政治家の賛成も得て発表されたという。

　ところが、安倍首相は、「今までの首相談話を必ずしも全面的に承継するのではなく、安倍政権の考えを発表したい。」と述べ、21世紀構想懇談会に報告を求め、8月6日に報告書の提出を受けていた。安倍晋三首相は、最近再び、慰安婦問題に関する「河野談話」の見直しとか、靖国神社参拝といった問題に関するナショナリズムの高まりに親和感を示し、村山談話の大きな見直しに挑戦したのだと考えられている。

　しかし、安倍首相に対しては戦後70年に絡み、中韓両国だけでなく、欧米の一部メディアでも「歴史修正主義者」と批判する見方が根強い。今月米議会調査局は、首相を「強烈なナショナリスト」とする報告書を発表した。

　こうした欧米の牽制が、21世紀懇談会の報告書に影響を与え、安倍談話は大して意味のないものとなった。ここに、安倍首相の宿願が潰え去ったことになるが、安倍談話が、首相の本来意図したものとは異なってしまったとは言え、安倍首相なりに村山談話の一部を変更してしまった以上、これから生起し得る外交問題を、内閣総理大臣として、乗り越えていく政治責任を負っているのである。はたして、その責任を自覚した上での、安倍談話であったのであろうか。

[追記]　菅野完『日本会議の研究』（扶桑社新書2016年）は、参院のドンと呼ばれた村上正邦を通じて、村山談話を阻止しようとして果たせなかったのが日本会議であることを明らかにしている。

109 満蒙開拓青少年義勇軍

2015年8月15日（土）

　今日は終戦記念日とされる（注）が、最近、河内長野では、朝夕の気温もいくらか低くなり、最低気温が21度程度、日中も28度ほどで真夏日にもならない日が出てきた。あちらこちらで、素朴で涼しげな高砂百合が満開である。

　明日から蓼科高原で恒例の伊桃会のゴルフコンペが開催されるので、昼頃新大阪発の「こだま」に乗り込んだ。午後4時には茅野駅近くの茅野ステーションホテルにチェックインし、フロントで信濃毎日新聞を買い求める。

　一面の通常社説が掲げられている場所に、論説主幹の丸山貢一氏の「悔悛なき国家主義」「マグマ止めねば『戦前に』」との大見出し、小見出しのついた記事が掲載されていた。触れられていたのは、満蒙開拓青少年義勇軍のことである。茨城県にあった内原訓練所より、全国から集められた約8万6000人の少年が、満州に送り出された。その目的については、移民を助け、将来は満蒙の開拓の中核を担うことにあると説明されていたが、15歳で渡満し、ソ連の侵攻を受けて敗走中に武装解除され、収容所に送られ、33歳でようやく帰国した吉野年雄氏は、実際は、関東軍の補完部隊として、兵役検査を経ずに動員された少年兵であったと考えている。満州移住協会理事らの「建白書」を受ける形が採られたものの、当初から、関東軍と陸軍中枢とが深く関与した可能性が高いという。建白書に名前を連ね、内原訓練所長を務めたのが加藤完治である。当初は熱心なキリスト教徒であったが、のちに古神道に改宗、筧克彦の古神道にもとづく農本主義を掲げ、関東軍将校で満州国軍政部顧問の東宮鉄男と満蒙開拓移民を推進した。満蒙開拓青少年義勇軍の設立に関わり、1938年、茨城県内原町（後に水戸市）の日本国民高等学校（1935年に移転）に隣接して、満蒙開拓青少年義勇軍訓練所を開設した。

109 満蒙開拓青少年義勇軍

　インターネット上の記事に、上笙一郎『満蒙開拓青少年義勇軍』（中公新書1973年）が引用されているが、それによると、加藤によって満蒙に送り出された計８万6530名の青少年義勇軍のうちの約２万4200名（約28％）が満州の荒野や収容所で悲惨極まる最期を遂げ、幸いのちに帰国できた約６万2300名も言語に絶する辛酸を嘗めたとされるが、加藤完治自身は、戦争協力者として公職追放されている間こそ福島県の荒蕪地に入植して暮らしたが、昭和25年の朝鮮戦争を契機として公職追放が解除されるや、日本高等国民学校の校長に復職し、陽の当たる場所で活躍を続け、1965年４月には、天皇主催の皇居園遊会に農林業功績者として招待されるに至ったという。1969年３月肝臓癌により死亡、享年83歳であった。

　信濃毎日新聞は、加藤完治が1966年刊行の『満州開拓史』に、開拓実現の経過を誇らしげに書き、「多くの可愛い子供等のみならず、その父母兄弟の多くの人が財産を失った悲しみを以てしても、替えがたい大事業」であったと位置づけていると指摘している。

　なお、日本人開拓民の総数は27万人で、上記を含め７万8500名が戦死・自決・病死・餓死・凍死したとされる。

　論説主幹の丸山貢一氏は、（戦後）日本人は、人権侵害の責任追及を自らの手で行うことを怠ったとし、「国家主義のマグマがうごめき続けている。噴火を止めねば『戦前』になる。」と警告する。いつもながら、地方新聞の見識の高さに感動を覚える。

[注]　日本がポツダム宣言を受諾したのは1945年８月14日、玉音放送が行われたのが翌15日、米戦艦ミズーリ号上で降伏文書が調印されたのが９月２日、すべての戦闘行為が終わったのが同月７日、サンフランシスコ平和条約の調印により戦争が終結したのが1952年４月28日、沖縄が返還されたのは1972年５月15日である。私は1945年８月14日を敗戦の日として、二度と戦争を起こさない国とするために反省する日とすべきだと思う。

2015年8月16日（日）

⑩ 茅野の縄文遺跡

　現行倒産法制は、平成8年秋、法制審議会に倒産法部会が設置されたことに始まる倒産法見直し作業の結果構築されるに至ったものであるが、同部会の委員であられた伊藤眞東京大学名誉教授と桃尾重明弁護士を中心として、両先生と親交のある方や、同部会の委員、幹事であった方々が、毎年お盆の頃に蓼科に集まってゴルフ会（伊桃会）を催している。

　昨夜は、茅野市内のホテルにチェックイン後夕食を求めて駅前付近をウロウロした挙句、「黒ちゃん」と書かれた看板のかかる蕎麦屋に入った。かつて茅野にあった有名な馬肉料理専門店の「上條食堂」が閉店したので、茅野に来ると馬肉料理店を探すが、なかなか気に入った店に当たらない。「黒ちゃん」では、鹿肉のカツと、豚のカシラに辛子味噌を塗った串焼きが絶品であった。見慣れない店であったので、店主に聞いてみると、脱サラで昨年9月に開店したのだそうである。

　そういえば、一年前と比べると、茅野市自慢のものが一つ増えている。

　茅野市湖東にある中ッ原遺跡のほぼ中央にある、お墓と考えられる土坑と呼ばれる穴が密集する場所で、穴の中に横たわるように埋められた状態で出土した土偶の「仮面の女神」が、2014年8月21日に国宝に指定されたことである。全身がほぼ完存し、全長は34センチ、重量は2.7キロで、約4000年前の縄文時代後期前半に作られた仮面土偶であるとされている。「仮面の女神」の顔面は逆三角形の仮面がつけられた表現となっており、細い粘土紐でV字形に描かれているのは眉毛とも考えられ、その下には鼻の穴や口が小さな穴で表現されている。体には渦巻きや同心円、たすきを掛けたような文様が描かれ、足は無紋で、よく磨かれている。粘土紐を積み上げて作られ、大型の土偶によく見られる中空土偶となっている。

茅野市には、1995年に国宝に指定されたもう一つの土偶「縄文のビーナス」がある。この土偶は、米沢埴原田の工業団地の造成に伴って発見された棚畑遺跡から見つかった。縄文のビーナスの出土年代は、今から約4000年から5000年前の縄文時代中期であり、その時代の膨大な量の優れた資料が出土し、発見された住居址は150軒以上、完全に復元された縄文土器は600点にもなるという。

　縄文時代の集落は、何軒かの家がお祭りなどに使う広場を中心にして環状に作られており、この土偶も広場の中の土坑の中に横たわるように埋められていた。全体像は下方に重心がある安定した立像形で、全長は27センチ、重量は2.14キロである。頭は、頂部が平らで、円形の渦巻き文が見られるが、文様はこの頭部以外には見られず、顔はハート形のお面を被ったような形をしている。切れ長のつり上がった目や、尖った鼻に針で刺したような小さな穴、小さなおちょぼ口など、八ヶ岳山麓の縄文時代中期の土偶に特有の顔を持っていて、耳にはイヤリングをつけたかと思われる小さな穴がある。腕は左右に広げられて手は省略され、胸は小さくつまみ出されたようにつけられているだけであるのに対し、お腹とお尻は大きく張り出しており、妊娠した女性の様子を表しているとされている。全体の作りは、主な骨格となる部分を組み立てて、それにいくつかの粘土塊を肉づけするように作られ、表面はよく磨かれて光沢がある。

　二つの土偶は、茅野市内の新尖石縄文考古館に収蔵、展示されている。茅野市内には縄文時代の遺跡が230余りあり、尖石遺跡等の発掘調査を行った宮坂英弌氏が有名（『原始集落を掘る・尖石遺跡』（新泉社2004年）参照）。宮坂氏が、1951年に自宅の一部を改造して、「尖石館」を作ったのが、2000年7月に完成した「新尖石縄文考古館」に発展した。

　縄文のビーナスと仮面の女神は我国最古の国宝である。

Ⅲ 学徒出陣

2015年8月17日（月）

　昨日の伊桃会のゴルフコンペは、フォレストカントリークラブ三井の森で実施され、私に与えられたハンディは26であったが、OUT49、IN49、合計98、NET72の成績で、大満足の一日であった。今日は、三井の森あかまつコースでコンペが行われ、昨日の成績をたとえ一つでも伸ばしたいという気持でスタートホールに立ったが、結果は書かないことにする。

　プレーを終えたのが午後3時、ゴルフ場のフロントでタクシーの手配を依頼し、着替え、ゴルフバッグと手荷物の宅配便の手配、2日間のプレーフィーの精算等を手際よく済ませて、午後3時20分に到着したタクシーに乗り込み、一路茅野駅に向かう。駅前の川魚料理の店「丸平」で、ウナギの「かば焼き」を、茅野駅の2階の土産物屋で「おやき」と「菓子」を、それぞれ買い求めて、午後4時過ぎの列車に乗り込む。途中塩尻で特急「信濃」に、名古屋では「こだま」に、それぞれ乗り換え、新大阪駅からは一路タクシーで自宅に向かう。午後9時10分頃帰宅、今宵も門限を破らずに済んだ。

　帰りの列車の中で読んだのが、わだつみ会編『学徒出陣』（岩波書店1993年）である。

　毎年8月前後には、第二次世界大戦に関する出版物を読むことにしている。鎮魂のためでもあるし、戦後に生きる日本人としての使命を再確認したいためでもある。

　この本は、1943年の学徒出陣の日から50周年の記念に、「日本人の忘れてはならない戦争責任や戦後補償の問題が、はぐらかされ、見逃されて、肝心の日本人のモラルの背骨までがいつのまにか風化され、無責任体制に消されがちな」時勢に鑑み、わだつみの会は、「戦没学生の遺稿集『きけ　わだつみのこえ』という精神的遺産を、平和のために魂の触れあいと覚醒の上に広

Ⅲ　学徒出陣

めていく使命をになっている。」として編まれた出版物であり、岡部伊都子、杉本苑子、宗左近、長須一二らが寄稿している。『きけ　わだつみのこえ』から、上原良司氏の事績に関する記述も引用されている。

彼は、信州で1922年9月の生まれ、1940年慶應義塾大学予科に入学、1943年9月予科を繰上げ卒業、10月本科経済学部に進学、同年12月松本第50連隊入隊後、志願して、熊谷陸軍飛行学校相模教育隊、館林教育隊等で飛行学校卒業、1945年4月知覧基地に向かい、5月11日特攻攻撃に出撃、戦死している。

彼は、書き残している。「私は、（中略）自由主義に憧れていました。日本が真に永久に続くためには自由主義が必要であると思ったからです。（中略）現在日本が全体主義的な気分に包まれ、（中略）しかし、真に大きな目を開き、人間の本性を考えた時、自由主義こそ合理的なる主義だと思います。戦争において勝敗を得んとすればその国の主義を見れば事前において判明すると思います。（中略）私の理想は空しく破れました。（中略）さらば永遠に。ご両親様」。

また、出撃の前夜にも、「人間の本性たる自由を滅する事は絶対に出来なく、例えそれが抑えられてゐる如く見えても底においては常に闘いつつ最後には必ず勝つことは彼のイタリアのクローチェもいってゐるごとく真理であると思います。権力主義の国家は（中略）必ずや最後には敗れることは明白であり。」とも書き残している。

長須一二は、「平和の創造者として生きる」と題した一文の中で、「戦前の『十人一色』は、もう真っ平。『十人十色』がいい。いや、できることならひとり十色でありたいと願っている。それぞれに個性があり、お互いに尊重し、いっしょにやっていくところに、明るい未来があると思う。」と記している。

二つの叫びが相呼応しているように、私は思う。

112 経営士小林靖和先生

　蓼科では、いつもの関西のそれとは異なる自然を楽しむことができた。ミズナラや白樺、樅ノ木等に接することができたし、また新しく二つのことを知ることができた。一つは、ハルゼミの姿を覚え、インターネットでその鳴き声を調べ、確かにジンジンジンという声がこの耳にも残っていると納得することができた。もう一つは、ノコギリ草という可憐な雑草の名を知ったことである。キク科の植物であるが、小さな花が密集し、同じく小さな葉の形は鋸に似ている。標高1000メートル以上の高地に分布するようである。

　本年は、私が大変お世話になった経営士小林靖和先生の13回忌の年である。先生は以前、O社に勤めておられたが、同社が1978年にG社と合併された後、その一事業部門が分離独立する形でN社が設立された際に、その後私が所属した米田法律事務所の米田実先生と御一緒に活躍されたと聞いている。やがて、小林先生は一念発起されて経営士を目指され、資格取得後たくさんの会社とコンサルタント契約を結ばれて活躍され、講演会や執筆活動にと忙しい毎日を送られ、後には、経営士協会の内紛を契機に会の健全化のためにも活躍されている。

　そのような関係もあり、私も先生の依頼でいくつかの会社の事件処理を引き受けたり、先生から求められて日常的な法律問題についてのアドバイスをさせていただいた。

　ところで、私は、G社の子会社の案件に関与させていただく機会があって、現在では、G社の社外取締役を仰せつかっているのも奇しき縁である。

　小林先生と御一緒させていただいた仕事の中で、最も印象深く記憶に残っているのは、U株式会社の会社更生申立てである（㊵参照）。U株式会社は、浅草の高級革靴の製造会社であり、バブル当時の社長は、イタリアでのコン

クールでも何度か受賞しておられたが、根っからの職人であり、経営者ではなかった。金融機関等から勧められるままに、資金を借り入れては新規プロジェクトに投資する等し、結局バブルの崩壊後、それらの事業がほとんど失敗に終わった後に残された多額の負債のために、たちまち経営が破たんすることが必至の状況となった。

　そこで、私は、旧社長の夫から社長業を承継された奥様と、常務として支える御子息のお二人から依頼されて、会社更生の申立ての準備を進め、平成10年頃、メインバンクのH銀行の事前の了解を得るために、小林先生、新社長とともに、福井に出掛けた。

　ところが、H銀行は、申立てを来春の定時株主総会の招集通知の発信後まで待ってくれと言うのである。しかし、銀行を訪問した時点では会社更生申立後の運転資金が確保されていたが、先延ばしになると、新規信用状の開設や、新規手形の割引、あるいは、運転資金の借入等が難しくなることが必至であって、再建も覚束なくなるので、私はこの申出を断った。

　しかし、結局、H銀行は、「従前の与信のバランスには、いっさい変更を加えない。もし、違約すれば、忽ち会社更生の申立てをしても異存はない。」との条件を提示してきたので、私たちは、これを受け入れることにした。

　おそらく、H銀行は、取引先の会社更生の申立てに伴い不良債権の一部を償却できるだけの体力がなく、当期の決算対策のために、要請してきたのであろう。しかし、それは一種の粉飾決算ではないか。

　ともあれ、U株式会社の方は、会社更生の申立てまでの間に、スポンサーを探し、商取引債権者との取引ポジションの工夫等、再建のために必要な準備を着々と進めることができたのである。

　福井からの帰路、前日までU株式会社の社長に対して執拗に弁済を求めていたH銀行の担当者が、態度を一変して、会社更生の申立ての延期を懇請した姿を思い出して、「愉快、愉快」と笑っておられた小林靖和先生の姿が、今なお私の目に焼き付いている。

113 ハッピーの思い出

　今日は10年前に、推定15歳9カ月で死亡したハッピーの命日である。初めて出会ったのは、1990年2月2日のことであった。当時、バブル経済の真っ盛りで、私たち弁護士は、顧問先等からたびたび接待を受けていた。

　この日も接待を受けた後に、難波から南海電車で帰途につき、河内長野駅で下車したのは、雪がしんしんと降る静かな夜であった。ゆっくりと歩き出し、自宅までの途中にあるイズミヤあたりに差し掛かった頃、私の前を歩いていた人の足元に、小さな犬が近づき、相手にして欲しいのか、後ろを追い始めた。幼犬であることは一目でわかったが、手足が太くて、大きく育ちそうな気がして、好奇心が芽生えた。しかし、犬を飼うと一家の主婦に大きな負担がかかるので、連れ帰るわけにもいかず、一人と一匹の後ろから、気配を消しながら自宅に向かった。ところが、私方の50メートルほど手前で、子犬は目標としていた人を見失い、キョロキョロしているうちに、私を見つけて、今度は私の後ろを追い始めた。

　帰宅してから、妻に「可愛い子犬がついてきたよ。」と思い入れたっぷりに話はしたが、「飼おうか」と提案する勇気のないまま、就寝してしまった。

　翌朝、「お父さん、この犬」という妻の声で目覚めた。妻が抱きかかえていたのは、まさしく昨夜の子犬であり、立派なチンチンのついた雄犬であった。「やったぞ！」と心の中で叫びながら、「どこにいたの？」と聞くと、車庫の車の下で雪を避けていたそうである。

　首輪もなく、誰からも保護されていない犬だとは思ったが、しばらくの間は、近所で行方不明の飼い犬探しの話やポスターを見聞きしないか注意していた。だが、そのような気配もなく、13歳と、10歳になった子どもらにも異存がなかったので、我が家で飼うことにした。名前は、家族全員が妻の提案

に賛成し、「ハッピー」と決めた。去勢手術を受けさせ、獣医の話では生後3カ月くらいとのことであったので、誕生日は、1989年11月1日ということにした。

ところで、ハッピーが我が家に来たときには、私の母は我が家にいなかった。第3頸椎近くに良性の腫瘍ができ、それが脊椎神経を圧迫して、首から下が動かなくなり、手術後、入院していたのである。退院前に、家族全員で、ハッピーを見せに行き、驚かせたことが懐かしい。

そのハッピーは、当初苦手なことが一つだけあった。車に乗せてドライブに出掛けると、酔うのである。可哀想ではあったが、飼主と行動を共にしたいという気持が強いようで、酔っても、酔っても、車に乗り込んで来た。そして、ついには、車酔いを克服してしまったのである。

ハッピーは、元気に育ち、予想通り25キロほどになったが、一度だけ大病をしたことがある。それは、バベシアという原虫によって引き起こされる病気で、草むらにいるマダニの媒介によって感染し、マダニの吸血に伴いバベシアが犬の体内に入ると、赤血球に寄生して重い貧血を起こし、貧血がさらにひどくなると、肝臓や腎臓の機能障害を起こし、命に関わることもあるという病気である。大量の輸血をすることで、無事回復したときは、家中で喝采を送った。

晩年老いて、痴呆症状を見せるようになった当初、妻はしっかりしなさいと応援の心算りで叱っていたが、そのうち私たち夫婦は、それが老人虐待なのではないかと気づくに至った。もっと賢い犬のはずだと思うのは、実は、老犬のためではなく、飼主の自尊心を傷つけられたくないという利己的な考えによるものだと悟ったのである。

それを老いの自然な姿だと受け入れられたことが、私の母の介護の予行演習になっていたような気もする。

2015年8月28日（金）
114　レモンに噛まれた

　早朝に愛犬レモンは、小用のため玄関から庭先に出たが、その後、玄関内の三和土から15センチほどの高さの廊下に上がろうとしても、前足を上げることができない。5分経過し、10分を経過しても上がれないので、そっと体を抱きかかえてやろうと手を添えた途端、ガブリと私の右手親指付近に噛付いてきた。体力も失われ、自然死も間近な体には、飼い主にダメージを与えるような体力は残っていないと考えていたのに、噛み跡からタラタラと出血してきた。傷を洗った上で、リンデロンを塗り、絆創膏を貼って、仕事に出掛けた。私は、痛みには結構鈍感な神経をしているが、昼間、傷が痛んだ上、昼食は、O株式会社の取締役会終了後、「志津可」のうな丼を御馳走になった際、ペットボトルのふたを開けようとして、開けられなかった。

　午後3時から富田林簡易裁判所で調停委員としての執務があり、終了後午後4時頃帰宅して、普段着に着替えたが、妻が私の体温が高いことに気づき、外科に行くことを勧めた。実は、妻は1回、母は2回、長男も1回レモンに噛まれて、S病院で傷口を縫ってもらっている。私にも、自分の思い出をしっかり残しておきなさいと言わんばかりの、レモンの所作であった。

　S医院に赴いたところ、右手の甲側の傷は0.5センチ程度であったが、手のひら側は3センチほどに達していた。そのため、破傷風に備えての注射を打たれ、傷を切開されて傷の中を洗ってもらい、膿を排出するための細いチューブを差し込んだ上で、傷口を縫い合わせ、最後に、化膿防止のための抗生物質の点滴を受ける羽目になってしまった。

　さて、再び我国にあるべき健全野党について考える。我国の政党政治は、その時々の政治課題を、その時の政争の中での自党の利益によって判断し、展開されてきたように思われる。

森正信編著『マルセ太郎　記憶は弱者にあり』(明石書店1999年) の中で、マルセ太郎は語っている。「『君が代・日の丸』問題について日本人は根源的に鈍感だと思うんですね。(中略)ドイツがね、『侵略やったのはヒトラーだから、国旗はそのまま』といっているか。まともに生きとって、汚れたものを掲げて気持悪くないかって思うんですよ。これがもう共産党にもないんだよ。議論では反対するけど、決まってしまえばあえて反対しないといういい方なんだよ。社民党も同じ。(中略)法制化の発想の根源には、『君が代・日の丸』問題は国内だけの問題、日本国民だけの問題との理解があるわけです。(中略)『君が代・日の丸』に痛めつけられた在日アジア系外国人、それにアジア諸国の人たちの声は、最初から無視ということですよ。」

　今日のマスコミの中では、韓国の朴槿恵に対する批判が渦巻いている。8月26日の産経新聞は、「韓国大統領府は中国の『抗日戦争勝利記念行事』への出席を表明していた朴槿恵大統領が、軍事パレードも参観すると発表した。歴史戦での中韓共闘をアピールし日本を牽制する舞台にもなりそうだ。」と報道しているが、そこには、第二次世界大戦時に日本が与えた惨禍に対する反省がない。

　マルセ太郎は、日韓の間の問題の本質も語る。「日本が植民地として支配したことが、第二次大戦後南北朝鮮に分断される原因となったのではないか。」と。韓国は、北朝鮮と接する中国と一定の信頼関係を継続することが必要であり、現在の韓国と中国との関係を、単に、日米と中国対立の中だけで理解することはできないとの警鐘でもある。

　健全野党には、その時々の政治課題に対応するのではなく、多様な問題に関する正しい事実認識とそれに向き合う哲学の構築が不可欠である。

[追記]　2017年7月30日、北朝鮮による弾道ミサイル発射を受け、航空自衛隊と米空軍が共同訓練をしたが、韓国は米国との合同軍事訓練を実施する一方、北朝鮮に対する融和姿勢も崩していない。

　北朝鮮との戦争を回避しようとする外交の真剣さにおいて、彼此の間に大きな差があるように思われる。

2015年8月29日（土）

115　レモンの死

　私の右手に咬傷を残して、今日の午後6時45分にレモン（『弁護士日記秋桜』30 参照）は天国に旅立った。
　昼前、私がＳ病院から帰ってみると、レモンはもう立てなくなっていた。時々立ち上がろうとしてもがくので、腹の下にバスタオルを差し込み、両側から妻と一緒に持ち上げてやるが、手と足に力がなく、自分自身の力では立つことはできない。そして、ガス欠になったように静かになり、下ろしてやるとしばしまどろむ。
　この一週間、夫婦で何度も話し合ったことであるが、再び、私は、「治療すれば治る病気かもしれないので、病院に連れて行ってやろうか。」と妻に問うた。夫婦ともに、延命治療で苦しませたくはないと考えており、また、16歳5カ月、人間に換算して82歳というところであるから、大手術して痛い思いをさせたり、入院して寂しがらせることが可哀想であった。加えて、レモンは、病院が嫌いで、診察を受けるには、私が保定する必要があったが、体力のない状態でレモンを保定していて、脱臼などの事故が起こっても可哀想である。動物病院に連れて行くために車に乗せる際は、今までなら飛び乗れたが、今は抱き上げなくてはならず、二度と咬傷被害を受けないように注意するとしても、力を加え過ぎて、レモンの腰を抜けさせても可哀想である。それやこれやで、自然死するに任せる心算であったが、念のために、今日も問うたのである。先日動物病院で相談もしてきている妻の返事は今までと変わりなく、「今更、苦しめたくはない。」ということであった。私にも異存はなかった。
　午後にＳ病院で私はフルマリンの点滴注射を受け、帰宅後、午後6時頃から私たち夫婦は夕食をとった。途中、足元付近に寝ていたレモンが私に近

115 レモンの死

づこうとするので、しばし、床に座って頭を撫でていると、心地よく眠り始めた。いつ昏睡状態に入るだろうかと思いつつ、夕食を終え、妻が台所で食器を洗う音を聞きながら、再びレモンの頭を撫でていると、6時30分過ぎ頃から呼吸が早くなってきた。空気を吸う際には、ノドの奥で、ゴロゴロと痰が絡むような音もする。「レモン」と呼んでみるが、聞こえているふうではなく、早い呼吸を繰り返している。

　痰を喉につまらせて苦しまなければと祈るような気持で10分間ほど撫でていたであろうか。レモンは、急に首をのけぞらせるように反らし、静かになった。呼吸がなくなったような気がして腹を触ってみると、ビクッと動いたので、姿勢を変えただけなんだと安心し、近くのソファに座って、眺めていると、妻が近づいてきて、「息をしていないんじゃない。」と言う。私は、「生きているよ。触ってみたら。」と言いながら、レモンに近づくと、やはり息はなかった。

　レモンは、とにかく、頭を撫でる場合を除いて、体に触られることが苦手であったため、ブラッシングが大嫌いであった。それで、大きな毛玉をいくつも付けているため、大人しくなったレモンの体を、心ゆくまで毛繕いしてやった。妻はレモンの体に清拭を施していた。

　妻がダンボール箱を探してきたが、適当なものがないため、大きめの箱2個をつないで、仮のお棺を作り、いつも寝ていた敷物等を敷いて、レモンを横たわらせた。

　コンビニで板氷1.7キロを4個買ってきて、体の周囲に配置し、部屋の冷房を20度に設定し、お通夜の真似事をした。用意を整えてから、母もレモンと対面し、しばし、涙していた。

　明日は、花屋で大きめのダンボール箱をもらってきて、お棺とし、千早赤阪の農産物直売所で買ってきたたくさんの花々で飾り、滝畑にある河内長野市営斎場に連れて行く予定である。

　ちょうど10年前の8月19日、ハッピーを連れて行った場所である。

あ と が き

　これまで、弁護士日記を出版する機会を2度得た。「秋桜」には脳梗塞から生還した経験をつづり、「すみれ」には人に寄り添うという弁護士の仕事を紹介することにも意を注いだ。

　ところで、私は、団塊世代の一員として、今の時代を眺めるときは、決まって、「そんな心算りで団塊世代が生きてきたのではないのに」という感慨を得ていた。大いなる不平不満である。

　そこで、弁護士日記を3度出版できる機会を得た私は、現在の世相に対する「団塊世代のつぶやき」をしたためることにした。

　ところが、平成27年4月から同年8月までの日記をつけた上で、その推敲を繰り返す間、意外なことに、「団塊の世代こそ、戦後の一時期花開いた民主主義を満喫できた、幸せな時代を生きた世代であった」ことに気づかされたのである。

　戦後、日本国憲法が施行された直後の短い年月を除くと、間もなく勃発した朝鮮戦争を契機に、日米による強固な安全保障体制を構築するために、改革の後退が始まり、本来戦犯として日本国民から糾弾されるべき旧日本軍の関係者が多数関与し警察予備隊や自衛隊の発足に関与し、一時花開いた社会主義運動や昭和22年に成立した革新政権に対しては、冤罪事件を次々とでっちあげることで打撃が加えられ、やがて元戦犯の岸信介までが政治の前面に躍り出て新日米安全保障条約を締結することにより、軍事同盟を確固たるものにしていった。

　その仕上げとして、自ら司法権の独立を侵害してまで冤罪事件の成立に荷担し、さらに、下級審を騙すことによってレッドパージを成功に導き、また、1960年の改定安保条約調印の露払いまで行った田中耕太郎最高裁裁判長と、その後の最高裁、検察庁、政財界、右翼とが一体となって司法の保守化を進めていった。

　こうした出来事を数えていくと、「今50歳より若い日本人は、おそらく、

あとがき

民主主義の素晴らしさを味わった経験はないのではないか」ということに気づくのである。

　なお、団塊の世代が育った時代は、決して経済的に豊かではないものの、心豊かな、1億人総中流と言われた時代であったが、今は、日本でも一握りの富裕層が富の大半を握る時代を迎えている。

　そこで、「幸せな時代を生きて」を本書のテーマとすることにした。

　閉塞の時代を克服する知恵が私にあるとは思わないが、団塊の世代が育った時代の雰囲気がもたらした想いを汲み取っていただければと願っている。

　弁護士業務の紹介という意味では、家事事件の思い出などをつづった。

　このたびは、東西倒産法実務研究会や法制審議会で御指導をいただいた東京大学名誉教授の伊藤眞先生から、過分な推薦のお言葉を頂戴することができ、心から厚く御礼を申し上げる次第である。それは私たち夫婦に、家族をも巻き込んだ40年を超える法曹生活を思い起こさせる契機にもなった。また、本書の刊行にも御理解と一方ならぬ御協力をいただいた民事法研究会の田口信義社長と安倍雄一氏に対し、心からの謝意を表するものである。

　書名の「タンポポ」は私の好きな花である。私が育った徳島県下には、かつて春になると、子ども用の小さな3段重ねの綺麗な遊山箱に弁当を詰めて、野山に物見遊山に出掛けるという習慣があった。そのようなときには、幼子たちはタンポポやレンゲの絨毯の上で、首飾りを作るなどして寛いだ。私に春を教えてくれる懐かしい花であったことから書名とすることにした。

　子どもの頃に見た純粋な日本タンポポはほとんど見かけなくなった。一時は、すでに絶滅したのではと寂しい思いに襲われたこともあったが、最近になって、西洋タンポポと交雑することにより、結構しぶとく遺伝子を今日に伝えていることを知った。世界中のタンポポとの混血により、新品種が次々と誕生し、より優秀な子孫が残るのは素晴らしいことである。

　2017年9月吉日

　　　　　　　　　　　　　　　　　　　　　　弁護士　四宮　章夫

【著者略歴】

四宮 章夫（しのみや あきお）

〔略　歴〕　昭和48年3月司法修習終了、昭和48年4月判事補任官、昭和56年判事補退官、大阪弁護士会登録

〔主な著書・論文〕　『弁護士日記すみれ』（単著・民事法研究会）、『弁護士日記秋桜』（単著・民事法研究会）、「プロフェッショナルとしての自覚と倫理」市民と法21号104頁、『よくわかる民事再生法』（経済法令研究会）、『よくわかる個人債務者再生法』（経済法令研究会）、「DIP型の更生手続」債権管理95号157頁、『よくわかる入門民事再生法』（共著・経済法令研究会）、『書式　民事再生の実務』（共著・民事法研究会）、『注釈　民事再生法』（共著・金融財政事情研究会）、『書式　商事非訟の実務』（共編著・民事法研究会）、『Q＆A民事再生法の実務』（共編著・新日本法規出版）、『一問一答私的整理ガイドライン』（共編著・商事法務研究会）、『一問一答改正会社更生法の実務』（共編著・経済法令研究会）、『企業再生のための法的整理の実務』（編集・金融財政事情研究会）、『最新事業再編の理論・実務と論点』（共編著・民事法研究会）、『あるべき私的整理手続の実務』（共編著・民事法研究会）、「私的整理における商取引債権の保護」今中利昭先生傘寿記念『会社法・倒産法の現代的展開』（共編著・民事法研究会）690頁、「私的整理の研究1〜6」（産大法学48巻1・2号259頁、49巻1・2号128頁、49巻3号50頁、49巻4号98頁、50巻3・4号235頁、51巻1号131頁）など多数。

〔事務所所在地〕　コスモス法律事務所
　　　　　　　　〒541－0041　大阪府大阪市中央区北浜3－6－13
　　　　　　　　日土地淀屋橋ビル7階
　　　　　　　　TEL　06－6210－5430　FAX　06－6210－5431
　　　　　　　　E-mail：a-shinomiya@cosmos-law-office.com
　　　　　　　　URL：http://cosmos-seifuan.com

弁護士日記　**タンポポ**	
平成29年10月11日　第1刷発行	
平成29年11月 3日　第2刷発行	

　　　　　　　　　　　　　　　定価　本体1,300円＋税

著　者	四宮　章夫
発　行	株式会社　民事法研究会
印　刷	藤原印刷株式会社

発行所　株式会社　民事法研究会
　　　　〒150-0013 東京都渋谷区恵比寿3-7-16
　　　　　〔営業〕TEL 03(5798)7257　FAX 03(5798)7258
　　　　　〔編集〕TEL 03(5798)7277　FAX 03(5798)7278
　　　　　http://www.minjiho.com/　　info@minjiho.com

落丁・乱丁はおとりかえします。　ISBN978-4-86556-184-5　C0095　¥1300E
カバーデザイン：関野美香

■弁護士として他人の人生に寄り添うことの重みを綴る！

弁護士日記 すみれ
―― 人に寄り添う

四宮章夫　著

Ａ５判・286頁・定価　本体1400円＋税

法曹歴約45年の弁護士による、日々の暮らしの中で感じる自然、国際・国内政治問題、歴史、地域問題、差別および人の命を背負う覚悟を綴った約150日の日記！

目次
1　岩湧寺の秋海棠 <2012年9月1日(土)>
2　シリア内戦 <2012年9月3日(月)>
3　烏帽子形城での合戦 <2012年9月4日(火)>
4　アフガニスタンとタリバーン <2012年9月5日(水)>
5　刑事裁判と前科 <2012年9月6日(木)>
6　ハラスメントと外部調査委員会 <2012年9月9日(日)>
7　雪印乳業の食中毒事故 <2012年9月10日(月)>
8　アフガニスタン紛争とオサマ・ビンラディン <2012年9月11日(火)>
9　アルカイーダの怒り <2012年9月12日(水)>
10　全共闘時代の思い出 <2012年9月15日(土)>
11　ある依頼者の心中事件 <2012年9月17日(月)>
12　尖閣諸島をめぐる中国との外交問題 <2012年9月19日(水)>
13　本居宣長の『宇比山踏』<2012年9月21日(金)>
14　無視された野田首相の国連演説 <2012年9月24日(月)>
15　安倍総裁に注がれる世界の視線 <2012年9月26日(水)>
16　Ｃ．Ｗニコルさん <2012年10月1日(月)>
17　多重債務者の自殺 <2012年10月3日(水)>
18　寺ヶ池の築造など <2012年10月7日(日)>
19　山中伸弥教授へのノーベル賞授与 <2012年10月8日(月)>　※一部抜粋(全135本)

■脳梗塞に倒れ生還するまでの日々を綴った随筆！

弁護士日記 秋桜

四宮章夫　著

Ａ５判・224頁・定価　本体1300円＋税

法曹歴約40年の弁護士が脳梗塞に倒れ生還するまでの日々の中でさまざまな想いを綴った約100日の日記！　法曹養成、東日本大震災の危機管理、趣味等、トップランナー弁護士の思考と生活がわかる！

目次
1　発　病 < 7月7日(木)>
2　死を引き受ける < 7月8日(金)昼 >
3　仕事の引継ぎなど < 7月8日(金)夜 >
4　遺伝子の継承について考える < 7月9日(土)昼 >
5　食事のこと、同級生のこと < 7月9日(土)夜 >
6　臓器移植法の改正 < 7月10日(日)>
7　東日本大震災から4カ月 < 7月11日(月)>
8　生涯現役をめざして < 7月12日(火)>
9　菅首相の危機対応 < 7月13日(水)>
10　原子力発電への対応 < 7月14日(木)>
11　延命治療の中止と人権意識 < 7月15日(金)>
12　息子の祈り < 7月16日(土)>
13　大相撲八百長問題と相撲協会 < 7月17日(日)>
14　なでしこジャパンのワールドカップ優勝に思う < 7月18日(月)朝 >
15　セント・アンドリュース・リンクスに立つ < 7月18日(月)昼 >
16　狭心症の発作 < 7月19日(火)>
17　ジェネリクス医薬品 < 7月20日(水)>
18　刑事司法は死んだのか < 7月21日(水)昼 >
19　患者の自己決定権 < 7月21日(水)夕方 >
20　リハビリ卒業 < 7月22日(金)>
21　退院決定と報道番組への疑問 < 7月23日(土)>
22　安楽死を考える < 7月24日(日)>
23　退院前日 < 7月25日(月)>
24　退　院 < 7月26日(火)>　※一部抜粋(全106本)

発行　民事法研究会

〒150-0013　東京都渋谷区恵比寿3-7-16
(営業) TEL. 03-5798-7257　FAX. 03-5798-7258
http://www.minjiho.com/　info@minjiho.com